平原上的河流

李新 / 著

文匯出版社

自序
感谢阳光

感谢阳光
带我来到这个世界
擦亮我的第一声啼哭
从此蓝天、白云、河流
田野、繁花、山峦、绿树
青草、绵羊、翠鸟、牲畜……
盛满我的瞳孔
啊,世界多么美好

感谢阳光
让我匍匐大地
亲吻芬芳的泥土
泥土喂饱的庄稼
丰盈我的血肉之躯、五脏六腑、七情六欲
从此把所有生长的地方叫做故乡
从此看见亲人一茬一茬地出生
又一茬一茬地老去
爱情像疯长的草一样,生生不息
教我爱和宽容所有的众生
两小无猜、血气方刚、沉默是金

脸庞布满线条与色块
雕塑一样凝重
秋叶一样轻盈
线装书一样落满灰尘
丰厚、饱满、金黄

感谢阳光
给我一汪清澈的眼睛
让我洞穿好人的心脏
婴儿一般贪婪吸吮人间的善良
也让我洞穿邪恶、卑鄙
和深不可测的伤害、伎俩
从此让我的心融化冰川、雪峰
和亿万年的化石
和这个悬念丛生的世界握手言和

感谢阳光
阳光抚摸大地
诞生缤纷的草木、山川、云彩、花朵
细石、贝壳和河里的游鱼
让世界异彩纷呈、光怪陆离
心中绽放璀璨的焰火
感谢清晨
感谢夜晚
感谢无垠的天空和大地
感谢所有爱我和我爱着的人

感谢月亮
那是阳光的另一片开阔地
让我们相信,许多背面的日子
也有阳光普照,草木茂盛
小河流水
星汉灿烂
让我们相信,世界就像这温柔的月色一样
祝福每一个自己
每一个好人
每一个仇人
每一个爱人
每一个熟人和陌生人
祝福你,愿阳光每天降临你的门口

李新

2023 年 10 月 1 日

自序
下水诗文

王耀亮是我调入上海市光明中学工作所带的第一届学生,我是班主任、语文老师,他是班级的团支部书记,学习很刻苦,高中毕业考入华东理工大学,大学毕业在淮海中路的中环大厦里工作了几年,校庆时他见到我说辞职了,自己创建上海跃绅能源科技有限公司。

我没想到的是他在始终关注着我在微信上开的"每周现眼"。他在出差的路上,还翻看我的文字,总觉得好。留言道:"李老师的文字总能给我一种奋进的力量,让我在黑暗中看到光。"他建议我结集成书。

对于出版文集,我本来没有这个奢望,因为我感觉到我写出的文字,实在见不了世面。但一想,六十岁了,将自己一生的业余创作做个总结,留一本书在世间,于人于己,也算个交代吧?就答应下来。

然而一编起来,又不是十分容易的事。我把这本书定位为"诗文集",又不是前面一半诗后面一半文的简单组装,而是一首诗跟上一篇散文,且诗和散文在内容上要有一定的关联,诗和文成为互证关系。读者可以翻看,对某首诗感兴趣,再去阅读与它相配的文;或者就是对某篇文感兴趣,再去读读与它相应的诗，看看同样的内容，那老兄用另一种文体形式是如何表现的。这对自己是个挑战。真正这样编起来，还真基本可行，因为我一生基本就是利用两种文体写作，一是诗，二是散文，诗和散文基本构成互证关系。

这本集子的编排，按照我的生命轨迹，也就是大学时期的创作——参加工作在家乡淮北煤城的创作——闯海南的生活——来上海后的生活及创作。

究其实我是位教师，是语文教师，不是作家，这些文字，在作家面前是献丑的。正是因为我是语文教师，我才把写作看作我的本分。语文教师写"下水作文"，是叶圣陶的提法。叶老认为语文老师教学生写作文，不能光教自己不写，就好比游泳，教练不能只在岸上比划，要亲自下水游给学员看，学员也要亲身下水扑腾才能学会游泳。当年和王铁仙老师说起这点的时候，他似乎没听说过"下水作文"这一说法，说语文老师本身应该在"水"中。王铁仙老师鼓励我始终"下水"，认为语文老师会写作是天经地义的。可是有些语文老师是只教学生写作自己不写的，不代表就教得不好；像我这样的，自己写的比学生多得多的老师，也不见得写作就教得多好，这只是我这个语文老师的一点特点，但正因为自己喜欢，影响到学生，像王耀亮这样的，多年后还记得他的语文老师，还为老师的文字感动，还能从老师的文字中获取某种启示或力量，我觉得是幸福和满足的。

诚如王铁仙老师所说，我的写作是动了真情的，至少当时写的时候是动了真情的，王耀亮说最喜欢我写我小时候生活的文字，我的童年较曲折，我重读这些文字的时候，几度是哽咽的。

  这些文字都是回望，走回昨天，并不是进入昨天不再出来，而是更为坚定地前行，我还有余生，我要更好地生活；同时也激励别人更好地生活。

  感谢王耀亮他们对我的鼓励和支持，感谢一直在微信朋友圈关注我的"每周现眼"的亲友们。

  是为序。

李新

2023 年 10 月 1 日于上海浦东

目录

自序

感谢阳光 /001

下水诗文 /004

第一辑 回转

我从昨天出走 /003　走回昨天 /004

大漠的月亮 /008　伴着儿歌，我不知不觉老了 /009

割草的孩子 /013　左手中指的伤疤 /014

心旅 /018　读书往事 /019

都市垅亩 /021　心中的自留地 /022

颓垣 /025　老屋 /026

母亲唤我 /030　喊魂 /031

出门 /035　从前的日子 /036

农家 /039　故乡的野味 /040

年关 /043　蒸馍与炸丸子 /044

古巷 /047　小时候的味道，还能再找回吗？ /048

火穴 /052　深入地下宫 /054

母亲平原和她的儿子 /057　我的元宵节 /058

走亲戚的月饼 /062　忆中秋 /063

我们 /66　到矿区澡堂洗澡 /66

中国村庄 /070　小站 /071

返归煤城 /074　夜逛 /075

第二辑　血脉

贺知章 /081　常回家看看 /082

那个黄昏 /087　我的父亲 /088

我的母亲在田野间出没 /091　母亲的冬天 /091

冬天的旗帜 /095　大哥 /096

把梦复印一半给你 /100　姐姐 /100

夜话 /106　伯父 /107

那片林地 /110　三叔 /111

迎着寒风歌唱 /114　四叔的人生 /115

黑釉之舞 /119　窑哥堂哥 /120

写给森森 /122　和儿子第一次分别 /123

写给姮姮 /126　全姮 /127

妻子长出音乐的手 /129　欢乐唱歌 /131

第三辑　淤土

淮北大地 /137　我心中的淮北 /140

大平原 /143　平原乐章 /148

心归村庄 /157　背面的村庄 /158

一生属农 /162　淤土 /163

曲辕犁 /165　我生命的北园 /166

老房子 /169　盖房子 /170

小李家 /176　三十年前的一次红色寻访 /177

沿长城向西 /181　临涣人 /182

中国土 /186　相土烈烈 /187

雪野女雕 /192　北方的雪 /192

一株麦穗 /196　麦子 /197

牛 /202　牛 /203

泪土 /207　乡间的马 /208

雨径 /211　驴 /212

低屋 /214　怀念羊的日子 /215

塌陷湖 /218　塌陷湖 /219

第四辑 南行

远离长江 /223　**长江落日** /224

江那边 /226　**江忆** /227

江南 /229　**江南秋行** /230

邻居 /232　**领你回家** /233

纸 /236　**一片纸** /237

我的大学 /241　**寻找芜湖** /244

淮北乡音 /252　**身在异乡为异客** /253

海夜深深 /256　**船行海上** /257

椰梦 /259　**闯入这片神奇的土地** /260

夕潮楼台 /263　**住在龙舌坡的日子里** /264

热带苗寨 /269　**探访小管苗寨** /270

热带森林 /272　**森林深处有人家** /272

热带魂 /275　**黄金海岸** /276

太阳部落 /278　**寻诗东山岭** /280

少女鹿 /283　**终于到了天涯海角** /284

空屋 /286　**去世界走一遭** /286

第五辑 来沪

秋雨河 /291　家乡的河流跟随我一直来到了上海 /292

一片云 /300　我在浦东教书 /301

朋友 /305　患难同事 /305

祝福鸟 /309　好人老瞿 /310

我渴望一所房子 /313　拼争 /314

海龟 /318　老魏这个人 /319

鹿母 /321　家住杨思 /322

城市的灯火 /326　人在高楼 /327

一匹阳光掉在地上 /329　身后有个家 /330

行走的豌豆 /333　别人的城 /334

台风来了 /340　老乡是座岛 /341

豆荚 /344　对望 /345

行走淮海路 /348　回眸淮海路 /350

一条河，和一座城市有关 /354　风景在近处 /356

五浦汇 /360　命里属水 /361

与鸟比邻 /365　漫步三林老街 /366

第一辑 回转

滚沸的风从大地上轰轰而起
田野如油锅一样
我们的汗水、黝黑
和痛苦的哑默
是对千古贫瘠的反抗

我从
昨天出走

我从昨天出走
沿着小门
到河滩去

河滩有婆娑迷人的杨柳
有迎风招展的芦苇
还有水芹、菖蒲
河两岸来回扑飞的白鹭
嘎嘎叫着我远去的童年

我小时候种过的
这些玉米、大豆、南瓜、豆角、茄子
隔着篱笆
频频向我招手

江南铺着一片绿油油的稻田
我的昨天没有江南
有小麦和山芋
沿着昨天出走
顺藤摸瓜就找到了我的祖先

我这一生
从田埂出发
一度到了城市的水洗红墙
然后转回来
又回到了朴朴农业

这可谓从昨天出发
又回到了昨天

走回昨天

　　昨天是与今天相对的一个概念。所有属于过去的日子都叫昨天。那么，为什么要走回昨天呢？

　　我今年已经六十岁了，4月份办理了退休手续。一个人，无论经历过多少辉煌，或者经历过多少曲折，一旦到退休那天，全部如电脑格式化一样地都归零。我们的生命从零出发，开始另一段生活。我跟许多朋友说，我现在的欲望是零欲望，不想在事业上有什么延续和发展，也不想换一种方式赚大钱，来还账、还房贷，或为子孙打工。我的想法很简单：只要健健康康地活着。

　　之所以简单，就是我想到我的昨天。

　　上海电视台在播放电视连续剧《人生之路》，该剧是根据路遥的《人生》改编的。大学时期读《人生》的时候，印象最深的是高加林卖馍，在山沟里练习喊"卖馍"，可怎么也喊不出来。我没卖过馍，但卖过鸡蛋，挎一小笆斗鸡蛋到集市上卖，鸡蛋用麦穰一层层垫好，怕被碰烂，到集市上蹲在路边等人买鸡蛋。我不喊，有人问鸡蛋多少钱一个，我说八分五，一笆斗鸡蛋就全被那人买走了。为什么？别人的鸡蛋九分钱一个，我八分五，一个比别人家的便宜五厘，那人觉得便宜，又不用磨嘴皮子，所以就把我一笆斗鸡蛋全收了。我们这个集市临近矿区，矿工及其家属住的地方叫工人村，买我鸡蛋的多是工人村的人。我那时想法很简单，把鸡蛋卖出去，去食品站买一斤猪肉，肥的炼油，瘦的包饺子，让我们吃上一顿好的。

工人村人的生活是我的最高理想生活。

《人生之路》里说高加林的大学名额被人顶了，小说《人生》不是这样的，是高加林的民办教师被人顶了，在路遥创作《人生》的时候，还没有高考顶替案，高考顶替案是上世纪九十年代以后的事，可我中考的名额确实被人顶了。初三毕业我同时考上了县一中和中专，但首选是中专，因为上中专，我立时就可以土鸡变凤凰，农业粮变成商品粮，农村户口成为城市户口，像《西游记》里的白骨精一样，摇身一变成为城市人。当大喇叭里播出我的名字的时候，我的身子连同床一起发抖。我的母亲说："你终于像小鸟一样可以飞了。"后村的一位男子说："你看他这样，黑不溜秋的，居然能考上？"向来欣赏我的"大先生"（解放前名闻百里的老私塾先生）为我辩护道："人不可貌相，海水不可斗量，你这是什么话？想当年……"我沉浸在喜悦的梦中在家等了一个多月，人家都开学了，我就是没等来中专录取通知书。哥哥到县招办一打听，说你弟弟身高不够（一米四七），体重轻（七十四斤），被人顶替了，顶替你弟弟的是某公社书记的女儿。县一中的录取通知书我是收到的，因为一个多月不来报到，除名了。

没办法，只好在家附近的高中就读。

高中那几年真够折腾的，我的哥哥结婚，接着跟我们分家，我年迈体弱的母亲带着三个孩子，我加上两个弟弟，还都上学，家庭异常困难。我住不起校，连一个月一块钱的面汤钱都交不起，中午干咽那比铁还硬还凉的芋干面饼子，傍晚放学回家钻进高粱地里屁股像放鞭炮一样炸鞭子。

第一年，落选了。

第二年，又落选了。

第三年，我由理科改成文科，铤而走险！我终于考上了，还超出大学录取分数线许多分。

在去往县城填志愿的路上，我大哥追上了我的班主任王老师，说："王老师，您一定要帮帮我弟弟，哪怕城里扒茅厕的学校，也要让他上！"

其实那就是我们农家子弟最简单的想法，扒茅厕的学校，只要能上，只要农村户口转成城市户口，鲤鱼跳龙门，就足够了！

可人一到了一个台阶，欲望就滋长。按照我的分数，有经验的老师立时判断出，上不着天，下不着地，师大！老师没有一个希望学生上师大的，学师范出来当老师，像他们一样，一生清苦，于是另一位老师给我出点子："重点大学及第一批录取院校"栏不要填,普通栏你只填一所高校,只填"法律系",下面不要服从分配,我保证你录取。我知道他可以保证的,他本身就是那所大学毕业的,可我不敢,谁敢冒那个风险呀!

我不出人所料被师范大学录取,毕业后没多少悬念地做了中学老师,一做做了近四十年,其间动过心,想转行,可几番努力都无果,就是做老师,也是辗转了好几所学校,从家乡到上海,欲望的火焰始终在蓬蓬燃烧着,为出一点小名,为了一点蝇头小利,内心纠结、痛苦、怨愤、不平过,最后总算以一个正高级教师收场。

六十年了,再回望自己的人生,想一想人是不该有多少痛苦的,再走回昨天,想一想昨天的那点简单的初心,那不是很满足吗?

大漠的月亮

我躺在这里
冬天的音乐
从我苍黄的肌体爬过
我的思想一瓣瓣凋落
在等待下一出悲剧
也许只能演出一次
伟大或者壮丽
而这一时刻
我的生命
这变节的女人
兀鹫一样盘旋
天空淡成一颗黑星
白云撕成一张讣告
我还能希求什么
而这一时刻
我还能发现你的到来吗
从绝望的心灵
我发现我少年的金牌
我发现我的太阳没有死去
我发现地球与你同一个祖先
我发现从你那久已淡忘的传说
一位素女翩翩飞来
而那时我再去死亡一次
才明白活着是多么不可复制

伴着儿歌，我不知不觉老了

我母亲不识字，否则的话，不会教我这些儿歌了。

我三四岁的时候，我母亲把我抱在怀里，唱："小喜鹊，一拃长，娶了媳妇忘了娘，把娘放在豆秸里，把媳妇搂在被窝里。"我在母亲怀里，就一拃长，我想哪有儿子这么狠心的呢？把娘放在豆秸里，把媳妇搂在被窝里。我想我长大了肯定不会这样。

面对月亮，我们往往充满着无穷的想象，我觉得还是母亲教给我的《月姥娘》最形象："月姥娘，爬上高，骑白马，带洋刀，洋刀快，切白菜，白菜老，切红袄，红袄红，切紫绒，紫绒紫，切麻籽，麻籽麻，切碗碴……"你只要有力气，就可以无限地切下去，这里面，除了月亮遥不可及，都是生活中触手可及的东西，所以我能记得住，现在看来用了顶真的手法，节奏感强，朗朗上口，现代人编的儿歌很少有这样能让人记住的。

陕北民歌有许多是与爱情有关的，那种爱情是火辣辣、赤裸裸的爱情，其实我们家乡也有这样的民歌，像这样一首，也是母亲教我的："小烟袋，一拃长，拖拉拖拉到瓦房，瓦房有个大姐洗衣裳，老丈人不打你的光脊梁。大姐大姐别生气，明天拉车来接你。什么车？花板车。什么牛？双角老柿牛。什么鞭？大鞭加小鞭，一打一罨烟，一打一罨烟。"你看这位大姐多开放，在瓦房里洗衣裳能光个脊梁。我们家乡的妇女，夏天在没有外人的情况下是光脊梁的，凉快，一有外人来,比如"卖豆腐哟——"响起,就赶紧找衣服披上,来不及穿的,卖豆腐的来到跟前,也见怪不怪。这"小烟袋"一见光脊梁的大姐就动了念头,"老丈人不打你的光脊梁"是潜意识活动,或者真的打了,还说"大姐大姐别生气,明天拉车来接你",这就要把大姐娶上了。封建社会的女子是这样,我是在自己家的瓦房里洗衣裳,我光着脊梁,是觉得不会有外人看见的,你"小烟袋"误打误撞进了我的瓦房,看见我的光脊梁,还打了我的光脊梁,你不娶我谁娶我?说出去,我失了贞操,让我还怎么嫁人呢?所以这大姐不但不生气,还爽快地答应了。我愿意嫁给你,什么车?花板车。什么牛?双角老柿牛。老柿牛,我在乡间见过,走得稳,不至于把新娘子颠掉。还要问"什么鞭","大鞭加小鞭,一打一罡烟,一打一罡烟。"误打误撞进了人家的瓦房,娶上这样一个大姐,别提多高兴了。这真是一个美丽的爱情故事,比《诗经》里的还生动,"小烟袋"在《诗经》里算起兴,可在这首民歌里不仅算起兴,还成为其中的一个人物——男主人公。

儿歌,不仅我会唱,我们村的大人小孩都会唱。小孩多半是从大人那里学会的,然后在玩耍的时候相互唱,于是都学会了。下雨的时候,我们这些光屁股的孩子,站在大堤上,对着河流高声齐唱:"天老爷,别下了,坑里的葫芦长大了。"

我们在做游戏的时候,也是伴随着儿歌的。比如"兑花屏",我们两两一组兑着"花屏",就唱着"兑,兑,兑花屏,兑个花屏到南山……",等唱完了,一个由身体组成的"花屏"也兑好了。更有趣的是"杨柳树,砍大刀"。

"杨柳树，砍大刀"由甲、乙两组组成。

甲组对乙组喊话：杨柳树

乙回答：砍大刀

甲：恁的北瓜紧俺挑

乙：挑哪个？

甲：挑张彪

乙：张彪长胡子

甲：单挑毛银的毛蹄子

那个被挑中的叫毛银的女孩，就朝对方的人链奋力冲去，所谓人链，是甲组队员手拉手结成的链条，若毛银冲过去了，就光荣凯旋；若冲不过去，就被对方俘虏了。

伴着儿歌，我们在打麦场上往往玩到月明星稀，等摸到被窝里，大人早已进入梦乡了。

等读书了，上学了，小伙伴们便玩起了猜字谜。我读报刊上的灯谜的文章，再高明的制作灯谜的大师，制作的灯谜都没我小时候听到的谜语生动：

王大娘，白腚帮，一腚咣到石头上。你猜啥字？

碧。

还有更有趣的：

一点一横长，口字在当甑，儿子去拉架，耳朵拽多长。不知道的以为是一场家庭大战，其实是一个字：

郭。

我们的儿歌只有用我们家乡的方言念才有味儿，用普通话念，味道全无。就如同上海儿歌：落雨了，打烊了，小巴辣子开会了。只有用上海话念才有味儿，普通话一点传达不出那种味儿。我的忘年交、著名语文特级教师、朗诵艺术家过传忠老师,他老家蒙城,离我老家不远。他说他的文学启蒙来自他奶奶,他在老家长到八岁,他奶奶教他的儿歌,是他接触最早的民间文学。在饭桌上,当着众多朗诵艺术家的面,他用家乡的方言念这首儿歌:"小针扎,扎米花,有亲戚,来到家。搬个板凳你坐下,拿个烟袋你哈哈。俺到家后逮鸡杀。鸡说:半夜打鸣喉咙哑,你咋不杀那个马?马说:备上鞍子上九州,你咋不杀那个牛?牛说:耕田犁地不能歇,你咋不杀那个鳖?鳖说:不吃你的粮,不住你的房,你咋不杀那个羊?羊说:吃斋好善不改口,你咋不杀那个狗?狗说:看家守门不敢逃,你咋不杀那个猫?猫说:捉鼠钻了一头泥,你咋不杀那个驴?驴说:推套磨,落麦麸,你咋不杀那个猪?猪说:你杀俺,俺不怪,俺是阳间一道菜。"过老师咧嘴笑着,听的人听得津津有味。

  伴着儿歌,我不知不觉老了,小时候母亲教我的儿歌我依然记得清清楚楚,如果我也算能弄点文学的话,母亲应该是我的启蒙老师。儿子小时候,我没教这些儿歌,嫌太土,把家里所有的家具编成儿歌让他背;孙女落地就是上海人,平时我们交流用普通话,更说不上教她家乡的儿歌了,但孙女唱的"一闪一闪亮晶晶,满天都是小星星,它在天上放光明,就像许多小眼睛",像儿歌,不知从哪里学的。

割草的孩子

挎着狼嘴畚箕
挎着大树下老牛饥饿的期待
我们这群通体放光的孩子
投进猛烈的夏天

滚沸的风从大地上轰轰而起
田野如油锅一样
我们的汗水、黝黑
和痛苦的哑默
是对千古贫瘠的反抗

先祖使用过的镰刀
柄上的层层印痕
挥着挥着就是一台机器
轰轰隆隆从田间的愁眉间
开过

在一片清凉的树荫下
捏一群欢欢喜喜泥娃娃的
是我们的一群后代
在表演挥镰割草的游戏

左手中指的伤疤

一道清晰的伤疤像一条大虫斜着趴在我的左手中指上，搬也搬不走，这辈子搬不走了，它将跟着我进入坟墓。

如果放在过去就会说这是一道仇恨的伤疤，是地主老财砍的。不，不是，是我自己砍的。

十岁那年我第一次割草，割生产队的任务草，每人三斤，我家五口人，我应该每天完成十五斤。第一次割草镰刀是拿反的，往下面一砍草根，镰刀像兔子一样猛蹦了一下，重重地砍在了我自己左手的中指上，留下了终生都抹不去的伤疤，抹不掉了，用橡皮擦也没有用。

我们那块地方是淤土地，本来草就长出的少，何况天天割，草像眼睫毛一样长出来就被人割掉了，房前屋后、路边渠旁、长堤下、河沟畔，到处光秃秃的。我第一次割草专门割莎草的梢，像韭菜，又干净又整齐，交给喂牛的振民叔，他夸奖我交来的任务草最干净，用秤称了只有两斤。振民叔对我母亲说："割了一天只割两斤"，我母亲说："已经很不错了。"抚了抚我的头，奖励我一根大糕果。

离完成任务还差得远呢！

姐姐放工之后到东庄草滩三下五除二一下子就捋来一畚箕草，交给了振民叔。姐姐的那一畚箕草骄傲地扬起尾巴，像战胜者欢呼的枪支，而我的那两斤草自惭形秽，羞愤地低下了头颅。

那赶明日我们也到东庄草滩看看怎么样？

我们要游过河到对岸去。我们漂洋过海，让畚箕跟我们一起漂，我们看着天空，看着白云朝我们后面退去，有时折过身看有没有偏离方向，没有偏，再继续漂洋过海，看着鸟往天上飞，翅膀碰着云朵，把云朵撞成雪白的漩涡。

头一顶，岸到了。

到了东庄草滩，傻了，啥也没有，草被姐姐们割光了，草孙子们还没生出来。

几个伙伴在阴凉处打牌。我不打牌，想到今天十五斤的任务草。我勤奋地在周边割着，东寻一点，西寻一点，居然把畚箕填满了。打牌的小伙伴看着夕阳下去了，赶紧起身去割一点，把自己的衣服、鞋子混到草里面，居然畚箕也满了。

我们依然漂洋过海回去。一畚箕的草在水中漂，借助浮力，倒比背着要省力得多。交任务草的时候，那几个小伙伴趁着天黑逃过了振民叔的眼睛，先让衣服和鞋子充数量，然后再从草堆里把衣服和鞋子捞出来，我因为草湿而压了点秤就心中忐忑不安，等振民叔称过了秤，说"正好，十五斤"，我的心脏才安静下来。

寻找草源是很重要的。

王之水坟上的草多。

一般死人的坟长的都是拉拉秧，那草很茂盛，一眨眼就把整个坟给包裹了，如同给死人穿了绿装，但那种草粗，牛不吃，再说藤上有刺，像锯齿，会把你的皮肤划破。王之水坟上的草却特别，是万根草，像茁壮的士兵，个个精神抖擞地守卫在他的坟上。

王之水当兵出身，做过公安局长，五十几岁得了肝癌，疼痛难忍，一疼起来就骂老婆、打老婆，骂得、打得老婆对他没有一点念想。

那万根草是不是王之水的汗毛？

"谁敢把王之水坟上的万根草割光？"一个小伙伴挑衅说。

"我敢。"我说。其实我是担心任务草完不成。

我在他们的众目睽睽下瞬间把王之水坟上的万根草砍光了。对付万根草，不能是温柔地割，只能是狠狠地砍。这种草长得不高，但很粗，根扎得很深，又硬，我一镰刀下去，就仿佛看到王之水哆嗦了一下。王之水有枪，我也害怕他从坟墓中爬起来一枪崩了我，但有小伙伴为我壮胆，更是完成任务的信念支撑着我。我砍草的速度很快，动作也很娴熟，王之水的坟很快就干净了，仿佛他的头发、眉毛、汗毛被我拔得精光，露出光洁的皮肤，仿佛我给王之水剃须、净面、浴身一样，他整个人都精神、清爽起来。他坟头上的一根毛谷缨草在风中轻轻摇曳，像王之水在对我满足地微笑。

我没见过王之水，他在我家乡是个传奇。

从此我对万根草情有独钟。

这种草干净、压秤，像稻苗，像夸张的韭菜，半畚箕就够十五斤了。

我独自发现一处万根草源。我没有告诉任何人，只我一人享用，它在高粱地深处。那是一片广大而茂密的万根草源啊！我兴奋地砍着。一会儿畚箕就快装满了。我想不能一下子割完，留待明天享用，而告诉每一根万根草替我保密。高粱地密不透风，我浑身湿透，汗水模糊双眼，朦胧中看到一只兔子从我面前跃过，一个猎人一下蹲到我跟前，独眼龙，那只瞎了的眼对我说:"别出声,出声我打死你!"猎枪黑乎乎的枪口朝我戳了一下。

"小伟。"

母亲喊我了。

我一步一滴汗地将沉重的畚箕挪向了田头。不到一畚箕的万根草,十八斤,我背不动。一阵凉爽的风从心头掠过。

这就是我童年割草的经历。那是任务,却忍受了许多屈辱,我不敢到生产队的豆田里去割草,一种叫菟丝子的草牛特别喜欢吃,它是缠在豆秧上的,你割它也把豆秧给割了,但不割它,它将会像一场大火一样把整个豆地烧光。可正当我产生去试一试的念头的时候,生产队长一声恫吓,我半个胆缩了回来。我时常想起母亲讲了无数遍的奶奶因为几颗豌豆而上吊自杀的故事,她是被一个乡干部给吓死的。

这道伤疤抹不去了,抹不去我童年那段鲜明的印记。

心旅

心,你这棵晶洁的树
总信
一枚果子收取一颗太阳
一眼温存一句和气
当真?童年走过万年的剜割
斑斑痕痕
总是高亢、威严的斥辱、唾弃
总是默默的激烈,血
汩汩浸入不外现的怨愤
却以欢笑的强颜包装封裹

爱是一盒磁带全部送人
又收回几丝回音
只有冰冷撞碎梦忆

你沿不为人知的幽暗爬行
一生的低卑
唯换取一句公正的默许
你和人们,人们和你
都是同类

经历让你学会对外设防
学会小心地保护自己
心啊,你这棵晶洁的树
结出厚厚的碱垢
溜进哪处月光悄悄打开

读书往事

没有什么能比得上读书更吸引我。小学的时候，往往把身上挎的算盘丢失在放学的路上，那是我倚在沟边看书全然忘记身外的一切的缘故。那时候读书是无什么前途可言的。上初中、高中乃至大学全凭推荐，有后门可走的，交白卷也能青云直上，我等老百姓家子弟，成绩再好也被拒之于学门之外。

可我对读书天生有瘾。

那年秋天，也就是当小学教师的父亲去世的第二年，阴雨绵绵，作为我们农人的全部干粮的红芋干全霉在地里了，我家的生活非常窘困。我家每月十二元钱的抚恤金买补给的干粮都不够，哪里缴得起书钱学费呢？可班主任催得紧，催得我都想上吊。无奈，我对哥哥说："我不想上了，上也没有用，上高中凭推荐，哪有咱的份？再说我都上到五年级了，到城里能区分男女厕所就行了。"可哥哥坚决不答应："我就是摔锅卖铁，也得让你上下去。"

哥哥终究拿不出供我缴学费的叫做人民币的纸来。可我终于在窗台上发现一张老票子的五元钱来，拿给同桌看，同桌说是五十年代的票子，我们家也有，可以用，他代替我交给班主任了。哪知闯了大祸，这边刚交过去，那边大队广播就喊我哥哥速到大队部来。当时正在我们大队蹲点的公社副书记将我哥狠训了一通："你竟拿国民党的票子给你弟弟缴学费，要是地主富农的儿子，我非把你捆起来不可！"

算我今生有幸，我初中毕业那年，恰好高考制度恢复了，我上了高中。学校离我家将近五公里，我住不起校，只好早出晚归。后来读明朝宋濂的《送东阳马生序》："穷冬烈风，大雪深数尺，足肤皲裂而不知。至舍，四肢僵劲不能动……"颇有同感。尽管穷冬烈风，我仍然坚持走路捧书而看，为的是把不住校耽误的时间给补回来，且独处看书，心静神凝，自然比在嚷嚷闹市中看书效率要高得多。中午自然是不能归家，从书包里掏出黑硬、冰凉的红苕干面饼子来充饥。我的熬夜的习惯也是那时养成的。我每晚都要熬到 11 点钟，心里计算着要比住校的同学学习更多的时间。这自然要遭到母亲的反对，因为我在熬她的煤油，她的煤油是用她辛酸的钱换来的，而她的钱比金子还珍贵。除了心疼钱，母亲也担心这样点灯熬油，会熬坏了我的身子。为了多读一点书，我不知忍受了母亲多少个晚上的唠叨。

我考上了师大中文系。我获得了能读到更多书的机会。我依然保持中学时的习惯，在读书上花费比别人更多的时间。这习惯一直保持到今天。我从事的是教书的职业。我从普通教师能成为一个正高级教师，且发表了些文学作品和教育教学论文，产生了些影响，这都跟我喜欢读书有很大关系。

都市垅亩

我把这份恋旧的情感
种植于这方赭红的泥土

哦,妻子,我是乡村孩子
对于我们居住的都市
怀有永世的生疏

我们好心设计的将来
都一一成为过去时态
昼更夜替
这就是波澜不惊的日子?
然而泥土
谁能阻止我温习农业

泥土中的这份情感
我要日日为它松土、浇水
夕阳下让它发出芽包
让它长出南瓜、梅豆、茄子
以及我对于古朴村道
那种惯熟的姿势
在母亲苍老的额头
爆出绚烂的夏花

心中的自留地

"自留地",顾名思义,给自己留下的一片土地。在人民公社的时代,社员的土地是姓公的,没有姓私的,于是除了生产队公共的土地之外,也给每一户社员留下小片的土地,叫自留地。

我们家的自留地就在我们家附近,原本是别人的一片宅基地,那家人家宅基地面积超了,动地的时候,这片宅基地就属于我们了。我们暂时不盖房子,也没钱盖房子,也不需要盖房子,我们小兄弟三个,离成家还远着呢。不盖房子,这片土地不能种庄稼,牛转不过身来,只能种菜。于是这片自留地就成了我们家的菜园。

菜园是要有园子的,园子是用篱笆围的,篱笆是用秫秸扎成的,留有门,一开一关,像我们一般人家的院子。筑篱笆主要是为了防止鸡进入,那时人饥饿,鸡比人还饥饿,鸡一饥饿就钻到菜地里,专啄菜芯,把个菜芯啄得秃秃的,这便让主人挨骂——"谁家的鸡爹鸡老爷,跑到我们家菜地里,叨你娘的什么芯子吗?"实际上主人也够冤的,人能管住,能管住鸡吗?鸡还好说,最可怕的是羊了,有时候园门稍有放松,羊就钻了进去,像个强盗,把好端端的一片菜给洗劫一空。菜就像菜农的孩子,是看着它如何孕育、发芽、生长的,现在被羊啃成那个样子,确实够心疼的,怪不得种菜的妇女往地上一瘫,双手扑地,"谁家的羊爹羊老爷,不管好,吃俺的菜,吃你娘的什么芯子吗?"

我是我们家菜园的主人。那时候我只有十一二岁,就成了道道地地的菜农。冬天,所有的菜已经收获完了,留下干枯的茎和藤,我就用镰刀把它们全割了当柴烧去。菜地上覆了一层霜。我拿起刨锸把菜地刨了一遍,刨出一片崭新的土地,它翻过身来向蓝天做着深呼吸。这时候的土地是醒着的,一场冬雪来它就眠着,眠了一个冬天,养足了墒气,等来年春天孕育新的蔬菜生长。

　　春天,我把土弄碎了,碎得像面粉一样。我辟出了菜畦。我把一粒粒菜籽洒向土里,然后又耙匀了。这是一层新土,我在上面盖了一层草毡。菜籽在土里浸泡着,先形成胚胎,再发出芽来,然后就长出苗来,草毡一掀开,就葱郁一片了。菜苗一天天叶子变大,在长高长壮,间了苗之后更加青绿,叶子仿佛变成黑的了。我从井里挑了水洒向菜畦,一瓢一瓢,唰唰,每一株菜都神清气爽起来。它们高兴,我也跟着高兴。我拔了一捆回家让母亲做菜去,吃着自己劳动得来的果实,充满着自豪与得意。

　　至今我无法回想起在这里我种下的蔬菜的确切品种。我种下的蔬菜大概有十几种之多吧,有豆角、梅豆、辣椒、茄子、青菜、芫荽、萝卜、白菜、菠菜、南瓜、北瓜、丝瓜等。我知道什么季节该种什么菜。我知道"头伏萝卜二伏菜"的口诀。我甚至知道什么菜好发芽,什么菜不好发芽,比如芫荽和菠菜,是最难发芽的了,包了一层硬硬的壳,种下十几天,扒开土一看,还是原样。但不管怎样,我都精心地经营着我们的这片自留地,看着豆角、梅豆、丝瓜顺着篱笆爬,甚至爬到高高的树上,看着我种下的架南瓜(架南瓜一般是要架起来长的，但不架也照样长）像小狗一样地满地蜷着，八月十五的时候全村人都摘了我的南瓜炸丸子去，我就异常地开心，心理获得最大的满足。

烈日炎炎，南瓜和向日葵的叶子沮丧地耷拉着，我挑了两只小桶去井里打水，小桶漏出的水在土路上划出鲜明的曲线，打在土上冒出烟来。我把桶中的水浇向南瓜和向日葵的根部，它们立时就会精神起来，在黄昏的风中摇摇歌唱起来。我光着上身，顶着烈日，皮肤被灼得生疼，像被鞭子抽过一样，又油又黑，像被桐油涂过一样。我的每一滴汗在地上都能砸出一个坑来。这个时候，我明白我的血液已经和蔬菜融在一起了。

这就是我的自留地。我耐心地经营它，像梳理着心爱的鸟的羽毛。它在我心中留存了半个世纪，成为我遥远的儿时的记忆。自那之后，我就没有了这样的自留地。这些年我穿行在城市里，忙东忙西，丢失了自己的脚步。我想我到底是在为什么而忙呢？我是谁？我究竟是谁？我从哪里来，将到哪里去？我在想，在繁华都市中，每个人心中都应有一块自留地，种上各种各样的蔬菜和庄稼，好好经营，为它浇水，为它施肥，为它间苗拔草，让喧嚣躁动的心平静下来。

颓垣

我要回家

无家可归的孩子
你的城堡已经倒塌
荒草败迹,斑驳的土坯
第十九只手掌抚摸过的所在
隔着遥远的风雨
和我息息呼应

哦,我的屋子,我的意念中的
被称作家的尺寸之地,黑暗中
我多少先人居住过的地方
孳生、繁衍多少苦难
并把苦难遗传给我们
遗传我们
抗拒苦难的原型血

一层一层茅草揭去
一茬一茬寂灭无迹
一茬一茬暴着凸筋活命
一页一页史记随大风揭走

无论我流浪多么久多么远
它都代表母亲

我从这里出发
也最终归回到这个安全的地方
冬天，御寒
夏天，遮阴
风雨来了阻挡风雨
日暮昏昏，惶惶的火中
从哪个角落寻找到
那粒发亮的泪滴
那枚我们苦难着生活的金刚钻

我要回家

老屋

  三弟发来短信，说常常梦见我们那几间老屋屋檐下飞出几只小鸟，为它写一篇文章吧。我的眼泪不由得夺眶而出。

  三弟说的那几间老屋，十几年前就不存在了，它实在承受不住岁月的风霜，塌了。在那片老宅上，只剩下一片颓迹，印证着我们既往屈辱而艰难的岁月，而且愈是随着岁月的增长，愈清晰显影，我们这几只苦命的小鸟，永远在它记忆的空间里活动着。

  这是三间西屋。在我们乡下，若不是万不得已，一般人家是不会盖西屋的，坐西朝东，一天见不了多少阳光。在乡下堂屋是富贵的象征，若是谁家盖三间大瓦房，又是堂屋，娶儿媳妇保准是不愁了,可我们家没有办法,总共五间宽的老宅子,我们和小奶家各一半,若盖堂屋,只能盖两间半宽,所以只能盖西屋。西屋一开始也不是三间,是两间,后来考虑经济稍微宽敞一些,又接了一间。这一接不要紧,看上去几间屋像沙漠上的骆驼。记得在盖第三间的时候,是亲戚们来踩的墙,墙踩好之后连续数天阴雨,只好用草苫上墙头。等墙体稍微干了些,就上梁,就苫草,上梁苫草请的是我们庄的劳动力,可干到了一半,劳动力就被生产队长撤走了。无奈我大哥只好去求爹爹告奶奶,老少爷们偷偷利用几个晌午总算把我们这一间屋盖好了。在乡下,盖几间屋,就等于扒一层皮,何况是在当时极端不富裕的状况下,我们接的这一间屋,梁上了一半,生产队长有意使绊子,若是连天阴雨,整个房子就泡汤了。

三弟是在这间房子里出生的。记得是冬天,父亲铺了一层豆草在地上打地铺,母亲睡在暖实的地铺上,第二天传来消息,昨晚我们庄上东头、西头各添了一个小毛孩,东头添的是女孩,西头的就是我三弟。我问母亲:我们家的小毛孩是从哪里来的?母亲说是在庄西头的小涵洞的沙土里扒出来的。我就去那涵洞里去看,果然有扒的痕迹,大概是昨晚母亲和东头的那位妇女都出了门,到这涵洞的沙土里,一人扒一个小毛孩各自抱回去。我再察看我们家的一段颓墙,上面真有一点血迹,我怀疑三弟就是顺着这条路线被"抱"回家来的。

后来又"抱"来了四弟。

四弟出生不久,父亲就生了病,总是发烧,总是呕吐,伴有拱地的头痛，可就是查不出病因。那年夏天，三外老、四外老到我们家来，一看是我们的正门正冲在小奶家的墙基上，于是封上了这扇门，里面破墙开门，几间屋之间便如地道战一样打通了通道。没有了正门，里面便显得特别阴暗，外面是白天，我们的屋内便是夜晚了。有段时间为了避邪，父亲被关进了屋里，姐姐胆小，进到屋里给父亲送饭特别害怕，仿佛里面关了一个鬼魂似的。

这年秋天，父亲真的成了鬼魂。

因为是草屋，麦草容易沤烂，加之那年月，鸡比人还饿，就纷纷飞到屋顶上，在麦草丛间啄来挠去，于是从屋内往屋盖上看，像天上星，亮晶晶，下雨的时候，便是屋内屋外一样水汪汪，即便外面不下了，里面照样滴答滴答下雨。屋盖如此，墙体也因经了风雨长期侵蚀，而变得犬牙差互，加之老鼠作洞，西北风吹进来，就在屋内回旋着尖利的呼哨。

那些年月我所写的困难补助申请总是以这几间草屋的修补为理由。

风雨飘摇中，老屋如一艘残破不堪的船。

可母亲这位船长很快就老了。不是年龄的苍老，事实上母亲去世时也仅六十七岁，在如今的城市老人中尚属"年轻"一代，是岁月沧桑的风霜，是积久痨病的摧残。有许多日子母亲总是在这几间风雨飘摇的老屋中呻吟，在阳光永远照不到的灰暗中，那张为痨病折磨得青灰的脸，宛若另外一个世界中呻吟的幽灵。

这几间老屋，盛装过我们多少苦痛，同时也盛装过我们多少欢乐。最欢乐莫过于我上大学期间每每放假回家一家人团聚的日子。我们在老屋中举杯相庆。可有一年暑假，母亲花了十二元钱刚从集上买来的热水瓶被性格暴烈的三弟掷在地上摔瘪了，这一摔简直让母亲悲痛欲绝，坐在地上号啕不已，要知道母亲就是靠这热水瓶半夜能喝点热水润湿喉咙来缓解她剧烈的咳嗽。我当时气极，把三弟打了一顿，可这一打母亲号啕得更厉害了，说你把他胳膊腿打断了，你能养他一辈子吗？

三弟，哥打你，如今还疼吗？

母亲去了，这几间老屋塌了。

我们这几只小鸟，在我们苦命的母亲的暖翼下孵育了很久很久，最终从老屋中扑喇喇飞了出来。我们当然不是飞得很高很高，那几间老屋也注定不可能被修复成什么名人故居，但我们毕竟告别了从前的日子。随着年岁渐长，我们也都分别阅读了些人世沧桑，人世间的悲欢离合同样通过别人或我们自己在今天的现实中上演着，但无论怎样，我们都能在梦中回到我们的老屋里，我们重又在那里相聚，一幕幕放映着我们母子相依为命走过的那段艰辛岁月，我们心浮气躁的灵魂就会立时安顿下来。

母亲
唤我

母亲？母亲你在哪里
唤我？母亲
你是在那红土高坡吗？
隔着三千年的层峦叠嶂
隔着风、雨、光、雾，时空苍茫
母亲，唤我？

还有父亲，还有
哥哥
还有与我擦肩而过的两个姐姐
还有……

隔着三千年的层峦叠嶂
隔着时空苍茫
家，在哪里？
眼前闪过一张张陌生的面孔
隔着地球与火星
真情，你在哪里？
隔着九千里的月光
亲人们，你们在哪里？

归来吧，归来哟

你身心俱疲，还要流亡多久？
母亲唤我
唤回祖先的红土高坡
那里有父亲、哥哥、姐姐……
家，原来是在这里！

五棵杨树直插云霄
松涛阵阵，巨乳一样的红土
那里袅袅升起炊烟
飘荡童年的歌谣
母亲，唤我？

喊魂

  在我们乡下，若是小孩子因为不慎磕着了，小孩子在没命地哭喊，大人就一手抚地，一手抚着孩子，说："娇儿，不怕，娇儿，不怕。"意思是说，孩子的魂刚才丢了，这样做好把它喊回来。

  我小时候曾经亲眼看到过为缢死的人喊魂的情景。那是冬天的一个傍晚，我们村的孩子都往前村跑，说有人上吊了。前村西边有一间场屋，场屋上面站着几位男劳力，挥舞大棒不停地捶打屋子，口中不停地喊着那个死者的名字，一遍遍说："回来吧，回来吧。"

  那个被喊魂的人终究没有回来。我们进到屋里去看，她直挺挺地躺在地上，舌头伸得老长。午饭前她还在人间，只是女大不中留，她的心中燃烧了爱情，她的母亲唠叨了两句，她就赶到西边的场屋上吊了。

她的魂丢了，喊也喊不回来。

此时我在想，我的魂是不是也丢了？

我出生在乡村，这里有过我童年的梦想。我熟悉这里的每一寸土地，每一间房屋，每一条小路，每一棵树，每一株草，每一枝花，甚至树上的每一个鸟窝，甚至小路上的每一个坑每一个洼，甚至每一枝花上落的蜜蜂和苍蝇。我熟悉从乡村升起的每一缕炊烟，留在田埂上的每一道脚印，每一行大豆和小麦，每一座坟茔。坟茔的主人，他们活着的时候都和我熟悉，常喊着我的乳名，亲切地讲述他们和在他们以前的故事（这样一代一代讲下去就构成了村史）。我在这片土地上生活了十九年，十九年有欢欣，有苦难，有泪水，有汗水，而且这十九年我的命运是和我父亲、母亲、姐姐、哥哥、弟弟紧紧绑在一起，也和我所熟识的父老乡亲的命运绑在一起。我曾经感觉到：我是融入这片土地的。我的血液就是这土地做成的。

可我不知道，从什么时候开始我的魂就丢了呢！

我开始厌弃这块土地。我嫌这块土地有点腌臜，猪圈里的稀泥和猪屎，鸡在院子里拉的全是鸡屎，满院子的乱草和乱柴，屋子里横一条竖一条杂乱的衣物，桌子和板凳上的灰尘与污垢……所有这一些，我都感觉到和城市生活极大的不协调。尤其令我不习惯的是，在乡间我没法洗澡，而一回到城里，粘上一路灰尘的我马上钻进浴室，将自己的脏污褪洗干净,企图将自己身上的乡村气褪洗干净。

我回家的次数渐少。即便回家,也是以工作忙为由,在家只呆一个中午,除了做饭、吃饭,和母亲说不上两句话,然后又匆匆告别,匆匆赶回我城里的小窝里。即便春节,春节是万家团圆的日子,我至多在家过一两天,便赶在年初一或年初二的晚上,顶着城里的硝烟炮火,在城市的万家灯火中,回到自己的蜗居,宁愿品尝一个局外人的孤独。

母亲当然明白:我的魂已经丢了,已丢了很久很久了。有一次她终于无法容忍了。那是我隔了一两个月之后回到家里,母亲感到像一生一样地漫长了,便抄起笤帚朝我打来。然而我还是过了一个中午,又匆匆告别。母亲把我送到村东口,像有许多话要跟我说,她有多少话要对我说啊,可嘴唇嗫嚅一阵,终究什么话也没有说出来。她朝我挥了挥手,瘦弱的身子在秋风中颤动,像一根轻细的苇草。母亲不说,我知道,她的儿子魂已经丢了,而善良的母亲对她的儿子有多少包涵啊!

直到母亲去世,我们彼此都没有说破。

来上海后,我曾经写过一篇散文《常回家看看》在报上发表,我在文中说:"母亲不在了,我的魂不知在何处栖息了。"哥哥看到了,来信说:"虽然母亲不在了,还有兄弟姐妹父老乡亲啊,希望你常回家看看。"

我终究没有常回家看看,十余年中回去了两三回,和兄弟姐妹见面也仅仅是一两个小时的时间。2013年冬天哥哥突然去世,我感到在乡村的那个家彻底没了。如今姐姐也苍老了,自姐夫去世后,我没回去过。我常常感叹人在江湖,身不由己，可人到老年，总常常回想过去，回想那片养育自己的土地，那土地里埋着的父亲、母亲和哥哥，而灵魂只有回到那里，才觉得安稳。然而想回去，可总是因为这样那样的事情而被绊住了脚步。

如今，我退休了，不再为了名呀、利呀的身外之物而奔波劳累。我抚心叩问：我的灵魂呢？我的灵魂丢在了哪里？到底什么才是我们生命的本真？而就在这样想的时候，仿佛听见母亲的一声声呼唤，将我丢失的灵魂像小时一样喊回。

出门

那天下午世界在发生地震
阳光刺入肌肉之内
我和母亲用割豆稞的木镰
挣取贬值的工分
从一朵轻云尾部,伸过来
父亲永别的手
我发现众多的哭都是假哭
蝈蝈们认真地瓜分心灵

母亲的秋雨连绵不断,父亲无所谓
我的肌肉愈加褴褛
并且萎缩不已,双足
原地踏步重重阴雨天气
四角袭来的冷言和诅咒
让我无法赶走刺骨的气味

麻木的悲哀枪毙歌唱
我穿过之后便爆发自己,所谓歌唱
也就是面对自己哭泣

从前的日子

看电视连续剧《平凡的世界》，我爱人问："你们家以前有这么苦吗？"我回答："比这苦！"

印象最深的是1975年。照例是大呼隆，以生产队为单位，地是集体的地，"干多干少一个样，干好干坏一个样，干与不干一个样。"那个地呀，光撒种，不打粮。农民自编的相声说："玉米棒子像抽筋，大豆棵子像小鸡。"十分形象。我们斜尖地种出的小麦，麦穗像蝇头一样。因此小麦才亩产几十斤，我们把小麦面称为好面，除了小麦刚产和过年的时候能吃上几口好面，其他是很难见到好面星的。我们大部分是吃杂面即粗粮，我们那时候的粗粮主要是玉米面和红芋干子面。现在这些东西被有些人看成是绿色食品，我直到现在还是一看到就反胃，真的在那时候给吃怕了。

1975年夏天分的小麦没几天就吃完了，紧接着吃玉米面，可玉米面没几个月也吃完了，就等着分晚红芋。我们那里的红芋分为春红芋和晚红芋。春红芋是春天种的，到了夏天起了，一是煮饭吃，二是切成片，晒干了磨成面贴面饼子吃。我们往往是人猪同食。晚红芋呢，是春红芋收过之后再接着种的，到了秋天收获，分得的晚红芋一部分挖地窖窖起来留着过冬，充当一个冬天的主食，其余大部分是切成片，晒成红芋干子，作为冬天和春天的粮食。

我们把所有的晚红芋都分家到户，那天晴空万里，每一家都把晚红芋切了，熬到大半夜，全部撒到了地里，就等着晒干了，捡到自家的囤里，作为一个冬天和一个春天的主食。一般情况下，由红芋片晒成红芋干，需要两三天。谁知上半夜还是繁星满天，下半夜天就变了脸，狂风骤雨一下子扑向了失魂落魄的大地。这下糟了，我们的红芋片啊，全泡汤了。

乡亲们全傻了！

这场雨一下就是半个月。

天还是阴，家里揭不开锅，怎么办？只好到地里捡红芋片。捡来的红芋片放在井口用水洗了，放在锅里蒸，味道还真好。乡亲们自嘲地说："看，我们家家有饼干吃了。"

等天晴了，晒干的红芋干分两种：一种是下雨前处于半干状态的红芋干，这种红芋干霉得最狠，通体发黑，像在煤炭里浸过一样的；一种是刚切成片就经受风雨洗礼的，这种红芋干外表好看，可是是黑心子的，吃起来苦不堪言。反正这两种红芋干都不好吃，平常人难以下咽。乡村里的人还真有办法，用这种红芋干磨成的面擀成烙馍形状，放在锅里蒸了，卷着吃，口感奇好。最怕的是用这种面擀面条，糊糊涂涂一锅，实在难吃，可不吃又有什么办法？家里只有这种面，不用它擀面条还能用什么擀？

漫长的一个冬啊！

还有漫长的一个春啊！

苦日子终于熬过去了。

等到春夏之交连这种红芋干子也吃完了，我们用抚恤金十二块半（做小学教师的父亲去世后我们每月可领到十二块半的抚恤金）到集镇上买了一麻袋红芋干，这种红芋干虽然也有霉点，但毕竟比我们那种"黑心饼干"好多了，靠着它，我们又捱过了一段缺粮的日子。

我一直觉得我们家苦,其实还有比我们家更苦的。我们的一家邻居,从来炒菜不放油,就是菜放到锅里,拌点盐直接炒了。

这就是我印象当中最困难的1975年。

我常常想,人是最有韧性的动物。路遥常常会提到他的饥饿,我没有挨过饿,因此我佩服黄土地上人民的坚韧。我们今天的日子有着许许多多的不如意,可是回望从前的日子,心中一切的不快都可化解了。因此,观看电视连续剧《平凡的世界》,我又想起我从前的日子,那个难忘的1975年,心中顿时释然了许多。

农家

在我们广大的农家
有日渐涨价的女儿
一夜成为现代都市

当然有那么多的儿子
母亲对于他们的罪债
一生都在偿付
白骨中的老血已完全焦枯
也依然负债累累

回睹萧然的茅舍门
阳光,你该是又一个世纪了吧
呵,母亲,母亲
你苦难已成习惯的脊骨
是一砖一砖垒砌的长桥
渡我到那边的城市

哦,城市,城市,无论哪里的城市
无论多么久,多么远
母亲茅檐悠悠的呼唤
我即可驻足回首

故乡的野味

秋天是生长大豆的季节。大豆转黄，镰刀伸向它们，它们一一倒伏地上。在它们倒下的田埂上，马扑连同长长的藤露了出来，我们俗称马扑蛋子，像一个个圆圆的溜蛋，青绿色的还嫩，不能吃，掰开来露出乳牙般白白的籽；如果是发黄了，捏起来软软的，那就芬香扑鼻，在手中搓一搓，去了泥，整个放在口中嚼了，香甜无比。我们有时候不舍得一口吃下去，而是像个小圆球一样在口腔中滚动着，那也芬芳四溢。

豆地里有一种香泡泡，个头矮小，往往为豆叶覆盖。拨开豆叶，就会发现这种香泡泡，它被一层薄薄的如蝉翼一般的壳包裹着，撕开来就是如金豆一样的香泡泡，真香啊，香气沁入每一个神经细胞，含在嘴里吃了，又香又甜，又水津津的，令每一处血管都舒坦。

这土地真是个宝，什么样的种子撒下去，都能结出果实。有时还能吃上小瓜子呢，不大，不像单独种植的，但发现拳头大的这样的小瓜子，往往能让我们喜出望外，掰开来吃了，解渴，关键能吃出惊喜的味道。

这是植物，还有爬动着的呢——蝈蝈。大豆未成熟的时候，公蝈蝈爬到青豆叶上，对着阳光拼命地叫。公蝈蝈不能吃，我们逮到它，至多编个笼子，把它放进去，叫它日日夜夜为我们唱歌。能吃的是母蝈蝈，个头大，又笨，若怀孕一样在豆棵底下蠢笨地爬着。母蝈蝈是不叫的，因为爬得慢，容易被捉到。收割过的豆地上，公蝈蝈不知跑哪儿了，也听不到它们叫了,只见一个个母蝈蝈在豆叶底下爬着。母蝈蝈肚皮底下黄黄的,肥得流油,所以我们不叫它蝈蝈,叫它油子。我们用毛谷缨草的茎将油子穿了,一串一串提回家去,锅里放点油,将它煎了,别提多好吃了,焦焦的,香喷喷的,那母油子肚子里的籽又一粒一粒的,嚼起来咯吱咯吱。

我们家乡的土地,一年四季都能长出野味。春天,我们挎着小篮子,拿着铲子,到麦地里剜小蒜。小蒜其实不是蒜的一种,它只是外形上像蒜罢了。它也有蒜头,只不过小。叶子小得比韭菜还小,细得像针。尝起来也辣。我们剜一篮子,回家掺鸡蛋炒着吃,是上等的一道菜。我姐姐三年自然灾害时期辍了学,后来看到村里的同龄人都上了高中、读大学,就埋怨我母亲没让她再复读一年,母亲说你不愿意上怪谁呢?其实姐姐是顾着母亲,她要不去地里剜小蒜,母亲就会饿死。所以特殊的年代,小蒜这种野菜是救命的植物啊!

救命的还有灰灰菜、扫帚苗。母亲说,三年自然灾害时期,什么都吃光了,连树皮也给扒光了,也是天不该绝人,不知为什么,漫山遍野都是灰灰菜、扫帚苗,神农尝百草,劳动人民在长期生活实践中,知道大地上的植物什么能吃,什么不能吃,灰灰菜、扫帚苗是两种能吃的植物。于是这两种植物救了不少人的命。

在乡下的时候,母亲从来没做过灰灰菜、扫帚苗给我们吃,有一阵母亲随我住在学校,她发现我校园内有灰灰菜,她采了来,洗一洗,用开水焯了,放上盐,再放点蒜末,浇上香油,凉拌,真好吃,香脆可口。我也只吃过那一回。母亲去世快三十年了,我非常想念她做的凉拌灰灰菜。

我们家有一片北园，有一株茴香树，一株香椿树，每每做菜，母亲都让我掐点茴香去，这是最天然的调味品；香椿发芽，母亲掐来，给我们做香椿炒鸡蛋，那香椿，鲜哪！

还有地皮呢，学名地衣，雨后草地上、草房檐上，到处都是，捡了来，用水洗了，和其他菜一起炒，软津津的，劲道，清爽可口。捡得多了，我们就放在簸箕上晒，和焦糊子吃，吃馍就它，下饭。

故乡的野味，地上长的，天上飞的，都能吃。打猎的，当然主要打野兔子。那野兔子也是野味。我捡到过一只野兔子，灰的，我们很久没吃到肉了，将这只野兔子煮着吃了，大大地解了一顿馋。天上飞的知了我可是吃过一回的。我刚参加工作的时候，同事邀我到他家去，半夜他拿着手电筒，说："走，跟我捉知了去。"原来知了在地上，他用手电筒一照，那泥土中的知了就一动不动，不一会他就捉了半盆。他说知了刚从土里冒出来的才能吃，长出翅膀就不能吃了，飞到树上的更不能吃了。

第二天早上他油炸知了给我吃，嗯，焦、香、脆，一口一个，吃完了，还留恋着空空的盘子。

说来说去是因为我们过去生活条件不好，故乡的野味成为我们嘴里至高无上的美味。现在的孩子，各种各样的水果满足着他们，各种各样的肉类食品变着花样做给他们吃，如果让他们尝一尝我故乡的野味，他们可能会大不以为然，然而却成为我的念想，真想再回到童年，再品尝品尝故乡的野味。

年关

打起包裹
奔赴年这个关口
你步履匆匆
再远的路
都急赶着回家

发水的是火车站
筑起高高的年的堤坝
咔嚓一剪
潮水就会冲决而出

来到年这个关口
只要打开电视
就可看到四处泛滥的洪水
亲人们期盼的眼睛
向我摇摇地招手
晃成门前悠悠的小路
我顿时就会泪雨滂沱

倚在年关
饱经沧桑的父亲
流泪的母亲
还有刻满皱痕的妻子
望眼欲穿

手里数着哗哗的钞票
饱绽辛酸的笑颜

年关
大年三十
哪怕错过一天
都不叫团圆
为了这一天
火车像明星演唱会一样爆满

过了这个关
你又匆匆收起行囊
告别告别的眼睛
融入滚滚的人流

洪峰又次来临……

蒸馍与炸丸子

在我们淮北,年关蒸馍是最大的一件事儿。一年当中,除了娶亲办喜事外,数这一天蒸馍蒸得最多,恨不得要把一年要吃的馍全蒸了。与办喜事不同,办喜事蒸馒头多数是用来招待客人的,而年关蒸馍多数是供自己家人吃。半夜时分妇女们就起来和面,和了一盆又一盆,埋在被子里发酵。等面发了，饧了，就开始蒸馍。馍是放在笼子里蒸，底下一层，上面一层。蒸了一锅又一锅。热气腾腾的馒头、包子、团子和老虎卷子放在簸箕、簸箩里晾着。这时候大人是不在乎小孩子吃的。我们一年中见不到几回好面星儿，也就是这一天能放开肚皮吃个饱，等好面馒头一掀锅，我就顾不得烫手烫嘴，捧起热气腾腾的馒头，狼吞虎咽地吃起来。好面包子出锅也是如此，那干菜里面夹上粉条，很香，很好吃。一天下来，馒头加包子吃上十来八个，吃得肚子像个大皮球。杂面团子可就没人光顾了，哪怕好面裹上杂面的老虎卷子也没人感兴趣，偏偏这些蒸得忒多，是留作年后吃的，老虎卷子皮都被我们揭得——像缺了封面的书本，那时候好面——小麦面奇缺啊，小麦一口人合不到几十斤。

除了蒸馍，还有炸丸子。炸丸子一般是在年二十七或二十八。说是炸丸子，实际上不只是炸丸子这一项，还有焦叶子和蚂蚱腿。那时候乡间食用油也是非常短缺的，所谓食用油就是猪油，也不是纯粹的猪油，而是肥猪肉炼出的油。农人们跑到集市上买来一大块猪肉，肥的多瘦的少，挂在梁头上，肥的就割下炼油了，瘦的留着做菜或者包饺子。这炼出的油就用来炸丸子、焦叶子和蚂蚱腿。丸子是用北瓜或南瓜掺面做的，用手一搦，一粒粒丸子就被搦出来，放在油里炸了，吱吱响，炸得焦焦的，烫烫地放在嘴里，香酥可口。丸子主要是日后做菜或者熬汤的，我们偶尔掂在嘴里尝两个，最好吃的是焦叶子，又焦又薄又脆，上面还粘了些芝麻粒儿，香，吃在嘴里还留有回味。那俗称蚂蚱腿的，做法挺简单，就是切粗的短面条儿，不过面里面是和上糖水的，糖也是稀罕玩意儿，商店里卖的那种甜果子更是吃不上几回，这蚂蚱腿就当作甜果子供我们拉馋了。

古巷

佩戴一两声原始的蝉鸣
惊颤地走进。相挽着
这铺设斜面的巷口
这曲径通幽芬芳着水煎包
古香的巷口
我的心细成墙头上盘绕的青藤
夕阳以亘古的姿势爬下望砖
飘送来一缕豫剧的情歌
轻抚一把青砖上的苔茸
你悄悄地包进手帕

在低洼的拐角
夜塌陷下来
你的白头巾淡成暗点
滴答的檐雨静默下来
后背的风
急剧地弹跳起
青石板上你沉坠的跫音

走出这远古的小巷
黄昏大亮起来
我的心敞开一条大河

小时候的味道，还能再找回吗？

父亲从外面开会回来，给我带来水煎包，那水煎包是用一张黄纸包着的，黄纸被浸得油乎乎的。水煎包像一块银角子大小，从里到外散发着香气，咬一口，面暄暄的，再往里咬，是粉条和肉糜等混成的内馅，特香，连皮带馅一口吞下去，满口留香，津津有味。父亲给我买的一包水煎包，大概有五六只吧，被我几口就干光了，连那水煎包下面的黄底，黄底留下的碎渣，都是焦脆爽口的，舔一舔都是满嘴的油香。

水煎包一定要趁热吃，凉了，一个是面硬，还就是散发一股碱腥味。濉溪县城南关有一家饭店（那时候饭店还都是国营的），蒸水煎包，那水煎包铺在一口平底大铁锅里，个个浸着油，吱吱叫着，饭店师傅往水煎包表层再撒上一层油，面上都吱吱泛着油星，等熟了，师傅把水煎包铲出来，放到盘子里，那水煎包底部焦黄，油光可鉴，就是不吃，光看着，都勾着你肚子里的馋虫。

吃水煎包一定要喝腌汤。腌汤也是在一口大铁锅里，咕嘟咕嘟地冒着泡。腌汤里的成分很多，大概有十几种，数得上来的有面筋、海带丝、豆腐皮、鸡丝、花生米、淀粉、蛋花、虾皮、胡椒粉、香油、醋等，一碗端上桌，呼啦呼啦喝起来，就着水煎包，那滋味，神仙也莫得比。据说那腌汤关键看底料，有家传做腌汤的，那底料几十年都不会倒掉，也不轻易传给别人，那是祖传秘方啊！有上海人出差到河南，说河南胡辣汤，味道好极了，我说不如我们家乡腌汤，我们家乡的膗汤，成分比胡辣汤多得多，味道更绝。

多年没吃上水煎包和膗汤，甚是想念。老友蒋连砗到上海来，说淮北驻上海办事处，他们的师傅会蒸水煎包、烧膗汤，我没去过，没有那样的口福。有一阵我家附近有卖水煎包的，但那水煎包太小，像鸽子蛋，面里面只沾一点点肉，也没粉条，我说："咋不像我小时候的水煎包呢？"老板说上海人不喜欢吃，要照顾上海人的口味。有胡辣汤，喝起来味道还可以，但远比不上我小时候的膗汤。可就是这家"安徽水煎包"店，开了不久也关门大吉。有一次我路过上海杨浦区彰武路，一家河南人开的小吃店，说有卖水煎包的，我异常兴奋，一下买了二十块钱的，拿回家看，啥水煎包，就是韭菜包子，而那韭菜像扫把一样粗，面还都是生的，被我老婆全扔到垃圾桶里。

哎呀，水煎包，水煎包，我小时候的味道哪去了呢？每次回淮北，住相王府宾馆，早餐说有水煎包，拿上来，也不是那种味道；有一次我弟妹从街上买来水煎包，是那种味道，只是还差点，可后来再回去，就没有了。

我爱吃豆腐，也是小时候落下的病根。那时多数是蹓乡卖豆腐的，母亲端出一瓢黄豆，就换来一两块四四方方的豆腐。豆腐是可以生吃的，还没等下锅，就被我挖去一大块，像掏山洞似的，生豆腐清爽可口，令人满口生津。母亲往往不是炒豆腐而是煎豆腐，锅底铺上一层油，豆腐放在油里煎，吱吱作响，豆腐被煎得两面焦黄，盛到盘子里吃了，胜过猪肉。我们那时候是把豆腐当肉吃的。我做单身汉的时候最拿手的是炒豆腐，一点五花肉做底，将豆腐烩入其中，浇点水，炖个三五分钟,盛出来,不烂,软糯香嫩。来上海后到朋友家做客,一见有豆腐,便要大显身手,结果出丑了,把个豆腐炒得稀巴烂。是我的厨技下降了吗?后来才知道,问题出在豆腐上,上海的豆腐多是米豆腐,不是我们家乡黄豆磨成的豆腐。妻子买来的有时称老豆腐,说是正宗豆腐,我一吃,也不是,还是米豆腐,包括到饭店吃的炖豆腐,都不是黄豆磨的豆腐,小时候的味道再找不回来了。

　　小时候的味道失去的不仅是水煎包、腌汤、豆腐,还有饺子。我们家乡所称的饺子就是猫耳朵的那种,到了南方,扁食也叫饺子了。我们家乡,饺子是饺子,扁食是扁食,分得清清爽爽。大年三十晚上吃饺子,年初一吃扁食,是面皮里包着粉条、萝卜等,念牛为我们劳动了一年,牛也应该过年,各家各户端着扁食到牛房给牛送去。我小时候因为家贫,一年难得吃几回饺子,一般是母亲到集上去,买几斤猪肉,一半肥一半瘦,肥的割下来炼油,供平时炒菜用,瘦的就剁着剁着包饺子吃。包饺子要先拌好饺馅,就是剁碎的肉,里面拌有葱、姜,然后浇上香油和酱油、醋少许,条件好的再打两个鸡蛋和进里面;然后和面,好面,即小麦面,和好后放在案板上擀,擀出的面幅再折起来,切成一块块梯形的面皮,大小、厚薄均匀,用筷子夹起一疙瘩肉馅,面皮对折,然后旋转一圈,再翻过来,捏一捏,就是猫耳朵饺子。饺子下锅后,等水开了,还要打两遍水,以防饺子被煮烂。这样的饺子盛上一碗,连汤带饺子一起吃,肉香伴着醋香,味道爽极了。进入城市,饺子单盛出来,旁边放一碟醋,蘸着吃,我不喜欢这种吃法,还是小时候那种粗犷的吃法好,连饺子带汤一起吃下去。

妻子所谓的包饺子都是扁食的形状,当然里面是肉拌蔬菜的,可我吃着总感觉不香,那肉就像木屑一样。有一年春节,我说:"你能不能像我母亲那样包出猫耳朵的饺子?""只是肉,什么也不放?""对。""那咋吃呀?"她照我说的做了,包出来的猫耳朵饺子,还不是母亲当年饺子的味道。

小时候的味道,到哪里找回呢?

火穴

通往地狱的传说
我们顺罐绳下降
远离天空、植物与阳光
进入人类的背面
密不透风的夜
熄灭眼睛
想象中的九泉
亲眼看见

浓汁的夜色
煤,壁立岩层的下面
点燃地面的电流
通往夜色的巷道
灯火通明

风门。风门。风门
打开森林
我们漫步
远古的鸟语和阳光漫步
绿叶和绿叶之间
一片片焦黑地剥落
亘久的火
取自木材的骨髓

自焚为沫
翻转并且掩埋
岩石压过黑色的沉默

我们头顶坚厚的夜色
火的颜色
矿灯缀成低沉的星河
我们看见，掌子面的煤层
分泌火，墨汁的火
浸渍头颅
切入火，风钻和铲
切入血，死亡的殿堂
红色的火光燃自胸膛

那就是火的河流吗
汹涌的黑色
穿过长夜
我们打开眼睛，攀着
通往天堂的缆绳
火流淌一地，堆成煤山
这个晚上，黑色的煤核
将天堂的夜色点亮

深入地下宫

感谢海孜矿党委宣传部的负责同志，给了我一次下井体验生活的机会。

乘罐的感觉就是乘电梯的感觉，一如从第十八层楼无觉间下到了一楼，轻松、舒畅极了。井壁阴森森的，湿漉漉的，犹如淋雨的人越来越起劲地往身上泼着冷水，越向下黑魆魆的空气越阴冷。

耳膜涨得要开裂。

大巷就好比十里长街，上空搭着圆拱的棚，可就是绝无琳琅满目的商品，尽管隔一拃远就有乳白的日光灯照着，可除了铁轨和罐车，什么东西都没有。假如说唯有一人行于这空寂、旷远、悠长、幽邃的巷道，你会恐慌、孤独、寂寞。

主街两旁伸着一条条小街。一道风门又一道风门。风门就是闸。每街每巷都呼呼鼓荡着五级的冷风。

走过大巷一趟犹如逛了一趟街。

拉开一道风门又一道风门。迂回曲折地，弄得我晕头转向，找回路都摸不着门。晕晕间来到了一座山的脚下。山有石梯。石梯旁平行而倾下的就是装有链板的轨。

上了山又折入弯弯曲曲的巷道，一处暗一处明的，一处高一处低的，你一忽儿匆匆地走又慢慢地摸，一忽儿直挺挺身子又弓弯弯着佝偻，一忽儿就完全黑了，空气如同煤层，黑得透彻。照亮了我们眼面前的就全靠了我们额上的矿灯，你照着我，我照着你，串起来在幽邃的巷道里成为一条明明灭灭的银河。

这就是运输区。除了红红的矿灯什么能叫做光亮的东西都没有。链板上的煤,自黝黑处,如翻腾激荡的黑色的河流,滚滚而来,滚滚奔涌,滚滚向前挤撞,开锅似地,径泻入井下煤仓。

在这儿挥锹擢煤的全是矿机关的人员。一例穿着破烂不堪的工作衣,着长长的黑靴,腰挂充电瓶,头戴安全帽,矿灯就嵌在安全帽的前沿,毛巾系在脖子上。这毛巾可不单单是为了擦汗用,更重要的作用是,一旦发生顶板事故,身子被埋在煤层下面,用毛巾蘸点水捂住嘴,好腾出空隙呼吸。

他们是矿工的缩影。

从五十多岁的矿党委副书记到二十刚出头的技术人员,除了少数几位从学校分来的以外,大多挖煤出身。他们绝无有文人的那种臭酸气,也绝无有女人一般的儿女情长,说起话来,山呼海啸;擢起煤来,狂风骤雨。

爬进掌子面看一看吧。倾斜的面。链板机自上而下倾斜下来,犹如森森黑夜中的栈道。链板右边,纵的一排横的一排交织着的液压单体支柱支撑着岩层,那就如苍蓝的天空底下洁白的广场上的列兵方阵;链板左边,就是厚厚的一层煤了。早听说干掘进有一句口诀:"点火,放炮;出矸子,定道。"采煤呢?也有这样的口诀:"点火,放炮,移链板,移柱,换柱。"说来轻巧,你可知道这点火放炮中间包容了矿工多少酸甜苦辛?

可实实在在的苦,又不是我们这些弱文人想象力所能及的。作为采煤工人,有水、火、瓦斯、煤尘和顶板这五大危险威胁着。最大的危险是水，其次是火、瓦斯爆炸和煤尘爆炸，而人工失误造成的顶板事故，也是偶尔会发生的危险现象。哪一座矿山不书写着矿工的血和汗凝就的生命史呢？

  待乘罐车上到井口，空气豁然灼灼而明亮，远望源源不绝的煤，经过选矸楼，泻入煤仓，然后通过皮带传输，倒入火车车厢，运往祖国的四面八方，我感到眼前的浸满煤渍的矿工的脸最最亲切而善良。我们脚板底下的地下宫殿，是他们人生的舞台，更是他们的领奖台。

母亲平原和
她的儿子

母亲平原的吸附力是一道解不开的方程
反正自然而然
自然地能把随便飘向什么异地的儿子
拽回来
拽回来扎下根来就拼着命地养母了

想儿时的平原是该掉泪的
想那皮包骨的平原版图
年年画那星星点点的绿星星点点的金黄
想那画里有那么多不精神的黄昏
不知母亲拽着犁子在黄昏线上呼号什么
反正年年没拽出个舒坦的日子来
拽出来的都是劳累和汗水和企盼的泪
而在田头蜕下瘪瘪泥壳的我
天天也望飞鸟望太阳望树上的月亮
傻乎乎却不知那苦菜花为啥子么个苦哩

后来才知道风不是那样吹的
我便去远方
总想象着那么个样的自己该多伟大

那么我写自传就忘不了您平原啦
良心感激说我是您奶大的
只觉得您的奶不如想象中的丰满
所以我想为您多多造奶
这都是我人大心大的缘故呀

如今我喝您河里的水倒觉得有甜味了
觉得您晚夏里的豆、稻、玉米、高粱
组装这丰厚的、红绿错综的画
倒像我老来有胖福的母亲了

这些当然并非因为我的归来
可我的归来是为使您丰厚得更骄傲的呀

我的元宵节

  我的家在一个不产稻米的平原上，从没有糯米粉，没有元宵的制作，所以也没有"元宵节"这个名词，我们只把那一天叫做正月十五。提起元宵，我总以为那是富人家吃得的，比如说，城里人。
  我现在到底异化为城里人了，也就学着叫那正月十五为元宵节了。
  这么多年来，正月十五我都没在家里过过，所以存留于脑际的，关于这一天的记忆，又都是小时候的片片断断。

白天母亲便在家里蒸灯，豆面灯，杵臼儿状的，捏出花沿儿；蒸龙，也是豆面龙，盘了一圈又一圈，盘卧一面饼上，用剪子剪出了龙鳞，用豆粒做了龙眼，龙舌下含个二分的硬币，龙身上却挖了个小窝，庞大的大龙，娇小的小龙。蒸鸡，豆面鸡，捏出喙，捏出冠，捏出翅尾，也用豆粒做眼，其背也挖出个窝，窝内却放入个面蛋蛋。因为我属兔，母亲便为我蒸了个小兔子。面兔。豆粒眼，支着耳朵，坐姿，绝对是没有腿的。总之，一切皆面，那时豆面比好面（小麦面）多，加之豆面黏性大，所以全用豆面。父亲从学校归来，就给我带来了纸糊的花灯，娇小玲珑，里外通明，其内置一小小的细细红蜡烛。

傍黑，母亲便在灯窝、龙窝、鸡窝里浇上麻油，把裹了沾油棉花的谷杆儿插入其中，一一地点着，十分有趣。那"兔子"可就专供我吃了，因为"兔子"便是我。龙在粮囤上，鸡在鸡圈上，肚子里都冒出独火苗。父亲说："提你的花灯玩去吧。"花灯中的小蜡烛也燃着了，里外红朦朦。

屋外，面灯、花灯，大人、小孩，都在游动，宛如天上蜿蜒的银河。大人们都端着面灯，油尽了，火苗暗了，那谷杆儿和棉花也烧成灰疙瘩，此时臼沿便被烤得焦黄，饿了的便吃，喷香喷香。闲闹乐的大人们最爱逗的是小孩子，便冲着我惊呼，"你看你看，灯底下有个什么？灯底下有个蝎子。"我的手一抖，花灯便轰轰地燃成了一团灰儿。爸爸为我精心制作的花灯啊！我也就顿足悲号，声讨那大人的诓人，大人们便愈加哈哈而乐。

第二夜，正月十六，叫捞灯。我便端了面灯出去。此夜寥落，唯有一群孩子，几点火儿在村巷间摇摇晃晃。

尽是孩子们的天下便自由自在。倘天晴，便月圆星稀，夜如白昼。村西南有一方极阔的场，四围挤满了垛，麦草垛和豆草垛。灯尽了，我们便趁着这通明的月光尽兴地玩他一通。

雪儿是孩子王，断定以后能当娘子军连长的，组织能力卓越，魄力特强，连虎虎的男孩们，没有谁不唯雪儿是从。雪儿分我们为几个组，每组挑出组长，你组去捉迷藏，你组去丢手绢儿，你组去兑花屏，雪儿自率我们这个组"杨柳树，砍大刀"。

"杨柳树，砍大刀"又分作两排，谁都愿意跟雪儿一排，最好的解决办法是由雪儿自挑。两排立时选定了。

各排人的手都相拉着，扭紧在一起，排首的人便相对喊话：

"杨柳树，砍大刀。"

"恁的北瓜紧俺挑。"

"挑哪个？"

"挑张彪。"

"张彪长胡子。"

"单挑雪儿的毛蹄子。"

于是雪儿便箭一般地朝对方的队伍中间冲去，把那扭紧的"链"撞断了。雪儿便载誉归来。若是冲不过去，可就被人家俘虏了，加入了人家的队伍中。

……

以后的各年正月十五之夜，我们欢乐的日子很少见。父亲去世第二年的正月十五,依规矩我们家不许蒸灯,由乡亲们送灯。我们青灯苦守,以泪洗面,那"杨柳树,砍大刀"的声音不断刺着我的耳鼓。

现在,村中的孩子较之我辈少之又少,想来他们的元宵节不如我们那时那般热闹。

走亲戚的月饼

我小时候,在我们乡下
月饼常常是长脚的
它在乡间土路上不停地走动
从这一家,到那一家
走乡串户传递亲情

中秋前后它的脚步最快
往往在我家还没住上一晚
我还来不及闻闻它的体香
第二天早晨它又踏上征程

在那个年代
月饼是极其昂贵的东西
谁也不舍得吃上一口
生怕——咬上一口
几代的亲情就浑身灼痛

往往是
从我家走出的月饼又逃回来
它从少年已走成白胡子老头了
那上面的亲情正郁郁葱葱

忆中秋

中秋节是学名，乡下人不叫中秋，叫八月十五。小孩子盼中秋，是因为大人不管怎么节省，到了中秋节这一天，总归要给孩子弄点好吃的，比如烙馍卷鸡蛋、红烧小鸡等。可我记忆最深的是父亲去世后的第一个中秋节。

"每逢佳节倍思亲"，这一年中秋，母亲不单是思念远在天国的我父亲，更是悲愁眼前日子的艰难。父亲本来是拿工资的，他这一去，我们家一下子塌去了整个天。这一年姐姐已经出嫁，哥哥高中刚刚下学，我才十岁，下面还有两个更小的弟弟。这大大小小，让她一个羸弱的妇人，如何承担得起呢？恰恰这两年，农村的收成很不好，分得的一点口粮，到八月十五已经见囤底了。

我们茅舍无烟。八月十五晚上，是全家团圆吃月饼的时刻，可我们家没有月饼。母亲茶饭不思，默默啜泪，为了让孩子们也过上中秋，她把储放衣服的箱子打开，一股酱香扑鼻而来，是母亲储放了一个月的苹果，已经金黄。这是姐姐送的苹果，到了八月十五还仅剩一个，是母亲特地留着给我们过八月十五的。母亲将苹果切成了五瓣，对我们说："吃吧，一人一瓣。"这时候民叔隔着窗户喊我哥哥到他那里喝酒，母亲让我哥哥不要去，他们花天酒地，我们陪他们过什么节呢？

我们这个大家族有个传统，每逢节日要聚到小老家吃饭、喝酒，算是一大家族的团圆。一代一代传下来的规矩，妇女、小孩是不能上桌的。我未成年，我们家唯一有资格上桌的，就是我哥哥。哥哥看母亲伤心，就没有过去，含泪将一瓣苹果咽了。我们也都含泪将一瓣苹果咽了。现在回味这瓣苹果，我仍觉得它是世界上最美的佳肴，非但香，而且口感特别好，酥酥的，像一块松软的月饼含在嘴里。母亲看着我们把一瓣瓣苹果吃了，眼泪扑簌簌地流了下来，想到父亲，看看眼前这艰难的日子，不禁放声嚎啕起来；看到母亲哭，两个幼小的弟弟也跟着嚎啕起来；我也忍不住嚎啕起来。哥哥是个大男人，竭力克制着，没有嚎啕，头和我们几个嗷嗷待哺的孩子紧紧贴在一起。母子五人抱头痛哭，这哭声刺破了云霄，在夜空中久久回响。

没有了父亲，母亲和哥哥都觉得我们不属于那个大家族，或者被那个大家族给分割出来了，所以中秋节，团聚欢乐是他们的，没有人与我们一起分享悲伤。

酒还没喝到尽兴处，欢乐的高潮突然到来，那边"杠子老虎"猜拳行令起来，像一根根钢针直扎着我们的耳鼓。

堂哥喝了点酒，过来看我们。母亲说到前几天他老婆跟她吵架的事，堂哥撒了一地的泪，"唉"地叹息一声，走了出去，哭着说："婶子，婶子，我对不起你……"

我们的哭声更响了。母亲哭"我的人哪——"我们哭"大啊——大啊——"

三弟说："娘，等我长大了，我养活你！"

可没等三弟奉养，母亲六十七岁就去世了。

这是我心里最痛的一个中秋。此后的中秋我很少在家过过。上大学期间中秋都是在学校过，参加工作后，因为单位离家远,又不恰好赶在星期天,所以也没回家过过。中秋不像春节,无论身在何方,都要赶在这一天与亲人团圆,加之生活改善,中秋这个日子逐渐平常。可我记忆中还有两个中秋不平常,一个是我1988年闯海南的那个中秋,到晚上,除了杂志社发给我的月饼,一幢大楼一下子空了,我想到了远在海的那边的遥远的故乡,故乡我的母亲,思乡思亲的潮水一下漫过了我的头顶,我在椰叶纷披的海滨大道无目的地走着,如一匹来自北方的狼一样,唱着"不要问我从哪里来,我的故乡在远方,为什么流浪,流浪远方,流浪",又在海边礁石上独坐半个时辰,然后还是觉得孤独难耐,去找我的朋友小卜,小卜正和来自河南的燕飞喝酒,赤膊,一人一瓶,喝得满脸通红,看人的眼光都惺忪,还喝,喝,咕嘟咕嘟喝下半瓶,再喝……我们都患上严重的思乡病了,两瓶酒干完之后,两个赤膊男人抱在一起痛哭,泪雨滂沱。

　　再一个是第二年的中秋,我恰好流浪在同学家,当然如回自己家一样,我们也都算在异乡团圆。同学夫妻后来都做了局长,可那时不行,蜗居,晚饭后同学安排我睡在厨房,可厨房里放了个鸡笼,我和鸡共同睡一个晚上……

我们

我们的篮子装下了多少
言语很轻很薄
天空很高很远

我们的年龄一阶阶
迈向苍老
时光却平淡如水

我们独处一隅
哭声胜过常人
再深刻的泪水
也掀不起轩然大波

纪念馆那本发黄的苦难史
我们多想——来过

到矿区澡堂洗澡

  农村人冬天洗不上澡。所谓洗脸，也是锅底下放一个温罐子，温罐子里的水温了，一家人靠这水洗脸，一条洗脸毛巾，洗得比城里人的脏抹布还脏。一个冬天不洗澡，孩子们的脖子上就挂了一个"黑项圈",脚脖子上灰若褪下来,可以浇二亩肥田。

于是我们就想到矿区的澡堂洗澡。

矿区离我们家七八里地。矿区澡堂不是为我们开的,是为矿工开的。我们每次去洗澡,只能是偷去。

所谓"偷",只能是偷偷地溜进去。矿区门口有把门的,趁他们没注意,或者他们在小屋子里聊天,围着火炉子烤火,或者只留一个人看守,而恰巧他又要去打饭,我们就偷偷地溜进去。从门口到澡堂要翻过一段铁轨路,运送煤矸石的瓦罐车要从这里经过,路上铺满了黑黑的煤矸碎石,我们一路提心吊胆,脚步也如麻花一样地一歪一扭起来,身后传来"喂,那几个孩子干什么的?"的声音,我们便一路小跑跑进澡堂,后面并没有追上来,进入澡堂便安全了,怦怦跳的心放在手掌上端详一阵,再悄悄地放进肚子里。

我们赶紧褪下衣服,放在旁边的条凳上,赤条条地,瘦骨嶙峋地跳进池子里。澡堂烟雾隆腾,池子里的水已经很脏,泛着气泡与白沫,但我们仿佛飘进了自由的天堂。我们的身体舒服地在热水中泡着,等泡得差不多了,就反复在身体上搓灰,那灰好像搓不完似的,如果把我们搓下的灰都收集起来用秤称的话,恐怕平均每个人都有二斤重。有几个乡下孩子竟相互搓起背来,身体弯得像拉满的弓。我从来不让别人搓背,也不给别人搓背,就自己躺在水里面,慢慢地享受着。这时候一群褴褛的人走进来,头上顶着矿灯,除了矿灯和眼睛是亮的,他们从上到下都是黑的,像刚从地底下冒出的非洲人,他们来了就褪下"全副武装",跳进池子里,一池水更黑了，像酱油。

我很羡慕他们，他们不用偷偷摸摸洗澡，他们可以光明正大地洗澡，他们褪去满身的脏垢之后，露出真面目，原来个个是英俊小伙的脸，他们的皮肤原来是白的，有的还露出了胸毛，显得有几分阳刚之气。走出澡堂，我依然看见他们，端起大缸子，里面盛着豆芽菜和肉片，他们吃着胖胖的白面馍，这是我享受不到的。我的肚子饿得咕咕叫。我路过井口的时候，恰好铁罐车上到井口来，车门打开，又一批衣衫褴褛头顶矿灯满脸脏黑的人踢里踏拉走了出来。我感觉到我和他们的明显差异。他们很骄傲，很自豪，是工人，是公家人，是每月可以数着大把票子的人，是十里八村羡慕的人，若一个乡下小子长期找不到媳妇，一旦托关系当上了矿工，那姑娘会自动地踏破家门。离开井口，他们就吹起了口哨。我尾随在他们身后，跟了很久，这时候肚子又咕咕咕地叫起来。

出矿门的时候，看门的人连问都不问。

看门的人有的严有的不严，有时候严，有时候不严。我碰到了一次严的。这一回矿区聘了一群年轻的来把门，据说是附近村的流氓，用我三叔的话说，就是"吃狗屎不就蒜瓣的"。我趁他们烤火的当儿溜进去，溜进去一半了，"喂，干什么的？"我赶紧跑，但一个小伙子追上来，像老鹰抓小鸡一样地把我抓进小屋里，"跪下！"让我跪下？我不跪，结果一个小伙子朝我腿弯一踩，把我弄跪下了，还用电棍指着我："老实点！"我平生第一次受到这样的侮辱，我不是调皮捣蛋的孩子，我是老实巴交的乡下孩子，竟接受这样的惩罚！人的尊严荡然无存！我是犯人吗？我从未想到，我会和"犯人"联系在一起。接着他们对我审讯。"哪个庄的？""小李庄的？""你父亲叫什么名字？"问我父亲叫什么名字？已经很久没人问我父亲叫什么名字，我父亲已经死了好几年了。我吞吞吐吐说起我父亲的名字。"啊，原来是李老师的儿子，快起来。"那青年突然对我和蔼起来，"去吧。"这次我又美美地洗了一次澡。

　　我就读的高中就在这矿区附近。我们常常跟着数学丁老师赶在晚上进矿区洗澡。丁老师已经跟看门的很熟了，每次进去的时候还递给看门的一支烟，说上一两句话，于是我们大摇大摆地进去，痛痛快快地洗澡，等洗好澡，走出矿门，我们心情异常舒畅，还跟丁老师一起唱"走在乡间的小路上，暮归的老牛是我同伴……"

中国
村庄

经历一次离家
才能理解家本质的温情
从前所恼恨的一切
原本是荒谬的误解

我居住中国村庄
因为出生、皮肤和土壤
我永世和它血脉相连

呵,中国
我贫瘠的村庄
我富庶的村庄
因为我脚下的根柢
我甘愿与您固守一生

我是一株脆弱的植物
含有中国血的成分
我就必须献出一生
为中国风景做永世的装点

那些——离家出走的人

我知道

他们不是背叛

而是体验一次

我们的中国如何更加亲切

小站

  小站早已废弃了，随着高铁兴起，小站成为历史无名的小点。

  可那小站却成为我小时候的想望。我小时候有个最大的愿望：要是能乘上火车该多好！上小学二年级的时候，母亲满足了我这一愿望，乘火车去二舅家。我们乘的是闷罐子火车，冒着长长的烟，像疲惫的老牛在长空喘息着。一排长座靠在硬硬的铁墙上。我们都异常兴奋，说说笑笑到了夹沟车站。下了车，顺着田间小路到了二舅家。

  二舅家是我那时到的最远的远方。

  此后长久不坐火车。

  我的天地是小的。我们西边的山称作西山，东边的山称作东山，所谓二舅家就在东山的位置。西山一个集叫赵集，东面一个集叫火集，我用脚丈量的土地基本在赵集和火集之间，脚下每一块坑坑洼洼的土地我都记得，并且标上了记号。我每天看着太阳从东山那边升起，从山谷出来，越过山的头顶，在山头顶的上方悬着，像纸糊的红灯笼，又看到太阳朝西山落下，像一盆火掉到黑窟窿里，在天边闪出火红的一片，燃烧的一片，然后化成黑沉沉的灰烬。我的生活是茅屋、田间、学堂。渐渐地，我长大了。

我十四岁那年国家恢复了高考制度，与此同时中考制度也恢复了。参加中考的有不少是被文革耽误的一代，他们放下锄头，和我们坐在一个教室上课。我们从小站出发，坐火车到县城去。县城是我们奔向的远方，那里装着我们许多梦想。我在绿皮火车里做着长长的梦，突然，咯噔一下，我的梦被撞醒了。火车在距离县城还有几公里的地方停了下来。出事故了，火车跟一辆卡车相撞，有几位为了省钱，扒卡车蜷在车厢里的考生，此时被甩到了堤下，直挺挺地躺在那里，不敢看，不敢看，直到现在都不敢想……

那时县城是我去的最远的远方。

地理书上说长江，我想长江该有多远啊，我要是能见到长江该多好啊！一个农村孩子，跟着课本畅游世界，于是教科书上出现的每一个地名都成为此生最大的梦想，最大的愿望，仿佛到达了那个地方，此生便不再有遗憾，可真正的远方是远方后面还有远方，远方永远在远方外。我人心大了，而小站就是那历史无名的小点，载着我从这一个远方奔向下一个远方。

高考中榜半个多月的狂喜之后，我静静地来到这座小站。哥哥和四叔为我送行。我们在小站旁边的饭馆吃饭。四叔说："如果有女孩子喜欢你，你就跟她谈。"四叔是老单身汉，他第一次这样直截了当地跟我谈爱情，又是那样推心置腹，在他看来，一纸通知书换来的是我恋爱的资格，他却终生与之绝缘。同来送行的还有我一位高中女同学的爸爸，他的腿还瘸着，是前一阵和我哥哥一起为我们跑转户口和转粮油关系，即我们的物理老师常说的草鞋换成皮革鞋，农村户口换成城市户口，农业粮换成商品粮——而跑瘸的，再跑下去，就断腿了。他一瘸一拐，专门对我说谢谢，意思是说他的女儿就委托我了。她一上车就睡觉，让我眼睛一眨不眨地盯着我们俩的行李。

我一下子去了很远很远的远方，距离家乡千里之外的地方，那个地方叫江南。

我后来去过更远的远方，天涯海角，去过南阿尔卑斯山，南太平洋，但我不会忘记我是从那座小站出发的。从徐州乘高铁往上海去，我在瞅着那座小站的背影，好像只有一块站牌站在那里，站牌上的字迹已经暗淡，灰扑扑的，像从前乡路上推着独轮车卖大姜的老农。从前送行的人不知去了哪里，我渐渐走向暮年。

从这里出发的游子们，还都能一一回得来吗？

返归煤城

返归煤城
一切重又熟悉起来
我和遥遥江南的
那座小城之间
那根九曲回肠的线
断了

我再不是秀里秀气的湖了
再不是江南
你那柔情似水的少女了
而这座黑质素的城市
通体放射的金色阳光
能刺得我无地自容
能刺得我
立时恢复北方汉子的血性

从此
我黑黝黝的身子
便滚打在这城市
生长着的街道上
我便剽悍地大吼一声
紧咬牙关

我沉沉地掂量自己的名字
掂量这座城市背依的煤山
太阳便从她的底基
辉煌地矗立

返归煤城
远翔的心
收敛翅膀了

夜逛

　　夜色一抹黑，天阴得无精打采，本来是冬风，却温热得憋人，仿佛似开未开的热水。这样的天底下我的脑袋很沉，耳边的空气似乎潮湿，能否冲洗冲洗？
　　这个城市宛如渔村，只是没有渔村的风景。四面角落，渔火似的灯，又如鬼灵灵的牛蛋眼，未见过世面地偷看着街道上独行的我。我喜欢独行，没别的目的，只是喜欢，只是觉得心里快活。这个城市很小，小到一分钟就可以逛过来，所以你立时就可以跨入郊外去。郊外一片荷塘，此时蛙声早绝迹了，只有干卷的荷叶恐怖地沙哑。再郊外是麦田，夜色里只见得墨黑，墨黑如一抹脸的夜色。
　　七层楼的阳台现出一张路灯似的脸，柔和地笑着，你打量出何种开阔？这城市如此之小，马路却如此开阔，任我独走。谁怀有这种闲情的目的？音乐中逍遥的洒水车，如缓行的牛，从马路的东头逛到西头，从马路的西头逛到东头，口吐着涎水，天不下雨地下流，弄得满地像积久的阴天，清洁工们在街拐角相聚谋划，仿佛要策划什么，迎接明天某某领导的检查。今夜的清洁里露出这座小城并不光彩的虚荣。无奈何的是梧桐干黄的落叶，蜷着，如黄犬，一叶扫过，又爬过来一叶，想起来从前的一句话："杀不完的。"对，杀不完的，"前面的倒下了，后面的又站起来"，你奈它何？

黄叶恁煞这小城虚荣的风景。

麻雀虽小，五脏俱全。只是这静寂的夜晚，街道上空旷得棍子都能自由霹雳，正经的商店关门闭户，个体户们依然如故，卖书刊的，最性感的女人朝夜媚笑；发廊，持刀剪的少女满面春风，和那座位上闲着无聊的小伙子们，彼此讨取那份怡然；小饭馆，小笼包子正袅袅冒着浑然的烟雾，如袅袅的时间在熬，熬得夜色一层一层地褪；更有生机的是那排小吃摊们，昼伏夜出，从四面角落，推着架子车，架子车上自然地安就了个大案子，连带锅、炉、碗、桌、凳等等器具，铁架子搭个小食棚，下面条，煮馄饨，包水饺，就一如既往地操起了他们惯熟的营生……乙炔灯一点一点地烧着这大块的夜色，待烧出了个大太阳，就如秋风扫落叶，在街头巷尾一任消失得殆尽了……在他们，在这些生命力极强的人们看来，熬夜是一种快感，因为钱这种东西永远让人心花怒放。在他们，除了城管，这座城市的喜怒和他们有何关系？苏联四分五裂和他们有何关系？他们只任凭自己操着一如既往的事儿,怡然自得。他们可以旁若无人,独立自主,有时觉得那倒是活到潇洒份上了。

逛到静水潭,"清风吹不起半点漪沦",忽然觉得自己沉沉的脑袋,竟沉得没有一点分量。马路人更稀,牛似的洒水车不知躲入哪个圈里。夜色静得能听见自己的心跳。怅怅转回,影剧院舞厅依然灯光迷离,音乐舞步一样叮咚——叮咚晃荡着,眼巴巴的小食摊老板亲切地招呼我:"来碗水饺吧。"失望于我的目不斜视。

重坐于台灯下,欲困,忽想起明天给学生上课,课还没备呢。赶紧备课。我有什么高雅?和熬夜辛劳的个体户们有什么两样?还不都是各操一份营生?

第二辑 血脉

从我血管抽出的那根
血脉,汩汩畅通
聆听你的啼哭
我不禁泪雨滂沱

贺知章

少小离家　老大　回
我的村庄
我熟悉的死人比活人　多
几株衰草
在夕阳的秋风中颤抖
倦鸟归巢的后生
都是我的晚辈　笑问
客　从何处　来

大鬼小鬼们从四面八方簇拥来
齐声喊着我的乳名
他们能说出我来自哪里
在外面呆了多久
我的口音是不是变了　是不是
胖了　瘦了　比从前白了
从哪棵树荫下　拉来
我的母亲　我的父亲
我全家的亲人
一起求证
我们盘坐在锅门口　拉呱
打听别后的消息　月光下
召集在西边的场上开会
我们照样为一线的宅基地　争吵　打架
在东边的河里洗净怨气

拉到南屋喝酒　谁家半夜失火了
全村老少把命　抵押给火海

男劳力扛着鞭子耕地
妇女收割　拔草　喂牛
掀开褂襟奶孩子
半大的小子　从光屁股童年
走向成人
从村庄脐带长出的一条路
一头拴着我的乡亲　复原
从前的生活
草屋　麦秸垛　老井……
我这么一个怕鬼的人
第一个离开村庄
却走不出空气中飘忽的一缕乡音
喊家乡的鬼们为我安魂

常回家看看

　　中央电视台"春节联欢晚会",一首《常回家看看》的歌,触动了亿万观众的心灵。有人评价是体现了编导的平民化思想,我说,不仅仅是平民化思想,而是道出了每一个人的普遍情感。哪怕再伟大的领袖人物,少小离家,人生暮年也总是在走得动的时候回家看看,乡音未改,鬓发染霜,童子不识，当年的小伙伴也早已白髯飘飘，仍呼唤着当年亲切的乳名，就是为了体会"家"的这份温情。

"家"是一个人人生开始出发的地方，也是每一个人最终的情感归宿。

"常回家看看"，每听到这一句歌词，我总是双眼潮润，沉入对既往日子酸涩的回忆。

我在老家死心塌地地生活了十九年，我们那个傍河而坐的只有几十户人家的小村庄，那整齐地辟作前门、后门的瓦房、草舍，那村中迁曲坎坷飞弥着草芥和土尘的小道，东头大娘、西头二婶的马鞍形过邸的院子，院子中的老泡桐树，老泡桐树上吊着的三嘟噜两嘟噜的玉米，门前挂着的三串两串的红辣椒，家家堆满青灰的锅门口，当然还有祖祖辈辈摆弄来摆弄去夏天收麦秋天获豆的老淤泥地；老淤泥地上耸起的父母的金字塔般的坟墓，被这支歌触动起，令我魂牵梦绕，辗转难眠。我家那块坍圮的土墙老宅，是拨动我心底情感最敏感的弦，抹不去的是几十年来我们艰辛的一骨节一骨节地垒巢，我十岁丧父之后倾圮般的灾难，这灾难磨砺出我们对于日子的坚韧、刚毅，我们断蚓般的挣扎、我们霜冻迫压着小草般的生长，成为我们生命中最强悍生命力顽强抗争的记号。这三间土坯老墙的茅草屋，像一只酸风苦雨中飘摇的老船，母亲是这只船中贫弱的桨板，直至一个个舟子从她温暖的翅膀下爬出，她仍然在那里面苦守，风雨中飘摇。斑驳的墙，犬牙差互的墙根，呼呼的穿洞风，房顶上筛眼样的亮光，扑簌簌的雨线，床头屋漏无干处，房顶上任狂风卷去的一层层茅草……

我十九岁那年从那里面走出。

可它是我心中唯一的牵挂，身在高等学府，可每日夜深人静，思及老屋，我总是泪浸满巾。

每每寒假暑假，急切奔到老屋门前，推门而入，喊一声"娘"，总听到母亲在黑暗中低低问一声："谁呀？"然后兴奋异常，"是俺儿回来了。"

母亲身体状况极差，痨病，不时咳嗽。咳嗽折磨了这台机器几十年，五十岁后，就不行了，只能在这老屋中颤抖了。

五十七岁那年，也是我大四那年，母亲第一次和天国擦肩而过。

参加工作，我的单位离家有五十里之遥。一开始，我尚能常回家看看，因为我觉得我母亲这辈子太不容易了，尤其中年丧夫，经历了人生最大之不幸，命运对于她太不公平了。可每次回家看看，总令我心酸，母亲太穷了，茅草、土墙……更伤心的是促母亲日益衰老的病。我无力改变她这种状况，倾其所囊，也只不过是几十块钱。尽管我每每回家，也总是掏出点钱给母亲，但能济什么事呢？穷壑幽深，十块八块地积起来，又怎么能填得满呢？

那时母亲膝下，还有我两个待培养的弟弟。

结婚前曾接母亲来城里住上一段日子，那老家的房子已经塌了。四弟在另址又盖了几间，以备他结婚之用。一心指望能让母亲在城里常住，以偿她艰辛养育之恩，可结婚了就没那个条件，因为只一间房十八平方米，生了孩子，更是招架不了，不单是房子紧，钱更是入不敷出。母亲没有在城里安享晚年的福分，只好在乡下苦捱到终。

说是国事家事天下事，有些是藉口，但为经济拮据所迫，有时竟省不出孝敬母亲的那几十块钱来，倒是真的，隔了几十里，空手看老母，于心何忍？更重要的是思想发生了危机，城里住久了便感觉到自己生于兹长于兹的乡下不方便了，如家中龌龊，起码洗澡不方便，还有几十里乡路灰尘太大，汽车一过，便整裹了个灰人，有时下雨天，那要走泥丸，不是自行车载我，而是我要驮自行车了……

可老人是怎样一种心愿呢？每次离家返城，母亲总是拖着病体送我到村东口。几根细铁丝一样的头发在风中颤抖着。我怎会没有读懂她殷殷眷恋的目光？！

许多年来，母亲总是无言的。凭那么敏感的母亲，不会对我对于家的疏离感没有察觉，她的无言是巨大的包涵。终于有一天爆发了，那是我隔了月把时间，回家看她的时候，她操起扫帚愤怒地朝我打来，嘴唇啵啵啵半天说不出话来，老泪在眼眶里直打转转。平静下来，她说："你是娘心头上的肉，你在外一天，娘都想你啊，你能时常回家看看娘，就是你最大的孝敬了。"

之后没有多长时间，母亲就永远地离开了我们。

父母对于儿女的这种纯情，我来上海后越感深刻，确实是任何物质性的东西所无法代替的。母亲去世前的几个月里，我们给她钱，她不要，说："你们也太紧张了，留着你们自己花吧。"唯独奢望我们永远守在她身边。我就想我从前对于这种儿女情长理解得太浅薄了。来上海的一年多，儿子在淮北，我那思子的滋味简直就是时间无情的摧残，幸亏有了电话，若不，这久久的煎熬怎么承受得了！

我们有意无意忽略了多少情感。

"常回家看看",劝在外的游子们,哪怕你游到国外,路途再远,路费再贵,也常回家看看,因为那是父母要求的最真诚最珍贵的回报。

那个
黄昏

那个黄昏
父亲好像说：我走了
从此不再回来

其实父亲什么也没有说
我说了一句问候的话
他像似听见，或者什么也没听见
这个熟悉又陌生的男人
已伤痕累累
黄昏卷走他沉重的翅膀

那个黄昏
我捧起父亲
像捧起薄薄的一张纸
像风一样轻

那个黄昏的雨哗哗下到现在
我们的潮汛永无尽期
都是因为那个黄昏

我的父亲

我小时性憨,大概长相傻,很受村里人欺负,身上背着许多凌辱的绰号和责骂。我是个很使人瞧不起,似乎人人能得而欺之的"丑小鸭"。我从小心里软弱而沉重,又极度敏感。在外面,属于我的是冷冰冰的世界,只有回到家中才能感受到一片和煦阳光。在外面听到的都是让你自己割肉剜心的绰号,只有父亲喊我的乳名,那乳名前还特地冠了一个"小"字,经父亲喊来,就是人间无比亲切的称呼。大概是敝帚自珍吧,我是父亲心中最好的孩子。

父亲是我的保护人。一天晚上,我和姐姐她们一起去南庄地里捞红芋(即用锄头扒人家收获过的红芋地),结果把南庄的人给惊动了。南庄的几位强劳动力就厉声喊着追过来。我抬眼一看,嗨,黑茫茫的地里一个人影也不见了,只剩下我一个人立在苍天黑地中间,便"哇"地哭了。捉"贼"的人已来到了眼前,我惊魂失魄。这时我听到了父亲在村口的叫骂。南庄的几位劳力忙着向我父亲解释,放过了我。至今我仍然埋怨父亲那样的叫骂是没有道理的,但从此以后,生性软弱的我便感受到自己的身后时时有个保护神,那就是我父亲,他让我一点点壮大起来。

可是我犯了一回"滔天大罪"。那天白天我和生产队长的儿子一起在井边玩耍,生产队长的儿子说:"你看我敢往井里尿。"说着便跃跃欲试。这时好巴结生产队长的那家"外流"的女儿从堤上经过,喊道:"憨子,你敢尿井?"接着便对全村人喊:"憨子尿井了!憨子尿井了!"傍晚我回到家里,母亲便告诉我父亲带着哥哥去淘井了。我跑到井口一看,父亲和哥哥正在黑咕隆咚的井底淘挖着淤泥。此时正值暮秋,井底的水凉透骨髓!我至今仍然心里揪痛,恨自己那时候为什么那般软弱,为什么不能对着"外流"的女儿大吼"我没尿井"?为什么没能在全村人面前为自己辩白"我冤枉,我冤枉"?却就那样默默地认了,而让父亲那样大的年纪,一个文弱的教书先生,承受那样莫须有的劳动,并背负全村人针芒般的目光?父亲是患结核性脑炎而死的,不知是不是那次种下的祸根,如是那样,我确实是对父亲犯了永不能饶恕的大罪了!

然而父亲没有责备我,平时就是很少责备我。有一次我躺在路边看书,把身上挎的算盘弄丢了,父亲反在同事面前夸我:"我孩子学习入迷了,算盘都不知什么时候不在身上了。"父亲是个乐观的人,大事小事都不放在心上,喜欢唱样板戏,家里喝一通酒后,对着镜子唱"临行喝妈一碗酒";路上也唱;有时上课,兴之所来,也学郭建光来一个标准的"亮相"。谁料到像他这样一个乐观的人在四十五岁上得了那种致命的病!开春感觉发烧、头疼,秋末便去世了。这期间他大多在医院里,我们父子便很难见面。有几天家里人信巫术。父亲被关了禁闭,仍不忘塞给我一册画报,是关于类人猿的,仿佛要让我明白:人是从哪里来的,还将到哪里去。他临去世的那天,我们去医院看望他。他睁眼看了看我。我把准备了一肚子的话就凝作了三个字:"我来了。"父亲听后便闭上了眼睛,永远关闭了眼睛。父亲,父亲,我心中有多少，有多少话想对您说啊……

我们家的整个天塌了！我心中的伟大偶像塌了！父亲去世的很长时间里，我都以为父亲还在，在那间黑咕隆咚的小屋里；或者躺在棺材里的是另外一个男人，根本不是我的父亲，父亲去往南京或者什么地方出差去了，未来偶然的一天才能回来，蹲在伙房门口，向浓烟滚滚中的我问道："你娘放工了吗？"；或者阴间的父亲有一天也会回来，来看望我们，说："你们娘几个过得怎么样啦？可苦了你们了！我在阴间过得也不舒畅呀！"于是我们家的梁头上，我怀疑父亲站在那里；豆地里的旋风，豆叶在一处哗啦啦地旋起，又在远处一一散落，我怀疑是父亲的阴魂，他总是千方百计地显示着给我们看，用我们看不见的眼光关注着我们。有些孩子拿镰刀砍旋风，地上会留下一道血痕，我怀疑是父亲的血，他会多么疼痛啊！

他其实应该是忧郁的，六十年代受过打击，从此便厌倦了人世间的明争暗斗，我小时候喜欢买连环画，是阶级斗争类的（那时只能看到这一类书籍），父亲说："买这些干什么？"我振振有辞说："学习红小兵好榜样，你是什么思想？"他旁边的同事附和道："老李，还没有儿子觉悟高呢！"父亲便无话。父亲心中该有多么无奈的痛苦啊！

父亲，您乐观的外表下面裹藏了人世间所有的忧伤，隐藏得太深，太重，实在受不住了，才过早地把它埋藏进阴间，是吗？这些，现在，阴间的您，能都对我说吗？

我的母亲
在田野间出没

我的母亲去世已二十多年了
我看见她在田野间出没
顶着头巾,面色黢黑
胳肢窝挟着夕阳
间苗、浇水、拔草、施肥、喷药
她种植的我们
已经像大白菜一样
一茬一茬

她圈起的藩篱
与我隔着旷世的苍茫

旁边的野草
多像我荒芜的一生

母亲的冬天

母亲往锅门口拢柴禾,拢得很高很高,像一座小山一样,为了抵御外面整整一个冬天。冬天像一条狼,在外面肆虐地叫着,撕扯着我们家的门框。母亲往灶底下塞柴禾,湿漉漉的柴禾，冒出浓滚滚的青烟，母亲剧烈的咳嗽便顺着青烟飘出来，飘得很远很远，把老泡桐树上的那只大鸟给吓跑了。

不知有多少个冬天了，母亲在大风中咳着，用围巾裹住了嘴，也裹不住这阵阵强烈的咳嗽。咳嗽是从胸腔内发出的，像重音鼓，能将左右肺击穿。母亲在大风中走着，像一片单薄的树叶，随时可以被大风刮走。

我们的草屋在大风中飘摇，像汪洋中的一条船，像冬天里的一座岛。母亲将被子裹得紧紧，将整座草屋围到自己身边，从筛眼中看到外面的冬天，冬天狰狞的面孔，睁开惊恐的眼睛。面对冬天母亲太弱小了，像一层单薄的纸，在冬风中飘坠。母亲强烈的咳嗽，像伸出一只手臂挣扎着反抗冬天，再无力地放下来。母亲的屋子在冬风中颤抖着，像汪洋中的一条小船。

我们的生活好像只有冬天，冬天如此漫长。整个夏天母亲都在积聚柴禾，为了抵御永远的冬天。母亲的一生都是冬天，从做童工开始，光着的脚丫子踏在冬天的大地上，麻木得已经不感到疼痛，僵硬的手指间纺出一丝一丝的线，冬天从胸腔内长出，汇成强有力的咳嗽，在夏天也爆发出冬天的巨响。

这构成我们家的宿命。

我对冬天记忆尤其深刻，仿佛一睁眼，冬天就会从母亲开挖的渠畔走过来，从母亲抬筐累土的积肥塔旁走过来，从麦田垄间走过来，从豆草垛上走过来，从落完叶子的老杨树下，驱赶着母亲蹒跚的身子走过来。冬天永远是一副凌厉而威严的面孔，在它的威吓下，弱小的母亲不停地颤抖，像风中刮着的干枯的树叶。母亲惊恐万分的咳嗽，像一面重音鼓，重重地击打着我的心房，竭力想将我脆弱的心房洞穿。

父亲是在那个冬天来临之前被一场大风刮走的。此后冬天跟踪了我们整整十年，并注定跟踪了我们一生。母亲的心中结着一层厚厚的冬天。我每一次从南方回来，就看到母亲的小屋在风雨中飘摇着，她的咳嗽从风中传出，传得很远，穿过冰封的河床，把河那边的一只老鸹给吓跑了，嗷嗷直叫。母亲的咳嗽有时我在遥远的南方也可以听到，在夜晚。有时我早晨起来，看到我整个枕头都湿透了。我常常在南方的梦寐中泪流满面。哥哥说："你为什么每一张信纸上都洒满泪痕？"我也弄不明白。我是个太容易受伤的人，听到母亲的咳嗽，像重音鼓，将我薄如蝉翼的心房一下子就给洞穿了。

我们比任何人都渴望春天的到来。

我渴望春天到来母亲的咳嗽就会立刻停止。事实上这是不可能的，因为冬天已深入母亲身体内部，什么药物也赶不走它，它是赖在里面了。有一年这个冬天差点把母亲给掠走了。母亲拼命地朝向人间呼救，我用桃条帮她驱赶着死神。死神从母亲的大脑、喉咙、胸腔、腹部，已经延伸到脚跟，使母亲的躯壳已经浮肿得变形了。母亲阵发的咳嗽从北方一直跟踪我到南方，在一个小车站，一位老中医授给我一个偏方，母亲又奇迹般地来到春天了。我想这全亏了人间除了冬天外，还有春天的温暖。

可母亲的咳嗽没有停止，冬天的冰凌在她体内向生命的尽头延伸。

1995年的冬天，母亲的咳嗽终于停止了，永远停止了。

我长舒了一口气，阿门！如果母亲是过了八十，我会为她祝福的，可她只活了六十七岁，像一片干枯的树叶，在树枝上悬挂了很久，摇摇欲坠，终于被摇落了。母亲的一生很少感受阳光，即使我想让她在晚年多感受些，她也无福消受了。冬天跟定了她一生，折磨了她一生，又终于无情地把她夺走了。这难道是上帝安排的吗？

冬天走了，春天真的会很远吗？

冬天的旗帜

有一种硬度直接抵达内心
我的胸腔里垒满石头
你是我的兄长
你把石头擎过母亲的头顶
使父母年年高大起来
立成巨人
一面旗帜冻成雕像

二十岁
你是搁浅的船长
影子拉长的黄昏
你捡起父亲的碎骨
兑成完整的父亲
背在身上　一步一步
迁徙我们心中神圣的家园

这里是故乡

故乡的屋檐下
一只一只蝙蝠从时光中飞走
最后一位亲人也远走他乡
我的心中堆着一座一座坟

在冬天抱团取暖
你是我的兄长
挨着父母
身体越缩越小
石头越磨越亮
硬度穿越旷日持久的胸膛

大哥

  大哥走了,在2013年寒冷的冬天。

  大哥长我十一岁,在我很小的时候,我就觉得大哥是个大人。我们那个时候,家里来了客人,妇女和小孩是不能上桌的,大哥是个例外,他可以和父亲一起陪客人吃饭、喝酒。父亲有了大哥,许多事情可以不身体力行,四十多岁的年龄,按现在的说法正值壮年,可做起了甩手掌柜,一切让大哥独挡一面去。大哥很疼我,在地里捉了母蝈蝈,用毛谷缨草串了一长串,拿回家用油煎了给我吃,油滋滋,香喷喷的,自己却一个不舍得尝。他其时也只不过是十七八岁的年龄,却懂得了做长兄的责任。大哥在八里以外的地方上高中,每周末会改善一下伙食,比如煎油饼等,他自己不舍得吃,都拿回家供我们母子几个品尝。

  大哥是我们家的强劳力,家里的重活都是他干。做教师的父亲,烧煤炭是凭本本供应的,然而要到四十里外的县城去拉。谁去拉呢？大哥。那个时候可没有什么四轮车之类的，全靠平板车，全靠两条腿跑路。我是大哥的助手。所谓助手，也就是来回都被大哥拉着，只是到了目的地，我起个掌车把的作用，在回来的路上，碰到上坡处，我下来帮忙推一把。因为我有这方面的"特长"，以后凡是到村外取土，到山上拉石头，我都是起个掌车把的作用，以判断车子是前头重还是后头重，以保证车子的绝对平衡。

可是父亲英年早逝。父亲生病的那一年，大哥刚刚从高中毕业。大哥的高中，也不是那么好容易上的，那个时候全凭推荐，他没有被推荐上，可他不服气，就站在窗外旁听了半年，后来班主任老师为他的这种行为所感动，就让他进班级上课了。可他是我们全家共同的劳力，伯母有病，他陪伯母到处看病；三婶有病，他陪三婶到处看病，于是旷课很多，又是旁听生，差点遭到退学。就这样摇摇晃晃刚把高中读完，又拉着父亲到处去看病。父亲患的是查不出来的病，等确诊，已病入膏肓，春天发病，到秋天就去世了。

埋葬父亲的第二天，大哥在地里和我一起晒红苕片，大哥问我今年多大了，我说十岁，大哥悲伤地说，可怜十岁就没了父亲了。说罢，我们兄弟俩抱头痛哭起来。可大哥此后流泪的时候很少，他知道自己的责任，他是父母的长子，是我们的长兄，他要和母亲一起来挑起这个家庭的重担。

母亲不识字，我们小兄弟几个的家长就是大哥。学校里发生什么事，我们回家总是跟大哥说；学校要缴书学费了，我们回家也是朝大哥要。可大哥没有钱。因为贫困，我几次产生弃学的念头，大哥都不允许，有时竟动了气，说："我就是摔锅卖铁也要让你上！"可大哥实在是无能为力，我们的前途是迷茫的。

大哥还年轻，他有许多梦要做，比如当兵，比如上社来社去的大学，比如当工人……可因为我们拖累的缘故，他所有的梦都破碎。最后看在我父亲生前是教师的份上，大哥在我们村附近的一所小学做了民办教师。民办教师的薪水很低，他那点收入，对于我们这个贫困的家庭来说是杯水车薪。

家里再困难，大哥也必须男大当婚。那时大哥已经二十八岁了，在农村已是大龄青年了，他不能不考虑自己的问题了。可自从他结婚，我们便与他疏远许多，觉得他从此不管我们了。我们母子几个从此便陷入了更加贫困的深渊。可人就是这样一个矛盾体。大哥始终在这种矛盾中煎熬着。他以尽可能的方式帮着我们，比如在我上学的时候偷偷塞给我一个馍馍，可他多半是力不从心的，况且为结婚，为盖房子，他欠下了几百元的债务。我上大学，大哥为我送行，他停住脚步，掏掏口袋，我意识到他要给我钱，可掏出来全是分币，我说："娘给过了，你不要掏了。"

大哥的命很苦，本来该过一段平稳的日子，可1988年夏天，他八岁的大女儿掉到河里淹死了。这下他的生活完全失去了平衡。他的岳母考虑他的日子难以过下去，就经人介绍，让他们夫妻俩收养了一个儿子。可就是这个养子，为他的命运种下了又一祸根。哥嫂对这个养子疼爱有加，不仅把他养大，而且费尽心力培养他上学，送他到部队锻炼两年，转业后帮他在县城买了一套房子，帮他结婚成家，不久抱上了孙子。可这孩子一点不争气，工作换了一个又一个，不是嫌钱少，就是嫌累、嫌苦，二十多岁的人了，还不能自食其力，更谈不上养家糊口。脾气又坏，据说经他手砸了四台电脑、三台电视机、手机无数。大哥本来患有高血压、脑血栓病，这下一气，病情越来越重。这次突发脑溢血去世，导火索是因为他亲家的一个电话。因为这个养子脾气太坏，又没有责任感，自去年五月份和老婆吵架，一气之下跑到外地打工，不给家里寄一分钱，老婆打电话也不接，人家没办法，要起诉离婚。本来对方是要等他春节回家做一个了断的，可大哥联系他，他铁定春节不回家。人家只能打电话找我大哥，说既然儿子不回来，你做父母的只能陪着上法庭，单方面起诉离婚。大哥为这个事情已经两三个星期睡不着觉，再被亲家的电话一激，急火攻心，遂发脑溢血去世了。

　　大哥是个隐忍的人。每年寒暑假前，他都要打来电话，问我放假了没有，放假是否回家，我均以工作忙为由答以不回家。我知道他是想我的，有时候打来电话，想听到我的声音，以解思念之愁，我多半因为处在紧张的工作状态中，问："有什么事吗？"他回答："没什么事。"我这边就匆匆把电话挂了。而如今我是多么想再听到大哥的话语呀！我万分后悔，总以为时间是可以等待的，总以为还有许多时间可供消费，可人生，有许多时间是等不及的，甚至会倏忽得没有后来……

　　大哥走了，他的手机就放在棺材里，我如今再拨你的电话，你还能听得到吗？

把梦
复印一半给你

　　姐　你说昨晚做了一个噩梦
　　于是一大早打个电话给我
　　我知道是咋回事
　　姐　咱乡下人说　梦是反的

　　姐　我也做了一个噩梦
　　我复印一半给你
　　一半留在我这儿
　　我们都反过来理解

姐姐

　　姐姐突然打来电话，说又阳了，发烧，感觉比上两次严重。我有些担心，她毕竟是七十四岁的老人了，但还是鼓励她，没事，病毒越来越弱，注意休息，多喝水，服点日夜百服宁一类的感冒药。
　　我写过纪念父亲的文章，写过纪念母亲的文章，写过纪念哥哥的文章，他们都没有看到。姐姐还健在，我希望我写的以下文字，她能看到。
　　姐姐长我十四岁。在我很小很小能懂事的时候，她已经是一个很大很大的人了。她在生产队里干农活，当记工员。她有时候也做饭，她在锅上头，我在锅下头，呱嗒呱嗒拉风箱。冬天的时候我赖床，光裸的小腿插在棉裤里，透骨地凉，姐姐把我的小棉裤放在锅门口烘烤，暖烘烘的，我的每一根血管都感到熨帖而温暖。姐姐赶集，买来连环画，这是对我的启蒙教育。我刚上小学，语文考试就是认字，认识一个字得1分，我考了80来分，姐姐连说"不错，不错"。

姐姐住在一间小耳朵房里。她常常和母亲怄气，一怄气几天不起来吃饭。母亲这边也有时候气得背过气去，胸间憋了一个大疙瘩，要靠别人擀才能擀下去。小奶就劝我的母亲，跟自己的孩子怄什么气呀！看姐姐几天不起来吃饭，母亲心疼，就到姐姐的小房子里，劝姐姐起来吃饭。有时候姐姐割一大畚箕草坐在磨盘上歇息，母亲脱下鞋子就给了几鞋底，边打边骂。我那时不理解，她们母女俩为什么关系这么僵呢？母亲一生生了三个女儿，活下来的就姐姐一个，母亲难道不疼姐姐吗？从母亲的唠叨里我约略知道，还是因为姐姐爱花钱，那时候父亲一个月的工资就几十元，姐姐看人家穿上了什么好看的衣服就自己也想拥有，得不到就闹别扭，吃好饭碗一撂就什么也不管了。姐姐则恼母亲让她辍学，她本来成绩好，看着没有她成绩好的人上了高中，上了五七大学，她为自己的命运感到不公，母亲则说你没考上怪谁呢！姐姐高小毕业升初中，因为按老师要求背了一篇范文硬套上去，套错了，因而非常意外地名落孙山，姐姐说再给我一年我肯定能考上，母亲却没有给她机会。也多亏了姐姐，每天到田间挖野菜，不然"三年自然灾害"，母亲会饿死。可这就成了母女俩扯不清的心结。

父亲去世的时候，在父亲的棺材前，母亲又把姐姐打了一顿，那意思是说父亲是姐姐气死的。姐姐的那桩婚事，父亲并不同意，原因是她的公公脾气很坏。

奇怪的是，打从父亲去世后，姐姐对母亲特别好，母女关系也从此缓和了，再不提从前的事。在姐姐这边看来，双亲已经失去一位了，要牢牢抓住母亲这根情感的纽带。

姐姐是父亲去世前夕出嫁的。

她当年二十五岁，在农村应该是大龄女青年。我清楚地记得，姐姐依乡俗穿了红色大棉袄，被马车拉走的，她的哭声飘了很远很远。

她是父母的长女，理应挑起家中的大梁，可毕竟是女儿，下面有小她三岁的弟弟，也就是我的哥哥，父母的长子，大梁被哥哥挑去了，她就尽其所能尽着孝心，比如生产队分了胡萝卜，父亲想吃胡萝卜菜，姐姐为父亲炒了，结果一大意浇上了煤油，父亲到死也没有吃上他渴望吃到的胡萝卜菜。在父亲生病期间，姐姐尽可能做上可口的饭菜，端到父亲的床头。为了挽救父亲的生命，她跑到几十里外找巫婆算命，结果依巫婆指示，父亲在房中被关禁闭十天。

父亲去世，我们家的经济到了绝境。

母亲看到我们三个未成年的孩子，叫天天不应，叫地地不灵。姐姐说："几个弟弟，我来养！"斩钉截铁！

实际上她的日子也不好，结婚一段时间后和公公他们分了家，一无所有，连个黄盆、笸斗都从我们家带去。抚养几个弟弟，凭什么？

可她真的这样了,老三、老四,他们一替一个月地轮流到姐姐家去,这样为母亲减轻了许多负担。

姐姐屋后有苹果园、梨园、葡萄园,我时常到她家去,背些苹果、梨、葡萄回来,这成为贫困年代我们最重要的水果。有时拿它们过节。

母亲的负担越来越重,先是哥哥结婚,后是哥嫂同我们分家,再就是我上高中,老三、老四相继读初中、小学。母亲实在经受不住生活的压力的时候,就扑到我父亲坟前大哭一场。

我高考连考两年没有考上。

第三年,依照母亲的意见,不要再读了,干什么不是吃饭?可姐姐不同意,一定要读,我来供!这话说得斩钉截铁。

考不上的原因我总结为没住校,失去了很多吃老师小灶的机会。可住校,钱呢?一个月一块钱的饭汤钱我也出不起。我就到姐姐那里,姐姐为我烙上一包烙馍,再擦上油,撒上鸡蛋,这样捱过了一个星期又一个星期。

冬天,姐姐看我没有一件衬衣,就偷偷将姐夫的衬衣衬裤给我穿了,后来姐夫找他的衬衣衬裤,说哪儿去了呢?姐姐装傻,说谁知道你的衬衣衬裤哪儿去了呢?是被老鼠拉走了吧?

读大学的时候,有一天或许是喝了点酒,迷蒙中同学送给我一封信,是姐姐写来的,说给我寄了15元钱,我大哭了起来,同学怎么劝也没有办法,我就是想哭,姐姐把几乎全部的心思用在了我身上,我何时能够对她报答?我记得姐姐给我擦油馍,她的二女儿从外面抱了一捆柴回来,穿得连讨饭的都不如,满身开花。

工作之后我一直想到对姐姐报答,可日子紧巴,又结婚,又生子,总是从姐姐那里索取的多,报答的少。来上海后,平时总是跟哥哥联系得多,跟姐姐联系得少,有一次她来信自称"老"姐,我才恍然,姐姐确真老了,一天天地老了。

2013年冬天哥哥突然去世之后,我才明白亲情往往是不能怠慢的,我们总以为日子稀松平常,一天天地过去,总那么风平浪静,可一旦失去,才发现自己犯了多么严重的错误。失去了哥哥,我牢牢地抓住姐姐这根亲情的纽带。

同年夏天,我爱人突然查出患乳腺癌。

姐姐那边听到后,半天不言语,然后是止不住地抽泣,怨上天对我们家的不公,还没有从我哥哥去世的悲痛中缓过劲来,我又带给她这不幸的消息。她幽咽地说:"还不如我先去了呢,我先去了,你们不管发生什么不好的事情,我都不知道了。"

我知道几个弟弟发生的任何不幸,都会使姐姐的精神备受煎熬。

无论如何姐姐要到上海来,非要买东西给她弟媳妇吃她才心安。我说您也上年龄了,路途这么遥远,就不要来了,等您弟媳妇病情稳定了,我们回老家看您去。

她不容分说,和三弟坐硬板座千里迢迢到上海来了。她第一次到上海来,探望完病人后,我带她逛了豫园、一大会址、新天地,也算我对她的一点报答。我给她买了回程票,卧铺,她死活不愿意,姐弟俩像打架一样的,还是卖票的说:"您就依了您弟弟吧。"她才作罢。那硬板座,我无法想象,一个六十多岁的人怎么能够坐千里。

  姐姐远远活过了母亲，母亲六十七岁，就永远离开了我们。可姐夫的去世，对她打击很大。她常常在电话里说起姐夫，不听医生的话，不配合治疗，以致于耽误了治疗时间。她的儿孙都大了，儿子做了科长，孙子考上了重点大学。她的晚年应该享福了，可她还常常回到乡间，拔草、锄地、收获庄稼。我说你不要干了，这么大年纪。今年夏天她就中了一回暑。她说，怎么办呢？总不能让土地荒着。

  我家里还挂着姐姐绣的十字绣《万马奔腾》，我都不相信这是姐姐一针一线绣的，那么逼真，那么壮观，那么富有气势，完全是出于艺术家的手笔。这是她送给她侄子的一幅作品，寓示着前程似锦。

夜话

五十岁以后
深夜常有故人来访
他们都是我熟悉的人　比如
我的父母　我一半的生命
是他们一生贫苦、辛劳、疾病
甚至死亡的原因
他们在床边悄悄和我说话　一如生前
爱我胜过爱他们自己

在这个夜晚哥哥总是充当配角
他一直不说话　陪伴着父母
而我的角色总是个孩子　用星星的眼光
纵览他们的一生
从青年到中年　从中年到老年
像牛一样活　像鸡一样挠抓人生
像母羊一样温柔地爱抚他们的孩子
可生活总是开着玩笑　一场突如其来的
大病　把一个家庭正常的轨道拦腰斩断
从此陷入更深的苦难　更贫的贫困
直至死亡　留下一生未完待续的篇章

而此时他们深夜来造访
和我说着夜话　我清晰地
看完他们的一生　一如看见

我自己　一旦鸡鸣破晓
他们就会离开　离开我的床边
如同东方日出　一场大雾消失

五十岁以后
深夜常有故人来访
他们都是我的亲人　我的父亲
母亲　哥哥　伯父　三叔……
至亲至爱的人　我们彼此说着夜话
彼此缩短生与死的距离　话
一千零一夜也说不完　剩下的　我的亲爱
真正说的时候　我就成为你夜半的访客

伯父

　　伯父李居善，一生可以用一个"善"字概括。凡熟悉他的人，都知道他是个好人。

　　伯父一生命运多舛。二十八岁那年去了朝鲜战场，复员后做了小队干部，因为替群众说了一句真话，被打成右派，党籍也被开除，被发配到某采石场去抬大石头，差点累死在那里。回来后已经家毁人亡，因为三年自然灾害，他的妻子和女儿已经饿死，儿子成了无家可归的孤儿。为此，我的堂哥一生都在埋怨他，说他没有尽过父亲的责任，他也对儿子有一生的愧疚，但有什么办法呢？那是整整一个时代的灾难啊！

伯父做了几十年仓库保管员的工作，这工作很普通，但伯父做得很出色，年年被评为先进，是系统内的劳动模范，他的奖状都把屋子的墙壁给糊满了。伯母（他的第二任妻子）说："他实际的一点都没得到，就得到了这么一大堆花花绿绿的东西，这些能当饭吃？"伯父笑着说："人图啥呢？人活着不就图个这吗？我们家人老几十辈子没有做过偷拿砸抢的事的，公家的东西你一点不能拿，沾着烫手，不能看在眼里眼红，不然的话，人老几十辈子的人都给丢尽了！"

我父亲去世得早，若说身上还有什么可贵的品格的话，还主要是受伯父的影响。除了清白，还有吃亏，如果我们提到村子里面谁谁如何欺负人，伯父总说算了，吃点亏算什么，吃亏又不能少块肉，吃亏是福。伯父是吃过大亏的人，但他同谁计较过呢？那样的大亏都不去计较，还有什么可以计较呢？正是因为此，伯父在单位里没有和任何人计较过，默默无闻的老黄牛一个，避免了许许多多不必要的矛盾，上上下下的关系都处得很好，俗语说"忍一时风平浪静，退一步海阔天空"嘛！

我们有时候想，伯父的吃亏、忍让是不是太懦弱啦？有一次他单位的一位小伙子跟他开玩笑开过了头，说："老李你下去吧！"一下子把我伯父推到了藕塘里，幸亏藕塘里没有水，不然会弄得满身泥浆。可我伯父笑呵呵爬上来。我堂弟和侄子听说以后可不愿意，说这事怎能忍受，非找那小子教训教训他不可！可我伯父坚决制止了他们，说："你看我少什么啦？推下去再爬上来，不就什么事也没有了吗？"

没少什么？这回可算少什么了吧？那天晚上伯父骑自

行车去仓库值班，迎面被一辆摩托车撞个底朝天，人事不省。肇事者是个小伙子，把我伯父送往医院拍片检查，轻微脑震荡。小伙子三番五次来看望伯父，要赔他一辆新的自行车，并塞给他几百块钱让他补补身子，他说什么不肯要，反夸这小伙子好，比亲儿子还要好。结果人家前前后后只花了几十块钱。我们说这事不能算拉倒，万一有了后遗症，可伯父坚持说算了，咱不能做讹诈人家的亏心事。后来的脑血栓，会不会就是那次的后遗症呢？

伯父的党籍被恢复的那天，他简直达到了"漫卷诗书喜欲狂"的境界。几十年，伯父都被剥夺了过组织生活的权利，今天终于恢复了他的这种权利，他怎能不兴奋异常呢？那天中午吃饭，我和堂哥都在场，他过一会就重复一遍，过一会就重复一遍，说："我党籍被恢复了！"堂妹在一旁数了数，说："爸，你这句话一顿饭说了二十遍了！"他怎能不高兴呢？他为这一天苦苦等了二十年呀！

退休后的伯父晚景凄凉，他和伯母长期住在一间七平方米的简易耳房里，单位效益不好，退休工资每月只能拿到几百元，生活很艰难。又疾病缠身，高昂的医药费成为他沉重的负担，加上孙女和孙子的相继去世，对他的精神打击非常大。他晚年患脑血栓，先是哑巴，后去世，终年八十二岁。

那天中午我和单位同事吃饭，提起伯父失声哭了出来，有些失态，擦了擦眼泪，对同事说："对不起，我失态了，但我伯父一辈子是好人啊……"

那片
林地

村北的那片林地
沿旧时伸着
那里长满很多桑树
和许多鼓突的土壤
我不在屋里
我在那里坐着
很久以前的事了
现在开始发生

我不在屋里
我在那里坐着
村北的那片林地
它从旧时伸向那里
许多人说话
包括现在仍在说话的人们
我们相处多年
靠土壤度日

我们的土壤生长源源不绝的血
土壤营造我们
包括那片村北的林地
沿骨节发芽

它在将来伸向那里
那里的桑树将很茂密

树总比我们要伸得遥远

三叔

　　堂妹（三叔的大女儿）发来语音，说三叔驾鹤西去了。
　　我很小的时候只知道三叔在外面工作，家也安在外面。有一次三叔带着我到他上班的地方——沙石场，把我交给一位老太太（后来知道是姑奶），老太太包饺子给我吃。我穿上花棉袄，像女孩子打扮。吃好饭，三叔又骑自行车把我带回家来。
　　三叔第一次带堂妹到家来，她刚会走路。她出了一身的水痘，把我也给传上了。
　　后来三叔带一家人回家住了。
　　他和大伯在庄东头盖五间半截瓦的房子（一半草一半瓦），一家两间半，这在当时是我们村最好的房子了。他和大伯两家都回家住了。
　　记得堂哥一家也住在外面，后来也回家了。
　　可三婶不愿住新房子，说住那房子好生病，于是搬回老房子住。老房子就是我爷爷奶奶留下的房子。
　　1973年我父亲生了病，住在县医院里。除了我哥哥在身边服侍我父亲之外,就是三叔在忙里忙外。有一天下午,我看到三叔来到学校,和校长说着什么话。走在放学的路上,就有乡亲告诉我说:"伟,你大没了。"我回到家,母亲在院子里呼天抢地,可不见父亲的尸体。三叔又去县城了。半夜迷迷瞪瞪中,姐姐摇醒我,说:"咱大又被抢救过来了。"几位劳力去县城又赶了回来,带来的这消息。

几天后母亲带几个妇女赶做父亲的寿衣。

寿衣做好后,我、母亲,还有两个弟弟,赶往县城去看望父亲。三叔先过来迎的,把三弟带走了;哥哥又过来迎,把我带走了。母亲和四弟最后到的,父亲把我们都见到了,然后转头——走了。

这回没抢救过来。

三叔和哥哥去搬氧气瓶,空的,没氧气。

三叔去县城南关给父亲定了一口棺材,大伯跑县教育局,办理了丧葬费。

三叔找了辆卡车,连夜把父亲运回家了。

父亲是他们兄弟四个当中走得最早的。

从此三叔把我当成他自己的孩子。

我上高中的时候,三叔不知从哪里弄的一沓一沓的白纸,留给我做草稿纸。我是用他的公车学会骑自行车的。我经常把他的自行车骑到沟里去,车头歪得无法扶正,像头犟牛。三叔常说:"我是把你和翠云看成是一样的。"翠云是我堂妹,三叔的大女儿,今天给我发语音的人。

我考上大学,三叔给我十块钱。他是当得了这个家的。我拿这十块钱,买了一条裤子,直穿到大学毕业。

三叔在水利局工作,他的任务主要是看桥。我上高中的时候,每每步行回家,他骑自行车路过我身边,说上车,我们叔侄俩就一起回家。他一路问了我许多学习的情况。有一次还把我的一个同学看成了我,那位同学确实长得跟我很像,三叔在他背后喊我的名字,那同学不理,后来知道在喊他,说:"李新是我同学。"

我始终想找机会报答三叔的。有一年春节回家我买了一箱酒去看望他,他说:"你还没忘了你这个叔。"我哪能忘呢?三叔对我的好,我永远记在心里。

多少年我人在外头,总担心家里出事。二十余年来,家中走了不少亲人,没听说三叔生病呀!上周四弟来电话,说三叔快不行了,我这边安排好了高考阅卷不好请假,怕给人家添麻烦。我心中祈祷,三叔等等我,等我高考阅卷结束,就向单位请假去看您,您还是没有等我……

三叔,您一路走好。

迎着寒风歌唱

他伫立街头
旁若无人
迎着寒风歌唱
盘中的金属劈啪作响

他的声音已经嘶哑
如金属一般嘹亮
二胡在手中荡漾
冷至冰点的生活
在歌声中化作春水哗哗流淌

有时如小鸟般婉转
有时如漩涡般呜咽
有时如白云般飘逸
有时如战马般高扬
有时如夏天般火热
有时如秋天般清凉
有时如冬天般严酷
有时如春天般浏亮

一个歌手
一把二胡
一位一生
迎着寒风歌唱

四叔的人生

四叔老了，明显老了，听我们来了，扒开门缝，露出一张浑浊的脸，脚步在房间费力地挪动，身子像是随时都会倾倒，颤颤巍巍，讲话不甚清晰。

八十一岁，又患脑梗，岂能不老？

这房子四面透风，没有任何御寒的设备。我爱人说："四叔，你不冷吗？"他说："习惯了，也不感到冷。"我知道，在农村，平房，抱气，冬暖夏凉，也不会冷到哪去，可破旧的案板，杂乱的床铺，使我想到从前一成不变的贫寒，住宅如此寒伧，四叔的晚景凄凉，暴露得一览无余。

四叔是五保户。政府一月补贴千元左右，可以勉强度日。

四叔一辈子单身。四叔的单身，我有时怪罪于他的三个哥哥——我伯父、我父亲和我三叔，父母不在了，几个哥哥说什么也要让他娶上媳妇，可就是撒手不管，以致于他悲苦一生。

可母亲不这样看，说人家给他介绍几个，他都看不上。

我理解，是四叔自卑，自己一穷二白，自己的容身之处，还是哥哥们舍给他的，他拿什么养活女人和孩子？

如果这样的话，可能还是错了，那年代，谁家的日子都不好，女人要求的条件也不会很高，没爹没娘的三房叔，除了有点会做饭的手艺，条件并不比他好，不是照样娶妻生子，现在儿孙满堂了吗？

我觉得四叔除了自卑，还有自傲的因素。他和三房之类的不一样，他有知识，他当年考上的是农校，因为年龄小，没有直接给分配工作，就打回老家了。四叔喜欢谈古论今，我跟他讲话，有时会露出破绽，会被他讽刺得无地自容。他会吹拉弹唱，笛子、二胡，他是高手，哥哥吹笛子、拉二胡，三脚猫的功夫，还是跟他学的。

可这些，在农村都没什么用。

四叔就像乡间的那匹马，本来要驰骋大草原的，偏偏被命运摁在田间地头，内心不服，可又不得不服，于是常常发出叹息。

我从小对四叔就感到陌生，好像他不是我叔叔，是别家的人，加上他对我母亲终生有看法，总是怪腔怪调的，就是我母亲去世，他也未流露出丝毫的悲伤，仿佛一个无足轻重的生命从这世界上消失了，我们之间总是有着无形的隔膜。

直到我父亲去世。他是过后才知道的，其时我父亲已经下地一个多月。我母亲看到一个人跪在我父亲坟前，走近一看是他。我母亲说："你二哥死的时候你在哪里呀？"他也没有理睬我母亲，默默地站起来，抹了一把眼泪，朝他的破房子走去。

他的破房子就像阿Q的土谷祠。

他是在外浪着。跟着师娘在学丝弦。丝弦在我们淮北是一种边拉边唱的形式，和说大鼓的一样，是一种民间说唱艺术。唱丝弦的和说大鼓的都是流浪民间艺人，一部书他们往往会说上十天半个月。他们说得生动，善于夸张，唱腔悠扬婉转，手中的弓弦或鼓槌伴着情节或疾或徐地演奏着，引人入胜，往往月明星稀，人们不忍散去，一声"要知后事如何，且听明晚分解"吊足了人们的胃口,第二天早早搬个小板凳,占个好位置等着。有了这门艺术,便吃喝不愁,到哪个村都有管饭的,还有酒喝,临走还有些赏钱。四叔学这个,也就是想有个手艺,挣口饭吃。

出师了,离开师娘。师娘想把她的侄女介绍给他,他却转介给了我们村的另外一个男人。

四叔回我们村汇报演出,一开始有些生,像背台词,后来熟练了,也能吸引乡亲们几天几夜地听下去,可我总觉得四叔太老实,不像其他说书的,想象力太丰富,太夸张,太能吹,一个瞎子说书,形容一个人脸上长麻子,说一个小孩子掉进去都爬不出来。这种吹牛使人开心的功夫四叔没有,因此没成为方圆几十里的说书名人。有几年冬闲他还出去挣钱,后来不出去了,回家老老实实种地了。

种地不是他的强项。

我读高中的时候与他同居一室。他晚饭后即到前门去遛,大半夜方回来,回来就倚在床上抽烟看报纸,唉声叹气。我觉得有一种威压,房子里的空气很冷。我们叔侄间没有任何交流。他抽他的烟,看他的报纸,我学我的习。当然我点他的灯,熬他的油。那油是柴油,每天早晨我的鼻孔都被熏得乌黑。有时趁他不在,我用他的煤油炉煮点红芋饭吃。他并没有说什么,只不过他的唉声叹气令我心惊胆战。

我考上了,从他的屋子里"解放"出来,算是长舒了一口气。

他对我的了解,是:不聪明,全凭死用功。

我可能与他相比,不聪明。他当年读书应该是读得很好的。

他大概一生都在怨生不逢时吧。

我去芜湖上大学,他和哥哥把我送到闸河车站。我们在路边饭馆吃饭。他对我说:"有看上你的女孩,你就同她谈。"

这就是他的临别赠言。大概因为他错过了所有的季节,让我不要错过春天。

黑釉之舞

河流之上，蒸腾乳白之雾
乳白的喧哗之笑
翩翩起舞了
整整一片裸体的黑釉
河流之中
起起伏伏，由中原而亚洲
而山脊一般的中华民族

谁知道这造型从井口出来
从井口之下黑色地层深处
以咸苦的黑釉纹身
在一万次衰颓一万次信心之后
起舞而腾升
起起伏伏的黑山，大合唱
蜂蝶一般的太阳

于是在中国在世界街头花园
一座雕塑洁白
矗起
正如一九四九年的宣告真正矗起

窑哥堂哥

　　这次深入工作面,才能够想象我的下井的堂哥当年被煤层埋没的情景。工作面、掌子面,巴掌一样大的空间,纵纵横横的液压单体支柱力臂一样擎着,擎着天空一样的岩层。只有煤汁一样黏稠着黑的空间里的灼灼矿灯和矿灯一样的眼,只有无穷已的无可数的矿工曲弓着身子,点火、放炮、挥镐、舞铲,从而链板机上的煤,黑色的瀑布一样源源不绝下泻。

　　手是黑的,脚是黑的,脸是黑的……身体的每一部位都是黑的,只有劳动时那铿铿锵锵的节奏,那时不时喷发出的爽朗朗的笑声,那浓浓黑汁的每一毛孔间流淌着的汗水,所放射出的光彩,是明亮明亮的。

　　就这样秒秒、分分、日日、月月、年年,以至一代一代。

　　堂哥出事的那年头,掌子面使用的不是液压单体支柱,是木头。条笆搭就的棚顶,你别看露出手指头一样大的缝,你戳上去,就是丘峦崩摧,何况堂哥那时调整的是一根下倾的木头,轰然一声旁侧的煤层大地震一样全塌下来了,不知多少吨重的煤层啊,全压到了堂哥身上,拔山之力盖世之气,谁能支撑起来?有经验的矿工此时会迅疾将安全帽下压,盖住鼻、嘴,抑或用颈上的毛巾往嘴上一捂,以便取得呼吸的机会。不知堂哥当时有没有这样做,但大命的,他恰恰夹入了两根柱子中间,幸入悬空地带,扒出来,用罐提上来,谁知竟划入轻伤!

　　我的堂哥,矮个头,小体魄,看上去总像干瘦的小老头,这外表，怎么也看不出他竟内含着那么坚韧的力，做了地层底下的一辈子的矿工。能看出来的，那就是他的一双矿灯一样自始至终灼灼发亮的眼，任什么磨折也不能使这种光辉暗淡下来！

我幼时印象中的堂哥就是暴烈性子的莽汉子，每每歇班回家，若逢到堂嫂唠叨他干刨地、浇菜、拉粪、挖红芋窖之类的重农活，若干得如马表一样一刻不停还要唠叨，他就要如虎咆哮，就要骂娘，然后喝一通烈酒，喝个一醉方休。然而他又是最脆弱的性格啊，一醉便哭，哭他个呼天抢地。一觉醒来，就耍起他的倔性子，黑更半夜奔至矿山，壮士一去就是几月不归。

我的堂哥，如今已垂垂老矣。年轻时的那次事故，铸就他永世的腰伤，一转身就会闪了腰，一阴天，腰就疼得直不起来了。他一生坎坷，幼时丧母，父亲被打成右派，跟着叔叔长大成人。他三个孩子，女儿十九岁患白血病去世，小儿子又意外出车祸而死，经受这一连串的打击，我们无法想象，他这样一个情感脆弱的汉子是如何挺过来的？后来我找出答案，是矿山，每一次下井，都与自己签下了生死契约，将命交给了老天爷，那还有什么灾难不能承受的？！那次体验生活，我在临涣矿见到堂哥，他满身油垢，蓬乱的头发，黑瘦的脸，高高的颧骨，尖下颏上蓬松着杂乱的髭须，但唯有脸庞的棱棱角角和那双矿灯一般的眼睛，放射着刚毅、坚韧的光芒。他住在煤仓底下一间倾斜着的屋子里，日日夜夜在看护着矿山的一针一线。

窑哥堂哥的人生，如他一生挖出的乌金一样丰富而壮美。

写给森森

弥漫天边的晚霞
一如生命悲壮的诞生

从我血管抽出的那根
血脉,汩汩畅通
聆听你的啼哭
我不禁泪雨滂沱

这是一条路
一个过程
所谓生命的诞生
无非是将前人的脚印
一步一步重走一遍

从现在起
我们去往一个地方
那也是一片昏朦的空溟啊
往往有数不清的假设
森森
我们必须支付一生的晴朗
把心装饰得辉煌一些

注:森森是我儿子李孟聃的乳名。

和儿子第一次分别

1996年是我人生中重要的一年，是我人生的转折点，我从安徽淮北被引进到上海浦东的一所中学教书。然而须试用三个月。八月份我便抛妻别子来到这所学校来参加学生军训了。儿子那时只有两岁半，按照往日的习惯，我下午是哄他睡觉，可这一天却是在他睡梦中我偷偷地溜了，一溜溜到了远在千里之外的上海。可能等儿子醒来，他会忽然发觉爸爸不见了，而这一不见就至少是半年。这多少有些残忍，等于是在儿子幼小的心灵上深深地划上了一刀。我真是太残忍了！

白天紧张忙碌顾不上想家，可到夜深人静，想家的思绪便如潮水一般漫上来。我想念妻子，想念我的儿子。"不要问我从哪里来，我的故乡在远方。为什么流浪，流浪……"吟着三毛的《橄榄树》，我不由自主地飘到了马路上，不由自主地踱到公共电话亭前，拨通了家里的电话，妻子总是报平安，家中一切均好，让我放心，儿子则夺过电话，对着听筒狠狠地说了一句："李新，你这个大坏蛋！"我知道儿子是恨我了，是他发觉我是个大骗子了，骗他睡觉，趁他睡熟时好逃之夭夭，这是人类中对感情的最大瞒骗！我的眼睛顿时湿润了。

恼归恼，骂归骂，妻子告诉我儿子还是想我想得不行，有时在睡梦中会惊呼"爸爸，爸爸"，醒来后就到处寻爸爸。一开始妻子骗他说爸爸出差了，过几天就回来，可几天过去了，几十天过去了，还不见爸爸回来，他就觉得是妈妈和爸爸合伙在欺骗他，妻子就如实告诉他，爸爸去了一个很远的地方，那个地方叫上海，等过年爸爸就会回来了。于是儿子的脑子里便有了"上海"这个概念，别人问他，"你爸爸哪儿去啦？"他便脱口回答："去上海了。"上海是儿子大脑中的第一个"外地"，至于上海在哪里，有多远，他是全然懵懂。

妻子与我约定，国庆节她带着儿子到上海来看我。我们于是共同盼望着国庆节这一天到来。国庆节的凌晨三点多钟，我到新客站南一出口去迎接他们母子。我在人群中辨认我的妻子和儿子，一拨一拨的人散去了，验票，放行，汇入茫茫人海，可就是不见我妻儿的身影。突然，他们出现了，妻子说："看，你爸！"儿子先是一怔，瞬然便朝我飞奔而来。我抱起了儿子，在他冰凉的脸蛋上亲了亲，顿然觉得儿子长大了许多，近两个月不见，竟觉得儿子有些陌生了。

在去往浦东的隧道三线车上，儿子眼睛一眨不眨地朝车窗外看，上海的高楼大厦，上海的灯火璀璨、光怪陆离，上海的霓虹夜色，上海的一切一切，都让儿子充满好奇，他仿佛来到一个神仙世界，眼睛流露出兴奋的光。我问："上海好还是淮北好？"他不假思索地回答："上海好。"我当时想，上海真是一个充满神奇魔力的地方，连一个两岁多的小孩，第一眼就能看出她好。

七天的长假真是短暂而幸福。我们分离了近两个月的三口之家又团聚了。非常感谢一位学生家长为我们提供了临时住处，使我们能过上天伦之乐的日子。我们游览了外滩、人民广场，逛了南京路、城隍庙。儿子大开了眼界。

分离的日子很快到了。我送他们母子俩到新客站。我买了一张站台票，把他们送到车上。我们依旧是有说有笑的，妻子给儿子削了一只苹果，他高兴地吃着。可开车的时间快到了，我跟妻子说："我要下车了。"儿子马上意识到又要分别，紧紧地抓住我的衣角，说："我不让你走。"我说："爸爸下车给你买东西去，马上就上来。"可哪里能骗得了他，仍是紧紧抓住我的衣角，"我不让你走，我不让你走。"我狠狠地挣脱了他。车门牢牢地关上了。一阵风刮来了儿子声嘶力竭的哭喊声。

我们立时被划分在两个世界。

我在站台上看着他们。儿子喊道："爸爸快上来，外面冷。"我的眼泪控制不住刷地涌了出来。我的乖乖，小小年纪竟能体会爸爸在外面的寒冷！在朦胧的视线中，我望着儿子用一双小手抹着眼泪，仿佛能听到他喂喂的哭声。而列车哞地带走了儿子的悲嚎，扯出一道白烟，一折身，便消失在茫茫的夜色中。

车轮碾过我的心房。

我经历过无数次的离别伤痛，唯有这一次的和儿子离别是那样撕心裂肺。当然，我们只是暂时离别，次年，他们母子就随我迁入上海。如今我们一家已经在上海生活了近三十个年头，他也有自己的女儿了，说起这段经历他可能没有一点记忆，但它在我的心中却是一道深深的伤痕。人生自古伤离别，更何况骨肉亲情！我们或许今后还会有离别，但无论多久，无论多远，割不断的都是这份珍贵的人间至情。请珍惜，莫相忘，在心底暗暗收藏，儿子，在1996年国庆长假的那个晚上，在上海新客站，我们父子曾经有过那样一次痛彻心扉的离别！

写给姮姮

我用汉语中最美丽的词语赞美
你的美貌　我的孙女姮姮
你是最美丽的
我用汉语中最灵动的词语赞美
你的聪明　我的孙女姮姮
你是最聪明的
我用汉语中最真纯的词语赞美
你的善良　我的孙女姮姮
你是最善良的
智慧　美丽　善良　真诚
除了这些　我选不出更好的词语
赞美你　爷爷眼中
你是最完美的

姮姮　因为有了你
我才有"爷爷"这样一个称谓
你是我快乐的全部　所谓作品
最美莫过于塑造一个孙女
我要让你童年快乐　少年幸福成长
青春健康、美丽
成年要你想要的生活　愿你一生
保持童年的纯真和微笑

姮姮　你来到这个世界上
爷爷所有的幸福都是为你准备的

注：姮姮是孙女李全姮的乳名。

全姮

儿媳妇刚怀孕的时候,儿子、儿媳就合计给孩子起名叫全衡,儿媳妇姓全,取其谐音权衡。儿子弱冠即创业,投身社会,既锻炼了自己,也结识了社会上形形色色的人,遇到过许许多多事,缴了不少学费,他总结道:凡事要认真权衡一下。

全姮出生于 2018 年 12 月 13 日(农历 11 月初六)23 点 15 分。因为是女孩,儿子将"衡"改为"姮",全名李全姮。

姮,安宁、平静的意思。全姮确实安宁、平静。从医院回到家里,她睡在她的小床里,不哭不闹,非常安宁、平静,从全姮身上,我懂得了人类生命的初始状态和终究还要回到生命的初始状态那种哲学的凝思与平静。然而,由"姮"更多地会想到"姮娥","嫦娥"本来的名字是"姮娥",为了避汉文帝刘恒的讳而改为"嫦娥",而"嫦娥奔月"的故事在民间广为流传。我们的全姮,照片发到朋友圈,好多朋友赞她鼻梁挺,长大一定是个大美女,她是仙女哩,是上天赐给我们的宝贝。

她是李、全的结合。我们老李家,族谱上记载,祖先来自陇西,后几经迁徙到安徽濉溪宋町,到濉溪县古饶镇长沟村小李庄(现属淮北市烈山区),二十二年前我这一支又迁徙到了上海,妻儿随迁,如今老李的支脉在上海生根发芽了;她身上还流淌着全家的血。全姓不常见,我知道的是全祖望,清代学者、文学家，儿媳妇为其后裔乎？若果是，全姮身上流淌着文学家的血。

儿子在微信中说，宝贝女儿出生，做爸爸的想把整个世界给她。我是把整个世界给了儿子，儿子再把整个世界给他女儿，爱就这样一代一代传递下去，人类由此源远流长。

而且，每一个生命都是一次奇遇。作家毕淑敏在《我很重要》一文中说："回溯我们诞生的过程，两组生命基因的嵌合，更是充满了人所不能把握的偶然性。我们每一个个体，都是机遇的产物。"我教过无数遍全祖望的《梅花岭记》，做梦也不会想到会和他的后人产生生命的交集。这是命，天命。"天命不可违。"孔子云："不知命，无以为君子也。"李全姮是命的产物。

等她长大后，会珍惜这一份奇遇，会感念爸爸、妈妈的特殊遇见。

全姮，遇见你是我们全家人无与伦比的幸福。

全姮，爷爷祝你终生健康、快乐、安宁、平静、幸福！

妻子
长出音乐的手

突然有一天
妻子长出音乐的手
那手最初握着一根鼓槌
于是双腿支起了鼓架
枕头、书本、棉被
甚至床边都变成了一面面鼓
那些黑鸦鸦的小蝌蚪
满屋乱爬,满地乱窜

妻子那双
曾经握过刀把的手
曾经握过笔杆、拿过书本
拨弄过算盘珠的手
曾经将油盐酱醋、鸡鸭鱼肉
调拌得津津有味的手
如今要调拌音乐

那些调皮的小音符怎肯听话呢
在房间内吱吱呀呀
它们可不像乖顺的小花猫
它们是草原的烈马
在苍茫的夜空横冲直撞

可妻子，一双爱抚的手
静悄悄梳理着音乐的羽毛
和无数的手们
排成整齐的方阵
在东方艺术中心
在东方绿舟
在世博会的开幕式上
汇成龙腾虎跃万马齐鸣

于是深深被埋在古典中的我
深深被埋在数学公式中的儿子
睁大眼睛
注视电视中那双激情昂奋的手

啊，妻子那双粗壮耐劳的手
能将石头敲打出火花
同样能敲打音乐
于是音乐争相来家做客——
电子琴、二胡、琵琶
那些千变万化的阿拉伯数字
温驯地涌出音乐的汩汩清泉

看，一双耳朵在谛听
另一双耳朵在谛听
那是你的耳朵
那是我的耳朵

那是他的耳朵
那是音乐鸟，张开翅膀
飞出窗口
飘荡在天地间
化作无数个家庭的和谐

突然有一天
妻子长出音乐的手
妻子那双音乐的手
把幸福和快乐撒满人间

欢乐歌唱

明天要去住院，我老婆说我们去歌厅唱歌吧。

说起唱歌，那种场合我是很少去的，除了单位组织和朋友的邀请。去了，我也唱不出几首歌，老的不会，如今流行的也不会，会的就是上世纪八十年代流行的那几首不老不少的歌，好像跟现代人相隔一个世纪。我老婆自从股票不景气之后，就和小区里的几位哥们姐们一起唱歌。一开始是在小区的活动室唱，专门有人伴奏。我老婆五音不全，唱起歌来比杀猪还难听。有人说："我给你钱，请你别唱了，好吗？"我老婆不服气，就回到家里，专门下载了几首歌，反复听，反复练，反复唱。她又报了名，到社区里跟老师学习发声，竟掌握了一些发声技巧。再次亮相的时候，人们刮目相看，一些高难度的歌曲，她竟然能唱得像模像样。

她的代表作是《英雄赞歌》和《故乡是北京》。

也只是她自己说，我没有正式听过。

我老婆多次央求我陪她到歌厅唱歌，我都没应允，我实在太忙，不像她和她的那些姐们哥们，成为有闲阶级；我还不行，假如退了休，也许能加入到他们行列。

可这次不行，她明天就去住院了，我能不满足她这小小的心愿吗？

我们到了歌厅，订了包房，我老婆就开始电话呼朋唤友。不一会，一帮姐们哥们到齐了，大家开始飙歌，人们都忘记了我老婆是即将要上手术台的人，她自己也忘记了，唱了一首又一首歌。我听了，觉得还真是那么回事，尤其是几首代表作，其中需要高难度的艺术处理，她居然能处理得很好。像《青藏高原》，"那就是青藏高……原"，最后那声音这么高，她居然能顶上去，真像是经过专业训练过的。

第二天就住院去了。

我老婆患的是乳腺癌。她不相信，她生性乐观，虽然工作关系没进入上海，五十岁时在外地办了退休手续，但是她融入社区，积极参加社区活动，打鼓、拉二胡等等都学过，都干过，还多次代表社区赴东方艺术中心、东方绿舟等处登台表演过，平时闲暇时分就和一帮兄弟姐妹在小区活动室又拉又唱，不亦乐乎，像她这种人怎么会患上乳腺癌呢？谁知有一天她无意间摸到乳房有一肿块，赶紧去医院检查，那医生一摸就皱眉头，说感觉不大好，于是做B超、做钼靶，结果一出来，初诊是乳腺肿瘤，是良性还是恶性，只有开出来做切片检查才能确诊。我老婆说如果是良性的，我请大家吃饭。

最不想看到的结果最后都一一被验证了，她不仅是恶性乳腺癌，而且淋巴还转移了四个。她是经历过风雨的人，既然豺狼来了，迎接它的就只有猎枪。既然最坏的结果来了，我们就要勇敢地面对现实。我安慰她的最多的一句话就是："在战略上要藐视敌人，在战术上要重视敌人。"这句话好像不是我说的，是伟大领袖毛主席说的。

手术后的几天，我爱人的思想有些波动，但能走动以后，她就在几个病房串来串去，发现病友们都很乐观，于是自己也乐观起来。她把病友们组织起来唱歌，就如同江姐和狱友们边绣红旗边歌唱一样，本来沉闷的病房成为欢乐的剧场。我爱人是党员，我开玩笑说："你可以在病房里成立临时党支部。"

其后的化疗和放疗是很难熬的。我爱人经过了八次化疗和历时一个月的放疗，用她自己的话来说是死去活来，如果不是生这个病，谁也不会将这段长征路重走一遍。

然而"三军过后尽开颜"。

还不是"三军过后"，其实"开颜"就在过程之中。在放疗期间，我几乎每天跑医院，在走廊里就能听到她们病房里传出来的笑声，仿佛她们不是病人，是快乐大本营中的营员一样。我进入病房，其他病人说你爱人真开朗，教我们唱歌。她们当中有人跳舞，有人表演小品，有人说笑话，如果不是在医院，谁能知道她们是一帮大病患者呢？这不，那位小个子的老朱，就当着我的面表演了一个，惟妙惟肖，逗得大家又是一阵哈哈大笑。

忧郁顿时被冲荡得一干二净。

我爱人又回到了社区，又回复了原来的自己。她照例练唱歌，觉得某首歌好听，就从网上下载下来，反复听，反复练，反复跟唱，等唱熟了，就到歌厅向同志们汇报，同志们伸出大拇指，她就感到十分满足。姐们之中有一个小王一个小胡，都是癌症患者，原来不出家门的，经过我爱人带动，都加入了歌唱的队伍，性情逐渐开朗起来，增强了战胜疾病的信心。

有一次我儿子进不了家门，打电话问我们在干嘛呢，我老婆回答说我和你爸在歌城里唱歌呢。我儿子说真是玩心不退。我是个工作起来闲不住的人，也抽出宝贵时间陪我老婆唱歌。我想人生就像一部电视连续剧，可长可短，但每一集都要活出生命的精彩。只要生命中充满欢乐，人生无悔。歌唱给我爱人带来了欢乐，也驱走了病痛。只要有时间，我一定陪爱人歌唱下去，直到我们走完人生。

第三辑 淤土

起来下不下去的是山
下去起不来的是水
山水的夹层
一展如纸的我的淤土的大平原啊
从我眼角,那些文字
滴滴渗血

淮北大地

盘腿默坐黄昏风中
让我尽情倾听大地的幽静
漆色的树叶刚点亮满天的星盏
被庄稼包围
如同倾听我自己内心一样地
我倾听一条河
一束月色无声的游动
到处吹来熏香的虫鸣
一声粗嗓门
像夜色一般通明
从村庄穿过村庄
从犬吠穿过鸡鸣
在平原的南极和北极互答

这是夏日最浓重的时刻
玉米的老黄牙
大概该脱落了,金须髯髯
炫耀苍老的成熟
血红的高粱褪不尽沧海的蓝色
一抹平的绿啊
高山都不能遮掩
是那么透心,那么具有厚度
绣上一点红,一点黄
蜻蜓抖动缤纷的云彩

傍晚的天灯忽然灭了
丝丝红云淡尽,漆黑的风
起自西北
滚滚碾压苍天下的大地
击穿明媚的睡眠
拥在天堂的旗帜下
战乱一团的人民
我们的悲哀
胜过漫漫天堂的恸哭

这是多么甘醇的饼干
由晶白转黑
是我们悠久的春天的干粮
吞咽日子
也就是我们吞咽干粮的涩苦

烘烤我,烘烤我,烘烤我吧
呵,大地
我面色黧黑,汗珠焦碎
被庄稼包围
被烈火包围
酸疼的镰所伸之处
呼吸成熟的气息
籽粒干瘪而霉光刺眼
把梦做醒
把大地切开

在长夜的胸口划出雪亮的嘴唇
呵，我的淮北平原
我的淮北大地，站起来
站成我们男人赤裸的浑圆的
肩膀，躺下去
躺作我们女人敞露的宽广的胸脯

在我们淮北这块幅员辽阔的大地
丝弦、泗州戏、梆子戏
走乡串户
成为世代流行不绝的旋风
还有鼓胀着双腮的唢呐
喜则昂昂扬扬地吹
悲则郁郁抑抑地奏
大悲大喜都是平原人的表达
都是我们平原大地
大起大落人生的独白

让我推倒深夜来匍匐大地
在我走过的履迹上
刻下鲜明的血痕
为的是使血液饱满
要哭就痛痛快快
要笑就干干脆脆
叩问大地，你，你，你
你如何让我倾听你此时的心跳

我心中的淮北

此生必然背负着淮北远行。

在上海的大街小巷马路上,随时随地都有淮北方言激荡耳鼓,那一棵棵纯朴的玉米高粱在肩着淮北行走,在上海潮润的阳光下,袒露淮北的诚实、直爽、大度和狂放。这其中当然也包括我。老乡的定期和不定期的聚会,是唯一在心灵上不需要构成任何设防的一次裸面舞会。这就是淮北占据我们心灵的最庞大、最厚实、最牢不可破的位置。

"淮北",是我使用词汇中最亮的字眼。

淮北,构成我根本的内质。我的身体和精神来源于父母,父母化作了淮北这块版图上的一抔淤土,所以我通体一尊淤土,而且,力图遗传给我的儿子。我的儿子仍操着淮北方言,老师说难听,听不懂,要说普通话,抑或抓紧时间在小朋友环境中尽快学说上海话,而且似乎命令我们大人在家中不要讲方言。那不是瞎扯吗?"乡音无改鬓毛衰",我希望儿子将来是贺知章,不然,那"淮北",还怎能流传下去呢,在这四方杂处的地方?

这是一种情结。"情结",怎么能改变呢?

淮北,给予我全部。刚才说了,我的身体和精神是父母给的,可父母并没有给予我全部,是淮北那块大地。前一阵大哥来信说,读了我的《常回家看看》,大哭了一场,说即使父母不在了,还有父老乡亲呀,所以应常回家看看。是的,父老乡亲构成我一生的生存环境,我从小就在这里感受到什么是亲情，什么是亲帮亲邻帮邻，什么是合作，什么是"冤家易解不易结"，什么是原谅和包涵，什么是有苦同吃有福同享，而且那么多年我们嗷嗷待哺，无劳也能获得"口粮"，既生一张口就要吃饭，只有父老乡亲才能省下一口粮饿着肚皮也得让我们吃饭，让我们一个个顽强地活下去；哪怕在乡间我见惯的自私、狭隘、争斗、仇怨、计较、报复甚至毒恶，也足够令我怀念我的那片生存环境，因为没有哪本教科书像它那样，教我从小就能辨清什么是真，什么是假，什么是善，什么是恶，什么是美，什么是丑，什么是对，什么是错，而且现在我仍然使用这朴素的标准判断着，尽管时代已进入了数字化，我的判断多数不合时宜……

我的许多亲人仍在那样的环境中生存着，而且继续生存下去。

那是我文学的根。

后来我离开乡村进入城市。从江南回来，我写了《北方与我》和《返归煤城》两首诗。其实，煤城不能算返归，因为我从小围困乡村，从没在煤城生活过（1985年那一年，是有生以来第一次到淮北市）。可文化是同源的。我不会忘记我参加工作的第一天，是一生独身的许仁义老师为我接风，我离开那所学校，又是他举杯为我饯行，他教会我人活一世怎样与人善处，怎样珍视世间人情，怎样镌刻你人生每一处鲜明的记号。

我走上文学之路，最感激的当然是相熟十余年的《淮北报》。第一次向《淮北报》投稿，是在大学，那是一首叫《北方》的小诗，实在是一株嫩芽，还经了诗兄袁超的修改，进入那年《淮北报》"青春诗会"的"希望的田野",编辑老师给我寄来了样报,还特地用红笔把我那首小诗圈出来。我在淮北留下的能够作为人生印迹的文字,都是首先在《淮北报》上刊载的。

心系淮北,不能不念及我工作过的淮北市朔里中学和淮北市第三中学,同事们都给予我物质上和精神上的巨大帮助,那里有父子情、母子情、兄弟情、姐弟情……

这就是淮北,我心中的淮北。必然要积淀、贮存一生的,都化作我心中取之不竭的财富,情绪颓唐的时候,这就是可以独对一切的力量!

大平原

你可是海中的菌?雨夜的潮汐
收缩了舌头,风翅下的
血,澄清、过滤、焙干
这赭红的颜色
哪位水质的少女紧握手中
敞开淤土的胸脯

太阳跋涉过的地方
血浆淤积沼泽
除了招引菊花
还有洁白的鸟
嘤嘤地,从西北的云
从外望的山洞迁徙

我的祖先的羽毛
你们沾满淤泥
你们栖落哪里
在我这页赭红的稿纸上
雨脚踏不平的乳房
隆隆地,潮汐漫流

哪里有淤土
哪里就是故乡

呵，村庄，村庄，哺乳的动物
你在平原上啜草
在淤土的高原繁衍
村庄，方言的面庞
如陈年日历翻过，一页一页
谁还能重新翻过

起来下不去的是山
下去起不来的是水
山水的夹层
一展如纸的我的淤土的大平原啊
从我眼角，那些文字
滴滴渗血

你能阻挡水吗？上帝
你能挽留水吗？上帝
我生命如水
我肉体的汪洋汹涌澎湃
泛滥阳光下的四月
沤烂平原金黄的毛发

我的生日
这场水难的忌日

在众多的选择中
我们不能选择出生

在众多的选择中
我们不能选择死亡
这之间的过程
闪电一样短暂
河流一样漫长
浮肿的麦粒游离腹外
水底,红浊的天空下
摇摇舟船
你如何打捞

水声滔滔
拍击长夜噩梦
摇摇草屋
母亲,太阳沉落的时刻
你依然孵化
肉香煮化如水
攀缘哪缕炊烟
我们匍匐靠岸

潮汐退落夕阳的尾部
干鱼的冈丘
滋生草丛、野花、牛羊
我们拿什么
驱赶饥饿与死亡
赭红上的所有触须
成为不毛之地

我滚身淤土的鲜血
春去夏来
秋去冬来
锈蚀并且腐烂,几百年后
滋生梦寐的庄稼

谁能更改淤土
谁就能更改季节和天空
以后经历的水
谁的手掌在淤泥中呼救
如干瘦的鸡
从身体骨髓的深处
开采一滴一滴食物的水份

以后经历的阳光
在我们的骨头开花
蒸干植物的血液
淤土的板块,烘烤
灼红的天幕
燃烧留下的遗迹
麦穗的图案,包括汗腺
焦枯成细碎的花朵
浇淋待毙的草叶复活

水啊,湿润的水
太阳的水,在黄昏

谁的手心能扇灭
滚烫的风
谁的手能扇灭
空气的火
河流的嘴唇已经干渴
裹壳的蝉在绿荫下
惨叫疼痛的死亡
我们呼唤粮食
水,你舔舐一滴血
也是一次淋漓的痛饮

许多世纪以后回忆死亡
水和火构成了我们的主体
我们无法拯救死亡
黑夜的颜色
我们能够翻身看见
通往天堂的绳子
在水中消失
在火中自焚
我们头顶闪烁的星空
人体的金属在上面碰响

我们骨头的颜色
比淤土鲜红,葱葱花草
托举雪亮的云层

谁能握住那风
那无色的风
装置我们光芒的眼睛
我们，繁殖我们
自生自灭的庄稼
与水土有关，颗粒金黄
比日月永远
和我们平原的村庄遥相呼应

平原乐章

第一乐章　平原人

也不知从哪里迁徙而来？风寒中第一双皲裂的大手，捏着浊黄抑或赭红的泥，在平原上垒起了第一座土屋，栽出了第一棵挺拔的柳树，点亮了第一盏吱吱的油灯，开垦了第一块土地，从此平原有了折皱，有了起伏，有了光，有了负轭的牛，有了曲辕的犁，有了郁绿，有了金黄，有了千古不败的爱情，有了悲悲喜喜的传说，有了苍劲的歌，有了这块沃土的对于生命的代代繁衍和变奏……

我曾奔到天涯海角，在茫茫胶林中听到一丝我平原的方言是多么欣喜若狂，那流落天涯几代了的老人，语言仍是平原的语言，性格仍是平原的性格，生活习俗仍不改平原的生活习俗，日日的话题仍是平原，仿佛总入不了角色的演员，那么多代了，总觉和天涯的人情风物隔了一层，总盼着如果有一天，能回归平原……人在天涯，心却永远离不开平原。海外还有多少平原游子呢？只有母亲——平原。

耸起凹不下去的是坡；凹下耸不起来的是河。河由窄细变宽广了，污浊的臭水变作清粼粼的丽水，明媚的阳光下、皎洁的月辉下悠游着平原汉子的打鱼船，摘了凫子，拍了拍船帮，穿过一丛浅芦苇，划向鸭鹅齐鸣的深处。坡上的村庄，村庄的大树，村道上顶着白头巾的扛锄头的妇女，村四围背着畚箕拾粪的那口噙旱烟袋的老者，映入河底，再高明的画家怎能画出这样一幅生动的画呢？村与村隔河相望，鸡鸣互答，犬吠相应，然而河，隔不开平原乡亲的心。方圆几十里之内的人彼此亲熟了，彼此结成亲友，共同改建着他们的家，共同生产着他们藉以生存的小麦、大豆、高粱、玉米……共同对抗着意想不到的天灾人祸，创造着一代胜过一代的美好。祖祖辈辈，岁岁年年，就是在这块皱皱褶褶的平原上，艰辛地劳作着，悲苦地奋争着，酸楚地祈祷着一个明年又一个明年，一代又一代由少年迈向苍老，最终融入平原浊黄抑或赭红的泥土。平原上，默默地诞生了多少代人，又默默地消失了多少代人，唱了多少悲辛的歌，弹了多少欢乐的曲，代代相传了多少大悲大喜大哀大乐平原人的故事。这血和汗、悲和喜一代又一代，平原却永不会苍老，永远青春焕发，并且饱满地成熟。

听到那幽古的拉犁歌了吗？在平原的日落黄昏，在平原的月升暗夜，哎嗨呦，哎嗨呦，组成的不就是一曲强劲的《黄河大合唱》？从南头到北头，从北头到南头，沉重的犁，穿行在平原大地苦难而板结了的历史。

　　大口大口地喝烈性酒,醉了,大哭一场,然后踩碎冰凌捞塘泥的,是我的平原父亲。

　　烈日下默不作声地锄草,树荫下开怀朗笑着纳鞋底的,是我的平原母亲。

　　是他们,在平原大地上,植下了一棵树,让它发芽,让它生出绿叶,让它坚劲挺拔,风吹折不了,雨打断不了,日晒更加郁葱葱。

　　平原的父亲们母亲们,对于他们的儿女,从来只是奉献,从来没有什么苛求,只有一个微小的然而也是人间最崇高的愿望,那就是永远不要忘了他们,要记得他们,要看得起他们。不论你的地位有多高,你作为他们的儿子,若是摆出来一点点架子,哪怕是一点点文诌诌的样子,那就是对他们的瞧不起,你就是一钱不值的了。你官位再高,他们可不是攀上的人,你也一钱不值。官位再高,只要你把自己当成他们的儿子,和他们操同样的语调,和他们同样说笑,和他们同样狂饮大嚼,甚至和他们一样坐锅门盘草屋,你就是他们永远的儿子。他们就会亲切地喊你小名,直来直去地教训你。他们只要求你的心,是任何叫作物质的东西都换不来的。是的,他们对于自己的儿女,从不求得什么物质的需要。

　　永远记得他们,就是永远记得了生你养你的这块浊黄抑或赭红的平原大地,因为你是平原的儿女。

第二乐章　平原上的河流

　　有水的地方,就有绿色。

平原上的生命，绿色的版面上，凹下去的水，流成线条，就叫做河流。

河流在广袤无碍的平原体肤，纵横交错千万条，就像平原的筋筋脉脉，流动着生命的血液。几千年了，因为这血液不绝，人生代代无穷已，平原岁岁年年新生、饱满和成熟。

线线缕缕编缀着坦荡的平原，明明亮亮权作了平原一双双智慧的眼。

我漫步河畔，不知这条河弯过了几十几道弯了，可这段河身笔直如笔杆。河面在地图上都远比笔杆宽广啊，此时恰如青色的天空一样浩瀚。风软弱得掀不动一痕波浪，只有缕缕波纹鱼苗儿一般，一排排粼粼地游向前方。三两只打鱼船，从远方隐隐游来，渔人的撑杆指点着鱼鹰，一遍遍汩入水中，在捕捉着什么食物，一张张网拦截河身，一粒粒明亮的凫子，鱼鹰们晶蓝的眼、弯勾的长喙，嗷嗷的叫声，和渔人们"哦——嗬——咪"的吆喝，以及埠头上那偎船蹲伏沉思着的摆渡人啊，一辈子都把河流看作纯朴的寄生了吗？

我独自漫步河畔，记忆中是有这样的秋雨河吧？它偎着我的村庄，和我的村庄千百年来相克相生。它的身段，淤满黏棉油似的糟泥，污污的黑黝黝的臭水，杂乱的芦苇参差其上，抖颤着一片片煞白的芦缨，惊叫的雀鸟时不时乱窜苇丛，又逃窜入另一处夜色森森的苇丛。每每狂风怒号，土坝沿的河水就红浊红浊，一排排浊浪，自远而近，排排滚压，排排挤撞，犹如村民们打群架，挤至坝沿，煞白煞白的浪花蛇头一般张牙舞爪扑上来，发出哐哐的吼叫，撕咬着行人的脚，震撼着行人的心魄，给人以无穷的恐怖。

秋雨河很瘦，就如饿瘪了的豆虫，盛不下天空掉下来的一小块积雨云。每每雨来，水就漫上来，千军万马一般，以不可挡之势，越过河底，恣意屠杀平原上绿意葱茏的庄稼。

一片汪洋不见边啊，汪洋中的房屋，和饥饿得发黄的树，伴着人们顿足悲号！

是怨天，还是尤人？

记忆中有过这样的秋雨河吧？阳光将蓝天冲洗得晶洁晶洁，连同河畔的树，坡沿的草，堤岸的花，以及漫堤漫坡的庄稼一例嵌入河底。清粼粼的水呀，亮闪闪的波，在宽广平展的河面，摊开来就是绚丽多姿的长轴画卷，让你难辨人间天上。

哦，秋雨河，我们村庄寄生的河。

细雨霏霏的春寒天气，我漫步河畔，既往冬天凛凛的寒风就从记忆的深谷刮上来，就有着那冬天挖河的长轴画卷从河底浮上来。年年冬天挖河，寒冷冻酥骨头，可我们不怕冷的乡亲父老，喝了一碗烈酒，双脚就深入河底的冰渍，刨挖淤泥。用架子车，哎嗨吆，哎嗨吆，一人唱百人应，人人肩头拉绳都绷得直直，人人肩头都沁出殷殷的血来，硬是将淤泥拽上河堤，摊做肥沃的平原。你看河畔吧，茅庵座座，恰如古代的阿房宫，覆压三百余里，连作一线，今朝却红旗展展，喇叭高奏，整个工地热火朝天，熙熙攘攘，欢腾一片。你看，那一张张被寒风沧桑的脸，那一双双裂如山涧沟正迸溅红红的血的手，我的从来就能够什么苦辛都咽得下的父老乡亲，钝重的双脚沉稳而坚毅地深扎淤泥，是他们深挖了河流，开扩了河流，使清澈的流水滚滚奔腾向前。你听,我平原上土生土长的父老乡亲,干,就虎啸雷鸣;笑,就震撼山河。

哦,孩子们,当你们欢欢扑腾于夏天清凉的河流,会记得吗?那每一个寒冬的含辛茹苦!

第三乐章 观照平原

此时北方正萧萧。无山,山都散在天边,如飘逸的柔和的灰线,树稀稀,草也寥寥,在远方都是肉眼看不见的景物,最显眼的就是平滑的石头,飘飘飏飏如一线柔和的水墨。无水,水都掩在平原的骨头里,走近了才能看到,摇摇摆摆如一尾银亮的鱼,清冽冽的风吹过的当儿,那明丽丽的波皱,就是阳光透照着的鱼鳞了。平原没有什么大起大伏,一幅一幅都是茸茸的绿脉。站在平原的边沿,放眼阔胸,神思飞荡,才真的能够"怅寥廓",才真的能够"问苍茫大地"。此时天高云淡,一碧万里。

不知多少年代了,散散落落着我熟悉的村庄,浓浓地散发着北方气息北方乡土味的村庄,此时已褪尽了绿羽毛,露出错落的屋,陈黑的草房,青色的砖、红色的瓦房,土墙,砖墙,"回"字形的院子,马鞍形的院门。门两旁吊着一捆捆金黄的玉米、一串串红辣椒、一条条干丝瓜瓤抑或桃形的葫芦。噙着旱烟袋扎着粗布腰带的老伯,裹着腿布的老大娘,此时正倚着墙根,任阳光暖透,笑呵呵议着年成,看着村庄外面的场上,那山丘一样的麦草垛、豆草垛,顽皮的乡娃娃在他们面前玩沙包……

长长的河堤上。窄细发白而曲折迂回的路，浅草上铺了层晶白的寒霜。堤坡上爬满白草。河流迂回的水湍湍发绿，浅滩处颤嗦着丛丛银缨闪闪的芦苇，时不时有不怕冷的麻雀，从其中窜出来，飞落到远处的电线上去。对面的河滩，温驯地站着几头牛，和几位老者，瞭望着西方天际。

瞭望着辽阔的平原，我知道，春风拂荡，它会翻腾绿浪；布谷鸟啼鸣，它会一派金黄；年复一年，代代相续，可不是单调的循环往复，而每年都是"萧瑟秋风今又是，换了人间"。

呵，我是从平原乡村走出的一个孩子，如今根又牢牢地扎在平原大地。哦，平原，是你抚养我长大，是你教会我说第一句话，使我成为1.74米的平原汉子，忠实地养你，爱你，也养活自己，养活子孙后代，使未来的平原是子孙引以为骄傲的平原。

第四乐章 收获平原

布谷鸟鸣已经歇止。焦热焦热的阳光，仿佛耗尽了所有的水分。任平原吹荡香熟的风。

平原上厚厚的一层金黄啊，由成熟而丰满的麦子铺成。直挺挺的麦秸秆已支撑不起沉甸甸的麦穗，阳光漫流，柔风轻拂，漫野麦穗如合唱《丰收歌》的姿势，左晃右摆，跳起欢欣若狂的舞蹈。

于是鸡鸣喔喔，天际微红，村庄就从沉寂中骚动起来，男呼女唤，磨镰嚯嚯。大片大片厚厚的金黄，一层层饱满而香熟的麦子，随着熠熠的镰光，纷纷刈倒，弓曲的脊背之后，一捆捆麦个子昂然站立，站满平原，组成雄赳赳气昂昂的方阵，等待劳动人最庄严最激奋的检阅。那弓曲的脊背啊，就站立起来，泥手抹了一把额上晶晶的汗，昂首注目天空间愈升愈高的太阳，嘴角禁不住露出雪亮灿烂的笑意，谁能理解这淡淡的笑意中包藏着多少农人们朴素的欣慰？

转眼间，坦荡无垠的平原，就褪尽了金黄的厚外衣，重恢复浩荡无涯的赭红。

麦垛山峦一般堆在晒场的四围。镜面一样平荡的晒场，新泼了一层水，撒了一层麦糠，经石碌轧了，连一丝裂纹一丝褶皱都没有。炎阳高照天幕的时候，摊开麦子，覆着满场，四轮车在上面来回飞跑，橡胶轮下麦粒就啪啪而落。翻场。聚场。有风时扬场。最后聚合一堆的就是颗颗饱满的赭红抑或银白的麦粒，最终一笸斗一笸斗地归囤抑或归仓。这就是农人风里雨里寒冬酷暑艰辛劳作的最终成果。

啊，朴朴实实的农人，世世代代居住平原，世世代代走不脱平原。春种夏收，夏种秋收，秋天种下的，又在冬天发芽，在春天郁郁葱葱。在平原上，他们世世代代艰辛劳作并且收获着平原的五谷杂粮，以此保存自己的生命，并且美丽地延续着自己的生命。他们的朴素的思想，那就是现在比从前好得多了，只要未来比现在好。因为深味粮食的艰辛，世界上没有谁比他们更懂得节约。节约下来的粮食，兑换作钱，就盖出了他们愈来愈漂亮的房子，使得这块平原日益辉煌壮丽起来。

收获了平原的五谷杂粮，最终收获的是他们纯朴而伟大的人生。

第五乐章 告别平原

我的熟悉的平原被列车一格一格地甩在后面了,甩在不叫做平原的土地的后面了,甩在深沉的记忆中了。

我深深地知道,此后的岁月便是怀恋。

我将会记得,离开平原的时候,正是寒春,道路上的白杨树在瑟瑟的冷风中颤抖着枯枯的黑黑的枝条,骑自行车的我的乡人,赶着毛驴车的我的乡人,在这条干涸了沟辙的路上驰着,去走亲戚,去接亲戚,履行着千年不移的风俗。广阔而坦荡的平原,茸茸的绿麦底下是赭红赭红的泥土,贫瘠的或者肥沃的。我的乡人,拉着独腿的耩子,像牛一样,在为这片土地施化肥,喂养它,并用它永永远远地来喂养自己。

我将会记得,那像牛一样的,才叫做忠实的劳动。

我将会记得我离开平原的这一天是个晴天。是的,我的平原很广阔,很平坦。我原以为凡平原都有柔而灰的山群萦绕着,如隐隐的飘飘的灰线那样,其实不尽然,河南中部简直不见一丝山影,那么就叫广阔无边。然而我的乡亲总在乡道上踯躅。其实此时寒冷的正是我们这块平原。

错错落落的村庄,犹如一簇簇干柴,犹如一座座坟。我将会记得我就是从那座茅草房的无限担心、爱抚、茫然和愤懑中私奔出来的。

为了这辈子活得真的像个人。

为了我的平原有一天能够说出:原来是这样,他是最先跳出我们的蒙昧的梦的人。

呵,我的平原。

让历史使我们恍然大悟。

心归村庄

背离村庄,就发誓
永远不再回来

这是我蓄谋已久的欲望
这是村庄发自心底的愿望

离得越远越好
甚至远到了天涯
可,为什么
村庄一缕淡淡的土音
总让我回头张望

现在,我的幸运
无非是把身体楔入城市
村庄,永远种植在
我心灵最幽深的地方
我和叫做城市的妻子
居住在村庄的边缘,实际上
距离村庄遥远的地方
我无法改变我的血液
来谋求抵达城市的方式

谁能知道，丢失村庄的心灵
是多么痛苦的背叛
离开村庄的日子，永远
叫做流浪

背面的村庄

我总觉得我的村庄之外还有一个背面的村庄。

从前读到贺知章"儿童相见不相识，笑问客从何处来"的诗句，还没有多深的感受，现在的感受越来越深了。2013年冬天在举行哥哥大殓的时候，倚门旁观的一排年轻的媳妇，有的说是谁谁家的媳妇，我一个也不认识；为哥哥抬棺的年轻力壮的小伙子，他们多半在外面打工，听说村里出了这样的大事，连工钱也没有来得及结就匆匆赶回家来，他们原来都是我至爱的乡亲，可在我眼中全是陌生人。我开始怀疑我的身份：我到底是不是这个村庄的人？如若是，为什么我对眼前的村庄如此陌生？

我在这个村庄足足生活了十九年。是这个村庄贫瘠的土地给了我生命，并且坦荡无私地养育了我。我曾经熟悉这个村庄的每一座房屋、每一寸土地、每一棵树、每一根草、每一片打麦场、每一个石磙、每一个磨盘、每一座小桥、每一个窗台、每一畦田垄，我太了解这个村庄在这十九年中的恩怨情仇、勾心斗角、分分合合。如果让我写一部村史，这十九年同样会波澜壮阔、跌宕起伏，若被哪位导演看重了，拍成几十集的电视连续剧没有问题，而且收视率不会低。可是，我为什么对眼前的村庄这样陌生了呢？

哥哥规划好的一片斜尖地，把他自己也规划了进去。这是村里的一片废地，又斜又尖，不便于耕种，就被哥哥要了来，作为我们家的祖坟地。先是父亲住在那里，接着是两个侄女，接着是母亲，后来哥哥去和他们团聚了。在我们这片方圆不大的故土上，散落着一座座旧坟和新坟，经指点，我马上就可以回忆起他们熟悉的面孔，他们的言谈举止、一颦一笑，以及我和他们之间所发生的一段历史。在这个村庄，我认识的死人比活人多，他们是我至亲至爱的乡亲，在地下组成背面的村庄。

与我家祖坟隔渠而望的是一座颇城市化的墓，这在我们乡村是绝无仅有的，它像一座豪华的房子。这是维仁老的墓。维仁老是我小时候的偶像。他面色白皙仪表堂堂，披上绿色大衣，双肩抖一抖，走在村路上，如同威风凛凛的将军。他大概梦想是成为将军的，参加过志愿军，在朝鲜战场上负过伤，手臂留下一生的疤痕，也就是凭着这份荣耀，仅有小学文化程度的他当了学校的教导主任、校长。他在我们当地威望很高，交友甚广，而所交朋友一般都是在当地有头有脸的人，因此能为乡亲们办许多事。全村的乡亲都崇敬他、巴结他，许多人因为他而得福，因此他成了许多人的恩人。别看维仁老表面上这么荣光，但内心烦恼，烦恼的是他没有儿子。听说他是有过儿子的，不幸夭折了，自此一个一个地生，一口气生了六个丫头片子，小五、小六就干脆连名字也不赐给她们,就直接按排行叫了。没有儿子维仁老往往借酒浇愁,一喝就喝个大醉,一醉就哭,一哭就诉说他这辈子没有儿子的痛苦。但维仁老恰恰享这几个女儿的福,他自五十几岁就得了脑血栓,要不是这几个女儿轮流照顾,他难得活到八十四岁,而且死后拥有了这么豪华的房子。

与他相比,他的弟弟就没这么幸运了。他的弟弟维义老五十岁就因为肝癌而去世。维义老给我的印象是永远黝黑,脸膛黝黑,身子黝黑,尤其是后背,黑得流油、放光,像是被桐油油过一遍一样。这是因为男劳力长期在太阳下劳作,犁耕耙拉,就被晒成这样黝黑。我们村的男劳力大多像维义老一样。维义老的算盘打得好。我们村的男劳力大多数会打算盘,每次生产队分东西,都是几个男劳力拿着算盘到打麦场上,噼里啪啦的声音很好听。我到现在也未学会打算盘,很羡慕他们,觉得他们的手真是生花妙手。维义老带领我们和仗势欺人的生产队长决裂,分出了前组后组,他担任后组组长,本抱着喝稀饭也要同那女人分开的决心,那段时期就如同过去的电影,穷苦人闹翻身求解放,可不久就分田到户了,维义老当了大队的会计,再后来就去世了。

埋在故土里的所有人,我如果从记忆中把他们挖出来,都能讲述一段历史。我对他们本来是那样熟悉。我为他们每一个人作传,都能写出一本厚厚的书,要讲他们的故事可以讲一千零一夜。若是从前我回到村庄,他们会从每一家门口走出来,向我递上一声声的问候。我也给他们递上一支烟,站一会儿,聊一聊年成。包括我在外面流浪,一想到故乡,想到故乡这些熟悉的面庞,我心中就充满慰藉。可如今不同了，他们纷纷转入地下了，剩下在村子里的除了少数的几个长辈、平辈、同龄人，绝大多数是对我"儿童相见不相识"了。这些孩子，我告诉他们我是在这个村子里长大的，我是他们的大伯、叔叔、爷爷、太爷爷，我就是这个村子里的人，他们信吗？我的村庄正在离我远去。

我刚才在讲述村子里故事的时候，尽说些过去悲苦的事、伤心的事，还有一些是不好的事。其实这是不公平的，我要把村子所有的好与不好加在一块，这才是我的村子的全部，才是我爱的整体。我十岁丧父，靠母亲和哥哥挣一点可怜的工分，养育我们小兄弟三个。我们全家五口人，年年冒工分钱。这就意味着，是这些如今埋在地下的好与不好的人用他们艰辛的劳作养育了我，使我成为十九岁的汉子，然后走出这个村子，到异地求学，从此选择了别样的命运。我们的村子很小，小得连抬棺的人都凑不齐。我看到每一次有这样的事发生，我们村都是男女老少一齐上。这就是乡亲，同喝一口井水长大的人，无论一生有什么恩怨情仇，最后都烟消云散，而最后共同融进这片祖先留下的土地。

姐姐不断来电话，说谁谁又不在了，我所熟悉的乡亲正一个一个凋谢，正如同一棵树，它上面的老叶子会凋谢得一个不剩，然后重新发芽。那些老叶子埋入地下，长出背面的村庄，让我在纸上用余生来怀念。

一生属农

从田垄走出
把母亲的视线拉成河流
我永远活进那汪温情的泪水

那缕炊烟握在母亲的左手
我怎能飞出炊烟的尽头
老柳树的鸟儿
时不时从南方送来回音
哦,茅舍,茅舍
贫穷由来已久的茅舍
我是你的儿子
跨出你的心坎半步
此后的日子该是多么陈旧

我置身其中的城市啊
对于你我如何能够深入
你如何改变我淤土的内质
看一看我的茧纹
听一听我的嗓音
含有多少粗犷的淤土

淤土啊淤土
淤土的祖先是淤土
淤土的子孙还是淤土

淤土

淤土，我的故土，赭红赭红的颜色，如同岁月的阳光和风烘烤出的我的父辈母辈的皮肤。

故乡那块不大的老淤地，是古老的湖地了，很肥沃，很低洼，很平荡，很开阔。山，在它渺远的天边，日出日落的地方，镶围着它，如隐隐的浅淡水墨。河，在它的体肤之内，如同它的一根根筋脉，闪着明明亮亮的光。

每当金色的小麦抑或大豆被收刈之后，淤土全裸出来，在焦灼的阳光下，更泛出赭红的色泽。冬后的淤土被冻酥了，异常松软，异常融暖，异常细腻，异常丰腴，微微起伏着，就如同阳光下平静地躺卧着的女人柔和的肌肤，那肌肤蜿蜒曲回的美丽的线条。

淤土，是我的母亲土。

我是赭红的淤土的一粒种子。自从它播种下了我，我就是它忠实的儿子。它的每一细粒的最微细的细胞，都给了我足够的营养。它曾贫瘠过，也曾肥沃过；曾旱过，也曾涝过；曾歉收过，也曾丰收过。但不管怎样，它始终在制造食物，供养我，使我在最困厄的时候也不至于发育不良。

曾亲听过那拉犁歌调，一人起众人和地，从始点到终点，再从终点回到始点，循环往复，从夜的这头到夜的那头，从春到秋，从秋到夏，岁岁年年。

老淤土依然那么年轻，春风吹过的时候，绿浪奔腾。它的使命永远是生长和成熟。

它永远是乳,是汁,滋养我,使我成长和成熟。

在赭红的土地上,一座座金山屹立起来,犹如辉煌于世界的金字塔,那是我的食物,一粒粒,如同记载淤土内力和奉献的文字。

曲辕犁

自幽古悠悠而来悠悠而去
哀恸的拉犁歌调,一人领百人和
昂昂低低
月光起时这悲歌
月光伏时这悲歌
月光苍颜华发

反反复复的短褐父亲
长袖母亲
以火红的书面语充血
拖载反反复复的疲困反反复复
的板结
在烂芦根下嘤嘤低泣

自幽古悠悠而来悠悠而去
用杂粮堆砌肌肉
用锅巴铸造骨骼,瘦骨嶙峋
也称作彪形大汉
我是亘古的老泥巴,倾听
最初和最终的月光的清泪
中弹的鸟击坠夕阳,红鱼的尾巴
腐臭若黑泥
在细细的青垅,我举目四顾
头顶上,荒草萋萋

我受孕于谁的一次胎动
绿色的还是紫色的？在溢水的四月
旺盛得弓腰曲背

我生命的北园

我家的北面有一片园子，不大，却是我童时每日必去的地方。满园的枣树，还有枣荆棘，确切说是一片枣园。枣园中有柳树，柳树栽在废坑旁，"春风杨柳万千条"，春暖花开之时，倒见得柳树的风致。坑之所以是废坑，实在因为它已没了任何作用，水落入坑底，本是哥哥为了浇灌方便而挖的，却"无心插柳柳成荫"了。坑的南面有一棵树，还有一棵也是树，一棵海棠，一棵木瓜树，见不得果，往往是妞的时候就被贪吃的孩子偷光了，虽然据说它们是极名贵的树。园中到处是碧草，草中有花，各色各形的花，那草是鲁班造锯的草，如锯齿，一不小心就会把手或脚划出一道血峡谷，夹在唇间吹了，却能吹出美妙的声音。

枣树的种类不知有几，记忆最深的是疙瘩枣，个儿大的如木陀，表皮疙疙瘩瘩的，硬，脆，甜；还有铃枣，好听的名字，形状真如小铃铛似的，秋日红熟的时候最甜；数量最多然而最不喜吃的是蚂蚁枣，瓢肉如棉絮，淡而无味，一夜秋风秋雨，蚂蚁枣被吹落满地，树上的便一任母亲用木杆打落入笸斗里，个儿倒是比蚂蚁大多了，像一只只大豆虫。

吃上枣子实际上从夏天开始，甚至从春末就开始了，枣花风吹落，枝叶间刚挂上枣妞儿，就被一些贪吃的孩子用秫秸杆打了去。因此我的主要任务是看枣。看得住人家看不住自己。夏日高阳，知了在村子上空尖嗓子叫着，我就爬到了铃枣树上，高树生清风，我稳坐树杈间，脱衣敞怀，凉风透胸，好不畅快，可惜我当时找不出什么词来形容此时的感觉，后来读了战国宋玉《风赋》，楚襄王曰："快哉，此风"，再没有比此语更准确而精炼的了。我摘枣凭风，非天仙可比。正陶醉间，母亲一声怒呵，慌得我不知魂藏何处，忙肚皮贴着树皮哧溜滑下，肚皮顿时一道道白的红的痕迹，火辣辣地疼，一屁股跌入枣荆棘里，犹如十万根银针穿心。

这是我的北园，我童时每日必去的地方。夏雨过后的草地更加清新碧绿，草地上覆了一层地衣。地衣是上等的食物，捡回家里，冲了，洗了，炒了，软润润的，是我们那个时代难得的佳肴。我一捡就是一大盆，把满北园的地衣全拣光了。为了解决家中的吃菜问题，我小小年纪就在北园开辟了一片菜园，种植南瓜、豆角、梅豆，还有花生、土豆，土豆就是土豆瓣，随意丢在园角，连日阴雨后竟长出葱葱的芽了。我为它们浇水、施肥，浸入了我的艰辛，收获了我的欣慰，秋天南瓜如犬卧叶丛，豆角、梅豆挂满枣树。我没有什么大波澜的童年，以劳动作为最大的快乐。可北园随着我童年而转入少年，竟从我的视野中永远消失，那一年堂哥一家从外面回到家来，在北园盖了房子，从此北园成了他们的家园。我的枣树、海棠、木瓜、春风杨柳……还有那个大南瓜，都随我的童年而去了——

每一个人都有每一个人的精神存放地，北园就是我童年的精神家园。我是个较孤僻的孩子，天地很大，属于我的空间很小。时过境迁，参加工作后我几次利用有限的土地植花种菜，哪怕尺寸阳台，不是为了什么发家致富，而是企图找回我童年的北园。许多年来，我在城市生活的边缘线上行走，北园构成我回忆的主要部分。当然此时不能移植到十二楼的窗口，我就凭窗外望，一片即将消逝的田园，出现在城市和乡村的分界线，农人们在里面自若地劳动，那是否是我从前的北园？

　　我怀念北园……

老房子

父亲从墙上走下来　我瞅了眼阳光
恍如隔世

这是哪一年哪一月哪一天的事
老房子起自何处　蜿蜒
驶进岁月深处

我的心中住着这样一座老房子　它不高大
或者说矮小　像我们家的老狗
趴着　像泡桐树下的毛毛虫
沿着艰难的时光爬行

翻过墙头　我沿着血迹寻找生命的来路
总是月光蹑手蹑脚　一缕炊烟逃走
老房子像一列铁皮火车　穿过地下
装载从前的话语　婴儿的啼哭
父亲的京剧导板　母亲
经久不衰的咳嗽、呻吟、咯血
和哥哥对于命运不屈的呼号

我们往往在下雨的时候看见星星
不下雨的时候　老鼠勾结北风
掳走房顶的麦草　饥饿的鸡们
啄不出一滴粮食　老墙根

像被撕裂的腿一样　汪洋中的一条船
在凄风苦雨里飘摇

我在老房子中常常做梦　梁头
父亲常常映在那里
对我微笑　他最关心的是母亲
寂寂地想：如何返回

盖房子

  我小时候，在农村，要盖一间房子，不比现在在城里买一套房子轻松。每盖一间房子，就要扒一层皮。
  盖房子要做的第一件事是垫地基。常言道："在人屋檐下，不能不低头。"但是盖房子是不能盖在人家屋檐下的，否则永远抬不起头。当然，也不能比人家的高，最起码一般齐。要一般齐，那就要把低洼的地方填平。用什么填平呢？用土。到哪里取土？到东河滩。
  我哥哥都是利用农活之余到东河滩拉土。农活是公家的活，算工分的。一天的工分折合人民币八分钱。他是利用中午到东河滩拉土。拉土捎带上我，我起不了多大作用，只是掌把，让架子车保持平衡。为了能多装些土，哥哥往往用上了褶子，圈了一圈又一圈，满满当当，这才能把一车子土拉走。由东河滩到堤上有一段缓坡，哥哥在前面拉，我在后面推,哥哥说:"起劲。"我的身子就像个弓一样绷得紧紧,不然,车子倒退,会像个泥鳅一样钻到河里去。哥哥的劲屏着,我的劲也屏着,就这样,兄弟俩都屏住了一股劲,不情愿的车子,像一头犟驴一样被拉到了堤上。

我们一车一车地倒土,一车土不算多,堆在地上就是一小疙瘩,但经不住日积月累,几个月功夫,那片洼地就被我们垫平了。垫平不能算数,要比人家高出一截,一下雨,土还要凹下去,还要打地基,即便盖好房子,地还要往下陷的,所以要留有余地。

接下来就要拉石头。村子里稍微富裕一点的,就雇人开四轮车到西山口拉石头,往往四轮车来回几趟,盖房子的石头就备齐了。我们家不行,我们家的钱比人还金贵。哥哥就自己到西山口拉石头。拉石头照样捎带上我。我去干什么?掌把。西山口的路坎坷不平的。哥哥跟人家讲好价钱,就开始往架子车上装石头。一块石头"哐当"扑进架子车里,差点把我撅起来,我必须使出全身力气掌稳了,等哥哥将架子车前、后、中间都装上了石头,平衡了,我才能感到轻松许多。装满了石头,哥哥用毛巾擦了擦脸上的汗,说:"走。"我们就走。哥哥像一头驴在前面拉着,我像多余的一把扇子一样在车子一旁推着,车子慢吞吞地移动到家。

石头堆在地上,有时候会长达数年,风吹日晒的,上面拉满了鸡屎,下雨天人们就把脚上的泥泞往它身上狠狠地蹭,石头一天天变丑,石缝间长出宁死不屈的草,老鼠在里面打群架,有时候可以看到黄鼠狼从这堆乱石间窜出去。

什么时候盖房,取决于那个最珍贵的字——钱。

现在不管什么时候盖房吧,该把要准备的材料准备好。

我们盖的是土坯房,什么砖了,什么瓦了,那是以后的事。那时农村最多的是土坯草房。既然是土坯房,那就需要坯。哥哥照例来到东河滩。河滩上,哥哥找到一块空地,堆了一大堆土,将切碎的麦草撒到土上,然后在中间挖出一个窝窝来,他从河里挑水浇进这窝窝里,将土与草搅拌在一起,和成一大摊泥。泥松软得像温存的话语。哥哥端出一个木模子来,用铁锨把泥丢进模子里,充满、抹平,然后端起模子向上一脱,一块四方四正的坯就落到了地面上,像放大了的饼干。我这时是可以发挥点作用的,用铁锨往模子里装泥,哥哥负责脱坯,一会儿坯就排了一大片。坯必须在晴天脱,晒上若干天,坯干了,就会拉到我们屋墙后面靠墙堆放,一场风至,眼看雨要来,那就要拿草苫子把坯盖上,不然雨淋了,坯又会还原成一摊泥。

哦,土有了,石头有了,坯有了,那,接下来还要干什么呢?

置草。

草,除了麦子收后留下的麦草,还要细的麦草,我们俗称"麦穰子",供和泥用。那土和草结合在一起,才能结实,不然,土就会塌下来。

光我们自己收的麦草是不够的,还要去买。我和哥哥到外面买来的草垛在院子里,供鸡在那里翻箱倒柜。

盖房的序幕拉开了,请庄上的劳动力来打地基。新宅子一定要打地基的,不然,地基不牢,盖好的房子没过几年也会塌的。打地基用夯,所谓夯,就是一个大石磙用木头架起来，三五个壮劳力把那石碌举起来，然后重重地砸下去，一砸凹一个大坑，这样把地基打牢实了，才能盖房子。打夯要喊号子，不然用不上力，用力了，也不齐，所以众劳力要一起喊号子，举起来，砸下去，鲁迅所说的"杭育杭育"，就是这号子。

盖房子，不单是力气活，更是个技术活。比如这砌石头，就不是哥哥能干的，要请人。农村有的是能工巧匠，他们相当于现在的高级知识分子，颇受人尊重。农村人喊他们"老师"，那个"师"是儿化音，不是我们一般说"老师"的意思，而是在这方面技术特别精湛的意思，相当于专家。你看这砌石头，石头要大小合适，不合适要敲，敲到它们搭配正好为止。不能砌斜了，要在一条线上，"老师"们在地上拉一条绳子，不能偏离这条绳子；砌上一段，"老师"要眯缝着眼睛，看是不是在一条直线上，生怕把石头给砌斜了。哥哥对"老师"特别客气，不时地递烟，碗里的白开水是放糖精的，带有点巴结的意思；"老师"嘴里叼着烟，还有一只放耳朵夹着，端起碗咕嘟咕嘟喝一气水，气定神闲的样子，很有现在某些专家的范儿。

砌的石头叫础，地基是基，砌石曰础，基础基础，基础不牢，能盖成房子吗？

石头砌成的矮墙，再往里面倒土，把麦穰子撒进去，一桶一桶的水倒进去，用抓钩拌匀，放劳动力到里面用脚踩，就开始踩墙了。一锤子一锤子泥往上摞，结结实实。这项活技术含量不高，只要保证墙不倒即可，也要用绳子不停地量一量，不能倾斜。墙越筑越高，披头散发的墙再用锤子劈齐了，一天功夫，一人高的墙就砌成了。那时我们村的劳动力紧张，农忙的时候是抽不出劳动力的。我们村麦子和老表们麦子的成熟期有个时间差，踩墙的任务就由我们几位老表完成了。

真正盖的时候，坯被派上了用场。坯要摞在墙上，一层层地垒起来，搭成个房子的雏形。然后该上大梁了。上大梁是关键的一步。大梁由我们院子里的大杨树承当。请来的木匠把大梁做好，然后给架起来，成为腾云驾雾的三角形，再搭好横木，就可以往上面铺秫秸了。有的地方用苇子，我们用秫秸，都是就地取材。秫秸铺好，就是苫麦草。这时候能用得上妇女，全村妇女在底下把麦草扎成一捆一捆的，然后在桶里蘸着水扔上去，"老把式"就把麦草苫上去，手里拿的木耙把草摊得平平的，顿时被梳得整整齐齐的。这是项技术活，一般人干不了，苫不好屋子会漏雨。"老把式"神闲气定，一会儿，一个像模像样的房子就呈现在我们眼前了。然后用泥巴泥屋脊，基本大功告成。

我们村盖房子，一般是男女老少齐上阵。村子小，人口少，大家你帮我，我帮你，几百年来成为传统。

可就是我们盖房子的时候，草苫了一半，生产队长把劳动力全叫走，眼看要下雨，这房子再不封顶就前功尽弃了。哥哥逐家逐户地去求叔叔大爷们，但他们当不了自己的家，谁敢违抗生产队长的命令呢？幸亏老天长眼，光打雷没下雨，第二天劳动力们顶着压力来帮我们把房子盖好了。

我们的房子是一间一间盖的，最后一间像火车头。

最大的问题是钱的问题，每一节骨眼都需要钱，钱比命金贵，只能花在刀刃上。我清楚地记得堂哥盖房子，到该封顶的时候，草不够了，钱也已用光，他在屋里喝闷酒，醉了，躺在床上数手指头，"钱……钱……"

我的哥哥，为了结婚，新盖了房子，欠了两百多元的债，婚后近十年才还清。

小李家

那棵石榴树呢
那棵深秋的石榴树呢
那棵深秋的石榴树
已站成伟人的背影

历史在这里凝聚而灿烂
在这间堂屋挂着
挂在中国的许多纪念厅里
还在电影中定格
挂在世界的心中

这里坐落着神机妙算的
战争的心脏,像安全的灯
通过这里遥控
偌大的战役
便打得干净利落

然而心脏,保护心脏的
是骨骼和肌肉
屋子的主人依然活着
已经老了
却依旧停留八岁

这就是小李家

家，在我们淮北
有些也是村的别称
小李家不止一个

几十年后
一位伟人走访淮北
提起小李家
老泪纵横

三十年前的一次红色寻访

电视连续剧《大决战》中多次出现双堆集的镜头，我想起三十年前的一次红色寻访。三十年前，我寻访过濉溪县的双堆集。

双堆集位于濉溪县的最南端，淮海战役中著名的双堆集战役就在这里发生。这次战役中解放军全歼了国民党的黄维兵团。关于活捉黄维，电视剧在细节上没有交代，据当地人回忆，是当地的农民活捉了黄维，黄维打扮成农民想从麦地里逃跑，被当地一对农民父子发现，觉得他形色可疑，不像农民，倒像国民党的大官，于是报告了解放军，于是活捉了黄维。

关于双堆集的来历，我翻了《双堆区志》，有这样一个传说：在很久很久以前，这里住着一家庄户人家。这家老人为了鼓励勤劳者，让儿媳和女儿比堆土堆，在限定时间里，看谁堆得高、大，就奖励谁。嫂子身体结实健壮，干活赛过男子汉。她风里来雨里去，日夜不闲，很快就把土堆堆得又高又大。小姑子偷懒，土堆堆得又尖又小。一天小姑子悄悄地去偷看嫂子的土堆，一看像座小山，不觉羞红了脸。但她不思加油赶上，却顿生嫉妒之心，即刻回家拿来铁锹，趁嫂子不在，跑到土堆上就铲。不料嫂子随后赶到，一伸手就按住小姑子的锹把，一下子把土尖儿撅到老远老远的地方。于是出现了两个土堆，平的叫平谷堆，尖的叫尖谷堆（"谷"也被写成"姑"）。这就是双堆。

关于双堆，我当时采访的区委书记赵先军却另有说法，说其实是旧石器时期的遗址，他对考古感兴趣，从上面发现的石铲、石锛、石镞、石针等，可以看出是旧石器时期的产物。

我参观了双堆集战役纪念馆，当时可能建成不久，规模不亚于在徐州的淮海战役纪念馆，比宿州的淮海战役纪念馆要大。

开馆的时候杜义德将军来了，我们当地人总认为杜义德是古饶火集北口杜庄子人，其实不是，杜义德将军是湖北人。他亲自指挥了围歼黄维的战斗。

我寻访的另一处红色纪念地是淮海战役总前委旧址。总前委旧址有两处，一处是临涣的文昌宫，另一处是位于临涣东几公里处的小李家。我先去了临涣的文昌宫，文昌宫本是祭孔的地方，淮海战役中成为了总前委。文昌宫中陈列了总前委当时使用的发报机和军用地图等物品。那怎么又转移到小李家的呢？据当地人回忆，当时国民党的飞机在临涣文昌宫上空盘旋来盘旋去，文昌宫的目标太大，怕暴露，于是转移到临涣东几公里处的小李家。选择这个地方还是要慎重考虑的，首先是群众基础好，觉悟高，没有坏分子捣乱，再就是隐蔽性强。

我去了临涣东六公里处的小李家，找到了总前委旧址。这就是我们淮北地区普通的一个院子，坐北朝南，马鞍形院首，几间堂屋。当时大门紧锁，陪同我采访的人跟门口坐着的老头说："把大门打开。"老头就将大门打开了。他大概就相当于总前委旧址的管理员兼讲解员了。几间堂屋辟作了陈列室，陈列总前委当时使用的电话机等几件简单物品，但一张照片特别显目，是总前委五人的合影，背景是两棵石榴树。李姓老人说："喏，就是这两棵石榴树。"他指了指院子中间，我一看，果然有两棵石榴树，和照片作背景的石榴树很像。这张照片非常有名，有说是在山东拍的，电视连续剧《大决战》又搞到萧县蔡洼去了，从两棵石榴树来看，我确信是在濉溪县临涣镇小李家拍的。

这是眼前这老头大伯家的房子。

"你们当时知道是陈毅他们住在这里吗？"我问。

"不知道。我当时八岁，只知道我们庄住进来一支军队，前院后院都是兵，有几位大官出出进进，谁也不知道他们是干什么的。当时像这种情况不可能让老百姓知道，也就是他们走过之后，才知道原来是共产党的大官。"

这临涣，可是历史悠久的地方，古称铚，《史记》里记载得清楚。当地老百姓称铚城县。现还留存古城墙遗址，上面垛口、烽火台清晰可辨。历史上出现过蹇叔、嵇康、戴逵等著名人物。唐代柳宗元写《潭州杨中丞作东池戴氏堂记》,说弘农公(杨凭,柳宗元岳父)"卒授宾客之选者谯国戴氏曰简,为堂而居之",谯国即谯郡,晋代临涣正属谯郡,所以我怀疑戴简是戴逵的后代。临涣的茶风很盛,专门有明清风味的一条古朴茶街,文化底蕴深厚。岂不知它还是一与淮海战役有关的红色打卡地。

沿长城向西

沿长城向西
血迹所指的方向
一孔洞穴在熠熠发光
我唯一能告诉你的
就是:你走
沿长城向西
那里的每一块石头
都生满沧桑
都在讲述一桩苍老的
寓言
他们因为苍老、迟钝
而闪烁智慧的语辞

沿长城向西
那孔石洞
会在血迹所指的尽头
你所追索的目的
消失
抑或根本早已走远
我唯一能够告诉你的
就是:你走
沿长城向西
你就会走进那块石头
的心中

临涣人

　　临涣一条老街，灰砖小瓦，雕梁画栋，飞檐走龙，尽留得古铚城的茶坊酒楼，也仿佛尽留得古铚城的老叟。老叟们一例龙须飘飘，红颜铄铄，硬朗朗的一副骨架，浓的眉，亮的眼，尽露着老而弥坚的精神。老叟们转悠古铚城的旧址中间，仿佛从未走出来的样子，颜色一派古旧。不为名收，不为利夺，出出入入一队队长寿的老叟，也难得这片天地的闲逸。闲逸者何？饮茶。临涣多茶坊。茶坊的院落伸得很深，仿佛深不可测，檐下的铺面就是一张大桌子，围着一圈老叟，每位把着一尊带嘴的白瓷茶壶和一只茶盅，慢斟慢饮，各自神态怡然。铺面简陋的，干脆檐下的门脚旁一方石墩，搬一只小板凳坐于其旁，一样的啜啜饮茶，一样的超脱放逸。夜色沉沉，临涣古城一片浓暗，唯独老街一线灯火烁烁，尽为老叟们的天下，尽情开胸饮茶，尽意谈古论今，星散人散。自古而今，从来如此，自然而然形成了这个小小古城特有的饮茶文化。

　　老街临南阁。南阁，现今遗留下来的唯一的古城墙砖址。老叟们述说，传说古时要在铚城县建城墙的，但只是筑了一半，就夜徙亳州，因为亳州当时有位有权有势的大官呀。这岂不是历史上铚城的懊憾？怪不得如今围绕临涣镇的，高高低低绵绵连连的一例是土筑的"大堤"，让我到底不相信那深沟浅壑荒坟累累野草丛生的"环形山"竟是古代的伟大城墙。不冤枉的是南阁下的浍河，浍河的水不绝，临涣的茶风源远流长。浍河中的回龙水,还有龙须泉,以此水泡上六安茶棒,香、醇、甘,愈品愈能品出来甜味,清爽舒畅。那水,倒入杯中,满而不溢,饮之开胸畅气。在这细品慢啜之际,诸如感冒、疟疾之类的大病小病,尽除矣。故老叟饮茶,实在是延年益寿的一种绝妙的方法。

这可算是古已有之的茶会。饮茶,说到底饮的是心情。茶客,除了本街的老叟之外,还有远近的乡亲,利用赶集的机会,到这茶庄里一聚,把盏话桑麻,说说笑笑,自是一番和谐与闲趣。他们在茶庄一泡就是一个上午,天南地北地谈,海阔天空地谈,不觉就是日升中天——晌午了,炒几个菜,喝几碗酒,你猜拳我行令,哥几个好不热闹。也有独处的,石阶上坐着,一碗儿花生豆平地放着,大碗悠悠地喝酒,喝足了,掂起草帽赶路。

依旧是在老街茶坊,你外乡人,随便一坐就有茶壶、茶盅送上来,解你的渴呀,除你的热,一壶一壶地喝,一壶一壶地兑满,水没了,再到大炉上去倒。结尾了,不管你喝了多少回龙水,三毛钱。不想走呀?就坐下来听老临涣们说故事。传说多得很呢,诙谐得很,二百架葡萄?不是呢,原来古城西北角有"二碑架一棵葡萄";六十四眼桥吗?不是呢,原来临涣古城内外有六阁四寺,其间以桥相连。代代传下来临涣人的机智。

这就是临涣的灵性。每一位临涣人都是一部机智的书,那智慧,如浍河中的龙须泉的水,让你吮之不绝。

人杰出临涣。

临涣古城墙之东一里许,有蹇叔墓。蹇叔是谁?秦穆公之相呀。传说"五羖大夫"百里奚落难时曾到铚讨过饭,讨到蹇叔门口,蹇叔给了他饭吃。我想也一定给了茶喝。这茶就是回龙水泡的茶。后来经百里奚推荐,蹇叔相秦穆公。蹇叔哭师,哭得千古留名,这是后话了。出于景仰,我特地去拜谒了蹇叔墓。墓被日本人给挖走了,现唯存一堆黄土,立民国三十三年重修的碑,碑云:"涣镇,古铚城,蹇叔故里也,城东里许其墓在焉。""蹇叔仕秦,相秦穆公,丰功伟列详于史册,流风遗泽系于人心,综计生平,自有永垂不朽者,在身后,冢墓似无关轻重耳。"寥寥数语,为我们处事做人,不是示以警醒吗?

流风遗泽系于人心,方可永垂不朽。世上曾有多少权宦之士生前裘马扬扬威势赫赫,但死后有何?没尘无迹耳!唯独蹇叔,"丰功伟列详于史册",终究是好人不会受历史亏待的呀!

亏待临涣人的史实,莫哀于司马氏杀害大文学家嵇康了。嵇康,史载乃谯国铚人,可谓临涣的大骄傲了。"竹林七贤"之一,然而放浪直言,遭司马氏杀害,临行仰天笑弹一曲《广陵散》,惊天地,泣鬼神,成为千古绝音。

这更是临涣人的骄傲了。

临涣出才人,嵇康是文学家、思想家、音乐家融为一身的才子,东晋时期的戴逵,更是书画家、雕刻家、音乐家、文学家、思想家融为一身的博学之士。王子猷雪夜访戴逵,知道吧?这个戴逵也是临涣人。

非但文化名人屡出临涣,临涣亦多豪杰。陈胜、吴广起义时,就有临涣人董缲开城迎义军;捻军起义时,又有张乐行回扫临涣城。现代史上,临涣又出现了朱务平、徐风笑等等我们党的杰出人物。

临涣,是一座具有光荣的革命传统的古城。

当代的临涣人呢?我敢说无愧于作为蹇叔的后代。机修个体户陈令友就是代表。陈令友,这位过去一家人仅有一床被还烂得像羊蛋一样的老实巴交的农民,靠着十一届三中全会以后党的政策,靠着自己的一手机修技术,经济上翻了身,但富了不忘大家,多年来,他不知免费为经济困难的人家修了多少农机。临涣通往城东周庄的那段路,区里无钱修整,他就自己出钱出人,硬是铺出了一段长长的石子路……

这就是临涣人的精神。

你外乡人,脚步疲累了,你就歇下来,临涣有最便宜的客店接纳你,歇下来,你就喝一杯回龙水泡的茶,细细地品,慢慢地嚼,尽情尽意回味临涣人的纯朴和高尚。

中国土

我的这支滞涩的笔
如何切入土的血脉
而大彻大悟

城市的地毯上
我是乡土的植物
固执地代表农业

哦,土
世界上最优秀的物质
你把我随意移栽
那块淤土的本色
我的肤色
光荣地向世界播放
平原上的个性高粱
是多么完美

哦,兄弟
只要你身处土中
你就永不流浪

流浪是水中的植物啊
土的声音
即可将你唤回

一种亲切的方言
代表一方泥土
茫茫人海中的乡亲
由此互相辨识

我们中国的乡亲
因为汉字
中国土的方方块块啊
阡阡陌陌交织成
中国的千古华章

相土烈烈

某兄说当年读书的时候曾经游览过我家乡的相山，我问："你知道相山的来历吗？"他说不知道，我就告诉他《诗经》中有"相土烈烈"的诗句，相山就跟相土有关系。相土，商汤十一世祖，阏伯（契）的孙子，昭明之子，一作乘杜，河南商丘人，商民族的第三任首领。因治理部落有方，人们都尊称他为相土君。他的部落常以打猎、捕鱼、开垦土地种植作物为生。但为了生存与发展，相土还经常到邻近地区去了解别的部落是如何生活、生产的。一次他外出途经相山这个地方，发现这里的山川优美，森林茂盛，动物繁多，河里、沼泽里鱼虾游来游去。他便高兴得手舞足蹈起来，嘴里还唱着:"好地方、好地方,北是山来,西是水,东、南两面是平原。山有柴,水有鱼,一片平原好种田。"于是,他决定将部落从商丘迁到相山。

当他回到商丘以后,便立刻向部落的人说了相山这个地方怎么怎么好,动员大家移居到相山,直说得全部落都动了心。当年秋收已毕,相土便叫人们收拾好家什搬家。因为没有运输工具,担的担,抬的抬,背的背,一连走了三天。人们的背磨肿了,脚上打了泡,累得腿疼腰酸不愿再走了。相土机智地想了个办法,叫人砍些树枝绑成人字架,又叫砍了一棵搂把粗的大树,用锯锯成一段一段的,从树心处钻个眼,再用木棒穿在锯成的树心眼里,然后将木棒绑在人字架的小头处,叫两个人推拉着走。大家一试,果然轱轮转动向前,觉得省劲多了。

几天之后大家来到了相山一看,这里果然山青水秀,名不虚传,十分高兴。待歇息后,相土又跟大家说,就在山坡下盖住房,开荒种地。一年过去了,人们的辛勤汗水浇灌了相山的土地,各种庄稼都结出了丰硕的果实,人们安居乐业,自给自足。

部落有了剩余。相土又想:要把剩余的物产带到别的部落交换,换来自己部落缺少而又急需的东西多好呢!于是,他向自己的部落说了他的想法,又得到全部落的交口称赞。

相土征得人们的同意,就组织人员集中剩余的物资到外地去交换。他每到一个部落都受到欢迎,感谢相土给他们送来了急需的东西。这时人家便问起相土的部落住在什么地方,相土一时无法回答。因为他们还没有给居住的这个地方起名字呢！相土的随从人员看他沉默着，便顺口答道："相土，是我们部落的首领。我们的住地背靠一座大山，就叫'相山'吧！"（这便是以姓氏而起名）相土连忙也点了点头说："我们就住在'相山'"。从此以后"相山"这个名字，就传开了。

关于迁徙，还有一种传说跟宋共公有关。宋共公执政期间，大夫华元专国，宋共公瑕为避水患，将国都由河南睢阳（商丘南方）迁至相城。现今在淮北发电厂内有共姬墓。宋共公与鲁成公的妹妹伯姬结婚，鲁国大夫季孙行父护送伯姬来相城完婚，改称共姬。鲁襄公三十年五月甲午，宋宫大火，下属要救共姬出来，共姬说："吾闻妇人夜出，不见傅母不下堂。"共姬亡于大火（《琴苑要录》）。共姬守寡33年，死时年约60岁，其事迹被汉刘向收入《列女传》。

相山树木葱茏，在中原的山中确实是不多见的，充满了天地之灵气。我在其山脚下生活多年，工作之余常以登山为乐，有外地朋友来，我也带他们登山。登至山顶，俯瞰相城大地，满目葱翠，心旷神怡。山下有相山公园，公园内佳木繁荫，百鸟争鸣，淮北市民来此休憩、锻炼，空气新鲜，环境清幽。公园内有动物园、儿童乐园，每一代孩子在这里都留下他们欢乐的足迹。

公园内有显通寺，又称相山庙。显通寺，始建于西晋太康五年（284年）。据《宿州志》记载：北宋元丰间（1078—1085）赐额"显通"。辽金时又加封"显济王"，故又称"显济王庙"。据清同治八年（1869年）碑文载：西晋太康五年诏诸侯记界内山川，沛国人郭卿建庙，刻铭曰："巍巍相山，盘郁穹崇，上应房心，与天灵冲，兴云播雨，稼穑以丰"。唐永徽元年重建。

相山庙中现存有乾隆皇帝"惠我南黎"的刻石。这是怎么回事呢？据说清乾隆年间，安徽巡抚高晋奉命前来勘河修治。当他来到濉溪之后，又顺便到了相山的显通寺，看到庙宇由两山环抱，古木参天，风景秀丽，但寺庙破残不堪。于是，这个巡抚高晋就把治河的主要使命丢在脑后，而向乾隆上书修寺，美其名以求神明护佑百姓免于水灾。乾隆阅罢高晋的奏章，就命高晋除修缮寺庙外，另建一条十八里蔽日长廊。高晋贪赃枉法，把修治濉河的金银肥了自己的腰包，只草草修理了寺庙却没有遵旨建造长廊。哪知后来，乾隆下江南巡视，路经彭城（今徐州市），设行宫于云龙山下，忽然想起要到"相山十八里长廊"来观赏风景，便令高晋陪同御驾亲往相山览胜。高晋接旨吓得魂不附体。他暗想，乾隆皇帝一旦前来，发现并没有遵旨建造长廊，这欺君之罪，定要杀头的，他急得像热锅上的蚂蚁。生死关头，他谎奏道："相山'穷山恶水出刁民'，龙驾不宜前往。"乾隆果真不敢到相山。但他御笔亲书了"惠我南黎"四个大字赐予相山庙。原匾额现已不存，刻石则保留在庙中。

淮北市城南有一处由此称作"惠黎"。

公园内的小山坡上翼立一亭，曰"桓谭亭"，"桓谭亭"三字为雕塑大师刘开渠书写。桓谭（约公元前23年—公元56年），东汉哲学家、经学家、琴师、天文学家。字君山，沛国相（今淮北市相山区人）人。十七岁入朝，后因在刘秀面前公开批评图谶怪诞非经，几乎被下狱处死，后死于贬谪途中，历事西汉、王莽（新）、东汉三朝，官至议郎、给事中、郡丞。爱好音律，善鼓琴，博学多通，遍习五经，喜非毁俗儒。著有《新论》二十九篇。

我国著名雕塑大师刘开渠纪念馆就坐落在相山公园内。开渠先生是安徽省萧县刘窑村人，其家乡后划归淮北市。刘开渠纪念馆坐北朝南，建筑在南低北高的山的怀抱中，既有现代建筑的新颖特色，又有古雅之美。古朴的半圆形墓碑石上，镌刻着佛学大师赵朴初题写的"人民艺术家雕塑宗师刘开渠之墓"的金字。

我刚参加工作时，与刘开渠的侄孙刘百烈共事，我的画家朋友蒋连砧多受教于刘开渠，得刘开渠推荐，多次在中国美术馆举办画展，也经刘开渠推荐，参加过联合国教科文组织在法国举办的中国画巡展，刘开渠为他塑了坐像，他长期置放在他家书橱上，刘开渠去世后，他将它作为文物上缴国家，国家复制了一份，留他珍藏。

"相土烈烈，海外有截"，千百年相山孕育了无数人杰。数得上来的除了上面所说的桓谭、刘开渠外，还有刘伶、嵇康、戴逵等，相山南面有个村庄丁小楼子，三国文学家丁仪、丁廙就出生这里。距离相城几十里的临涣镇，古称铚，那里出了一个人物蹇叔，想必大家知道，我曾经去探访过蹇叔墓，民国时立的墓碑上写道："蹇叔仕秦，相秦穆公，丰功伟烈详于史册，流风遗泽系于人心，综计生平，自有永垂不朽者。"

雪野女雕

我凝固成一块黑斑
白色漠野茫茫无边,天葬似的风
块块割裂我僵冻的肌骨
飞舞的沙粒轰炸我的眼睛
漠漠苍穹在低空凝成一道灰影
死亡之声经语一般吟诵
我还能在哪里触摸一寸时光
我背叛已久的爱人
哪里有你召唤的小手
白草闪射一道道剑光
一阵阵摇晃恶狼的血口
可你是飘远的枯叶
我的生命也是飘远的枯叶
而此时
能有一尊不僵冻的女雕站起来吗
那么我们便会相互消融相互复生
僵死的爱情便如山溪一般流水淙淙

北方的雪

　　小时候的雪仍在我的记忆中纷纷下着。其实一开始雪并不是纷纷的,是天空中飞舞着一星两星零星的雪花,像秋天的小飞虫,非常具有抒情的味道。一会儿飞虫就愈来愈多了,愈来愈大了,漫天飞舞着,搅得满天寒彻。这时你看地上的草,山上的树,晒场上堆着的麦草垛和豆草垛,农家草房的房檐……都一例长出了白胡子。雪便愈下愈大,愈下愈急,再不是什么抒情的雪花了,是铺天盖地的白色蝗虫,是鹅毛,是一团一团撕扯着的棉花团棉花套,仗着尖叫着的狂风的威势,在天地间肆虐着,好像是要把它对人类积攒了一年的愤恨都发泄尽似的。这时候便是大雪封门了。晚归的人在路上顶风冒雪,好像一位独侠客夺关斩将在和千军万马作战,四面承受着雪寇的封锁和袭击,最终是身疲力乏,回到家中,头发、眉毛、胡子、衣服上全包着雪,简直是一个雪裹的人。所以鹅毛大雪纷纷下的时候,农户人家一般不出门,豆草摊在地上,打上地铺,老婆、孩子、热炕头,吹灯睡觉。

　　半夜乍醒,你会惊奇天怎么这么早就亮了,窗外都发白了,走出门一看,可不是吗?茫无边际的雪光照在天地之间,把茫无边际的夜色都给照白了,一眼看到夜郎西,雪地上的那一道道动物的脚印都能看得清清晰晰。

　　第二天早上一起来,哎呀,什么都消失了,远处的山,近处的堤,麦田,草垛,村外的大路,大路边的树,村口的那堆石头,还有错错落落的农家房舍……世界上只有一种颜色：白。万物只剩下雪白的轮廓，像裸体的石膏雕塑白色的肌肤，那么柔和，那么光滑，那么富有弹性，那么美，美得令人生出触摸的欲望。院子里早积满了几尺厚的雪，扫是扫不动的，哥哥便拿来铁锹像挖沟一样地把挖出的雪翻向两边，硬挖出一条通向院外的道来。

大闺女、小媳妇、老年人、小伙子，还有我们这帮小孩子，此时都从屋子中跑出来，被雪光照得睁不开眼睛。没有什么比此时的雪原具有更开阔的境界了，没有什么比它具有更明朗的色彩，明朗得可以一览无余。我们的心仿佛也是无边的。无论经过什么生活苦难的人，在这种广大而明朗的境界里，他的欢乐都可以被激发出来。于是在厚厚的软融融的雪地上，小伙子和小媳妇们在嬉闹着，你塞我脖子里一把雪，我当然不会饶了你，瞅准机会，逮着你就往脖子里灌满一大团雪，天地间爆开雪花般的笑。老年人望着年轻人这般疯闹，在撅着胡子笑，回味着他们的青年时光。我们这帮孩子则学着大人，你追我我赶你地打雪仗，雪团飞来飞去，雪地上映着我们凌乱的身影。这时候太阳出来了，茫茫的雪原闪熠着荧荧的光。

雪霁后的天气显得异常寒冷。树枝上都结出了厚厚的冰枷，草尖也戴上了一层玻璃一样的冰套，每家的屋檐下都挂上了长长的冰凌，一直触到地上。我们一帮孩子绕着村子玩耍，随手抓起一把雪放到嘴里，喊着"白面，白面"，好像真尝到白面一样。要知道在那困难的年代里，白面可是我们最珍贵的食物，一般是尝不到的。我们就把雪放在手中团了，团成一个白面馒头，在袄袖里珍藏着。生怕这场雪化了，雪化了,就是这虚拟的白面也尝不到了。紧接着就是够下屋檐下的冰凌当起了长枪,当起了长枪上的刺刀,你戳我我戳你地打起仗来。小手通红通红的,可我们的童年生活始终是这么热乎乎的。

远处落着一群大鸟,说是绵羊鹬,母亲说一只鸟可以拆一黄盆的肉。怎么才能捉住它们?有人扛出了猎枪,但怀疑自己枪法不准,便叫来了大老李。大老李上过朝鲜战场,使过枪的。大老李拿过枪,找一个隐蔽的地方瞄一瞄,可那群绵羊鹬机灵得很,听到枪的响动,"轰"地一声飞走了。

"嘘——唉!"

雪一点点地融化了,它下面的植被逐渐露出了绿色的痕迹。院子中的大雪人已经面目全非,被我们三下五去二地推倒,放到平板车上,一股脑儿推到麦田中去。雪是庄稼的被呀,盖着庄稼暖暖地过冬。我则盼着它长出来年的大雪。

一株麦穗

在众多的植物中
我一眼认出那是一株麦穗　一株麦穗
高出芦荟、绿萝、夏威夷椰子的头颅
倔强地代表我　代表农业
让我清楚地看见自己骨头的底色

你是来自我的故乡吗　小小的阳台
稍一展开就是我幅员辽阔的平原
就是我的红五月季节　阳光像油画一样
我就是那个骄阳下拾穗的人　我就是那个
喝一盆面条　伸手一挽　一镰下去
就是一捆麦个子的人　我就是那个
打麦场上吆喝着牛、接着牛粪和牛一起
围着地球转圈圈的人　我就是那个
戴着草帽顺风扬场的人　白花花的麦粒
装入粮囤　喂养我们多年来营养不良的民族

多年在城市游走我皮肤黝黑
多年在城市游走我乡音未改
多年在城市游走我步履稳健
多年在城市游走我秉性难移
我的颜色是麦穗的颜色　在陌生的人海中
我一眼认出你是我的乡亲　是五月天空的叫天子
唤着我的乳名　麦穗　麦穗

谁胆敢偷换我们血管里淤土的鲜血

没人为你点赞啊　甚至根本没人认识你
一个被麦穗喂养的民族　睥睨
一粒麦芽的种子　一个喂养了整整一个民族
的农业　乡村　却往往被打上低卑的印迹
这如果不是健忘　那就是集体自卑
可一株麦穗　在城市的阳台　在万千宠爱的花丛中
挺起高昂的头颅　隔一层玻璃
向它久违的老乡微笑着　点头示意

麦子

　　儿子不知麦子是何物，问他大姑这是不是水稻，他大姑回答这不是水稻，是麦子。儿子长期生活在南方，以为全世界的土地只生长水稻，其实他只知道吃到的是大米，却不知道大米是从稻壳中脱胎出来的。真正的水稻他也没见过。
　　这就是人和土地的隔离。
　　我不是这样。我从小就认识麦子。那时候我们乡下人嘲笑上海下放知青最多的就是不知道小麦和韭菜的区别，后来上海的下放知青能区分韭菜和麦子了，就和土地融为了一体，至今还有浓浓的淮北情结。认识了麦子就和大地有一份亲情。海子生前写了很多关于麦地的诗。麦地是他诗歌中的一个重要意象。只有匍匐在大地上的人，才知道一颗麦子在人心中的份量。

我这次回家乡第一眼看到的就是麦子。有些还没有被收割，金黄一片。有些已经收割了，露出深深的麦茬。麦茬地上堆起了一个个小方块，我到后来才明白为什么。

我这次回家最重要的主题是祭奠。自从哥哥于2013年冬去世，我就没有回过家。儿子虽然没有见过爷爷，奶奶去世的时候，他也只有1岁多，见他伯父的次数也很少，但他明白他的根是在这块土地上，几年来始终有个愿望：到爷爷奶奶坟前祭奠他们。可我把这一想法告诉姐姐的时候，姐姐却出奇地反对，说这时候上级有命令不准烧纸，如果造成火灾既要拘留，又要罚款。可这是我和儿子的心愿，怎么办？后来想到献花的办法。我们到父母和哥哥的坟前献花，以表达我们对他们亡魂的祭奠。

我们穿过了一片麦地，到了父母和哥哥的坟前。他们的坟墓在一片树丛中，被疯长的杂草完全遮盖。几棵杨树已经合抱粗了，这是哥哥生前栽的，分别代表我们兄弟四人；还有几棵松树，高大葱茏。前年冬天我离开的时候，哥哥的坟是刚堆起的新坟，如今缠满了杂草。

我和儿子把花插在了父母和哥哥的坟前。

我最挚爱的几位亲人，沉寂了，像麦粒，深深地扎进土地中。

我们都是麦子，根植在故乡这片土地上。

伴我长大的村庄就在目力所及的不远处，那里有一行绿树，如同一位慈祥的老人上扬的眉毛，我却没有回去看看的心思。三弟说，整个村子我能够见到的只有六个人，年轻人都出外打工了，其余我所认识的那些老人，也大多住到了城里。视野中一两部收割机在收割，别无人气。河滩上正好剩下唯一的一片麦地，虽有些倒伏，但麦穗金黄，我们在麦丛中留了影，算是对一个遥远季节的怀念。

我当年离开家乡投奔上海的时候，家乡还没有普遍使用收割机，大部分还是使用镰刀收割，因此麦收还是一个比较漫长的时节。那时候镰刀割下的麦子捆成捆，用四轮车或手扶拖拉机拉到场上，然后再用四轮车或手扶拖拉机一圈圈地碾压，把麦草垛成垛，趁有风的时候扬场，扬去麦壳，剩下的就是饱满的麦粒，装进麻袋入库，这才是粮食，再淘洗干净运到面粉加工场加工成面粉，蒸熟了才是我们吃到嘴上的馒头。明白了这些工序，城市里衣食无忧的年轻人才会明白"粒粒皆辛苦"的道理。现在节省了很多工序，联合收割机收割了麦子，在地头就变成了粮食，有收购麦子的在地头就将小麦入袋，一手交钱一手交货，然后用大卡车拉走。剩下的麦草怎么办呢？过去是焚烧，今年统一下令不准焚烧秸秆了，就地掩埋，所以才有我开始看到的一个个方块，深深的麦茬，然后用播种机播种大豆。耕地拖拉机，播种播种机，除草除草剂，收割收割机，哪还需要多少人工呢？我以前担心"分久必合，合久必分"，现在不需要行政长官命令了，农民自己就"合"了，大量青壮年农民弃地而去，交给少数人耕种，不久的将来，新型的农场主就在中国大地普遍诞生了。

可失去土地的农民又意味着什么？

我所看到的城市像新插起来的一样。田地间平白盖起了幢幢现代化楼房。有些是安置房，被迫失去土地的农民被安置在这些楼房里。一开始我们惊异于家乡的巨大变化，城乡差距大大缩小，我们村子有三分之二的人家在城里购置了房子，甚至有的家庭购置了两三套。前些年他们在煤矿等处做工是赚了些钱，再加之省吃俭用，于是弃置土地，远离农村，在城里安家筑窝了。看到那么漂亮的高楼，100平方的精装修房才六七十万，我儿子动了心，产生将上海的房子置换到家乡、回家乡发展的念头。看到家乡发生如此巨大的变化，我特别激动，也想叶落归根，退休后回家乡安享晚年。

可几天后我的心情发生了微妙变化。家乡的天灰蒙蒙的。强行规定的不准燃烧秸秆，首先考虑的就是环境污染。我们在城市里一天到晚忧心忡忡的雾霾，农民大面积燃烧秸秆不能说不是罪魁祸首之一。淮北是能源城市，煤炭曾经是其支柱产业，可煤带来的高污染也使淮北经济的发展遇到了瓶颈。由于煤卖不出去，近来淮北经济滑坡。出租车司机告诉我们："你看那楼房这么漂亮，一套也卖不出去。"市民的购买力逐渐走低，带来连锁反应，导致各行各业不景气。表面的繁荣下隐藏着令人忧心如焚的危机。

于是我想到鲁迅在《拿来主义》中说过的一句话："掘起地下的煤来，就足够全世界几百年之用，但是，几百年之后呢？几百年之后，我们当然是化为魂灵，或上天堂，或落了地狱，但我们的子孙是在的，所以还应该给他们留下一点礼品。"淮北的煤是由于卖不出去而导致经济滑坡，可淮北的煤还有被掏空的时候，掏空了只剩下片片的塌陷湖，大量农民失去了赖以生存的土地，又该怎么办呢？河湖港汊，波光粼粼、杨柳岸、晓风残月，或许在诗人笔下是不错的风景，开发旅游或许能吸引一些游客,然而淮北又受地理位置条件限制,水乡旅游也不具备江南的优势,也没什么名山与之相匹配,人文资源也不及徐州、开封、洛阳丰厚,开发旅游谈何容易?

再回到麦子。我们每个人都是一颗麦子,麦子离不开大地。麦子生长的季节是慢季节,头年秋冬季节播种,经过了漫长的冬眠,来年春天返青,夏天才能收获。一颗麦子埋入大地,再长出新的麦子。我们的生命就是这样循环往复、连绵不绝。麦子滋养大地,大地喂养麦子,麦子又来滋养我们,成为贫困年代最好的粮食。

可失去土地的麦子,它的灵魂在何处安放?

在回来的高铁上,看到大片的麦茬地在燃烧,火舌肆无忌惮地在吞噬原野。傍晚的天空聚结大团大团的蘑菇云。烧过的田野留下大片大片焦黑的版图。我听到了麦粒噼啪的惊叫,身子下留下滩滩血迹。麦子在大地上痉挛和疼痛。我隐隐听到了内心的灼伤和哭泣。

牛

那头最能干的牛
雪亮亮的刀已穿入它的脖颈

它倒下的那一瞬间
望着熟悉的村民
眼角的泪哗哗流下

血，喷溅整个天幕

那么多牲畜朝这儿奔来呢
包围一滩殷殷的血　悲嚎

牛的被杀
因为牛的苍老

哦，最能忍耐最驯顺的牛
一生艰辛耕作
至死都默默无语

牛

我用一种伤感的文字来祭奠一头牛。

我不知道我们村的人们为什么要杀那头牛。那是所有的牲口中干活最好的一头牛啊！乡亲们都说，这头牛好使，你让它做什么它就做什么，从来不偷懒，不躲滑，就如同口碑很好的老实人一样，只知道默默干活，从不多说话，更没有牢骚和怨言。像这么好的一头牛为什么要杀它呢？杀它的那个傍晚，夕阳把杨树染得血红，抹在人们的脸上，西北风在地面上卷起了滚滚沙尘。我们村所有的妇女都来了，都神情庄肃，像回忆一个好人一样地追述这头牛的一生，眼泪在她们血红的脸庞交错纵横。这仿佛一个露天剧场，中间是个戏台，戏台上活动的主角是一头牛和几位磨刀霍霍的劳动力，观众们把这个戏台围得水泄不通，即将有一场悲壮的戏要开演。那口大锅里的水已经烧沸了，仓库的两扇门板已被拆了下来，平放在井台边的石头上，剥牛的架子已经搭好。牛，你知道即将会发生什么事情吗？你从前一定见过这种相同的场面。那种好像从来与自己无关只是发生在别人身上的事情，如今却降临到自己的头上。那些旁观的牛们，还在槽前若无其事地啜草，有的就干脆坐在树下，朝向夕阳反刍着从前的岁月，它们偶尔朝这边看一看，目光黯淡而迷茫，好像这种事根本与己无关一样地，漠然地掉转头去，仿佛这是牲口的宿命，它们祖祖辈辈已经看惯了。

要杀的这头牛名叫贺兰，很清秀的一个名字，我们这样长久地喊着它，如同喊着我们中间非常熟悉的一个姑娘。我有好长时间喊它"荷兰"，我觉得不对，像我们那个穷村，不可能从荷兰进口一头牛，我估计这头牛来自西北的贺兰山下。这位勤劳善良也不乏美丽的好姑娘，从遥远的西北嫁到了中原，却永远回不了自己的家乡，最终把自己的一把骨头葬到了异乡的土地上。贺兰，你赢得了我们所有乡亲的尊敬和爱戴，和这里古风纯厚的乡亲结下了深厚的友谊。每年年初二，母亲都端一碗扁食往村西头去，我问："干啥去？"她说："给贺兰送去，她为我们忙了一年，要犒劳她。"你和我们友好和善地相处，哪怕一个小孩，也可以牵着你的鼻绳，拽着你的尾，你也一样地不急不恼。人群中传出了鼻息一样的低泣声，继而这声音转成呜呜的悲号，这声音越来越大，终于按捺不住，被西北风掀起悲痛的狂潮。有人喊着"贺兰"，泪眼模糊，就如同念着一个行将就义的少年的名字。看着眼前的场面，贺兰完全读懂了这一切，它缓缓地抬起头来，朝向熟悉的乡亲们，打量着每一张亲切的面孔，然后转向苍天"哞——哞"地悲号了两声，它的眼睛淌下浓浊的泪水。突然，一道寒光一闪，乡亲们潮水似地后退了两步，然后又潮水似地围了上来。那把雪亮的刀子稳狠地插入了贺兰的脖颈，血光如泉涌一样喷射向整个天空。

整个天幕都被染红了。

一头巨大的牲口轰然倒地。

"贺兰——贺兰——"这狂喊在天地间回荡了很久很久，仿佛一股洪流，冲决了人类筑起的所有的心灵的堤坝。

这时候,刚才还在旁观着的牛们,还有马,还有驴、骡、猪、狗、羊……所有叫做动物的东西,都一起悲鸣起来,和人类的哭声汇成最悲壮的合唱。

我心中的这座塔倒塌了。

我在地上瘫坐了良久。夜幕已经完全把大地给罩住了,天边的红色已经消褪殆尽,和夜色浑然为一体,讨厌的蝙蝠像夜游神一样地在我眼前游来晃去。这时候,几位劳动力在架子上下忙碌着,在扒着贺兰的皮。像脱下一件衣服一样地,贺兰的皮被扒下来了。他们把贺兰又架到了门板上,用刀子剖贺兰的腹。一会儿贺兰的五脏六腑都被解开了。我触摸着贺兰的体温,贺兰的体温已经冰冷。这时候,生产队长吹起了哨子,用沙哑的嗓子嘶喊着:"都来分牛肉了——"

我的喉咙哽住了。我想大叫"别,你们不能这样",但我终于没有叫出口。

贺兰被瓜分得只剩下一堆骨头。

天完全黑下来的时候,只有一颗独星瞪大眼睛惊异地看着人间发生的这一幕。场上的篝火升了起来,临时搭起的锅灶,冒着红红的火苗,几个孩子在拉着风箱。火照红了他们奇怪的脸。一种奇怪的肉香在空气中飘着。他们用奇怪的牙齿啃着贺兰的骨头。有人碰了碰我,说:"你怎么不吃呀?"我摇了摇头,什么也没有说。

拿刀插进贺兰脖颈的铁锤叔在场边瘫坐了很久很久,直到所有的人都散去,直到星星也回到了天边。他是最明白贺兰的呀,他的鞭子从来没有朝贺兰挥一下,贺兰是干起活来最不让他操心的一头牲口,每天夕阳西下的时候,他都同贺兰一起愉快地回家,就如同伴着少年时的情人,一条发白的土路上,映着他们相偎相依的影子。他为什么就把刀穿向贺兰的脖颈呢?

我回到家,把我们家分的肉都埋到了北园里,为贺兰筑起了一座小小的坟。我的母亲并没有阻止我这样做,她的眼睛还在红肿着。

这是五十多年前发生在一个傍晚的往事,这是发生在中原一个贫困村庄的故事。那时候饥饿还在常常侵袭我们,望见叫肉的东西我们往往嘴馋。我无数次看见杀戮牲口的情形,但唯独这一次杀贺兰让我永生难忘,我不明白,这么好的贺兰,为什么被我们这么好的乡亲给杀了。有人说,贺兰的牙口已经很老了,又患了严重的白内障,不能再服役了。这不足以成为杀它的理由。我们完全可以让贺兰自然地老死,然后为它举行隆重的葬礼,就像现在我心中仍为它筑起一座庄严的坟一样。

泪土

土啊，我不否认我破你而出
认你，我一辈子的创造恩人
破你而出我便是活生生的自己
被光洁照人的海贝壳簇拥着
像供养永恒的世界一样，碎裂如沫
我虬曲短体，在灰旧的草屋湿地
在你掺水的粪堆里潜滋暗长
我苦难必须以甜蜜外现
大恸一般歌唱你发育不良的干乳
加速我发育不良的肉体，连同言语
使所触的一切满目苍凉
言语是发育不良的
直至喉咙沿街乞讨
土啊，我诅咒过你
每一筋脉每一骨节残缺了，能
全吗
我供养你的一贫如洗
我滋补你的疲弱无力
但我必须转身，离你而去
为了我们不再相对流涕

乡间的马

马是牲口之王。

在乡间所有的牲口之中,马是最高傲的,它常常抬起它高傲的头,显得不可一世。在马的眼皮底下,最忍耐的牛低下它与世无争的头,最懦弱的驴低下它无可奈何的头,只有半驴半马的骡子有时来向伟岸的马攀亲戚,马哪理会这些?拍马屁拍到马腿上了,被狠狠地踢了一脚,马说:"你给我滚开!"骡子只好无趣地走开。

什么牲口也不敢和马同槽争食,那样的话,会弄得嘴破血流的。

太阳从东边出来,在西边落下去,它的雪亮的光辉照耀在河边的高坡上,马高傲地站在高坡上,高昂着头,风吹翻着它漂亮的鬃鬃,是一幅壮丽的风景。

我小时候,马的优越令我嫉妒。

马是力量的象征。在牲口一类的劳动力中,最本分的是牛,有时使点小性子的是驴,能够逍遥一阵子的是骡子,但马却常常有力不愿意使,常常躲滑,常常偷懒。

马好像觉得自己从来就不是做牲口的命似的,想不服人的管束。那还得了!你不是牲口你又是什么呢?我小时候的我们那个乡村,马是稀罕的牲口,因为没有人敢驾驭它,我们村妇女、儿童多,妇女、儿童都怕它。男劳动力很少,他们都去外面当工人去了。我们多数是在我们村的闺女被嫁出去的时候,才见到马,它们拉着马车,马车载走了我们闺女的一路哭声，远远地被拉走了……那才真是高头大马呢！马头上缀着红缨穗子，煞是英俊。然而一匹马抵得上几头牛呀，我们村就从西北买进了一匹马。

据说它的前身是一匹野马，野，就是我们常常说的"不羁"，"羁"，就是要给它戴上马嚼子，马嚼子还不行，就把铁链子狠狠勒住它的嘴，牙缝间被勒出汩汩的血沫来。记得那是个最热的夏天，那匹马被拴在槐树上，村里最强壮的两个劳动力，一边一个，抡起鞭子朝马身上打，啪——啪——啪……一打马就跳起来，在地面上踢出一团烟尘，发出刺破青天的一声狂啸，马背上就留下一道道湿漉漉的鞭痕，渗出红红的血印，顺着马毛滴下浑浊的水来。这马真是条汉子，前前后后一两个小时，硬是不低头，眼睛也不眨一下，你休想让它说句求饶的话，站在那里仍是一条铮铮铁汉，屹立成一尊英俊的雕像，仍是一匹高头大马！据说这叫驯马，将马驯服了，打掉了它的野性，它才能上套，才能老老实实到田间去耕作。然而一上套，马就把套子挣脱了，或者拉着犁子、耙、耩子狂奔，这叫马惊了，若不停下来，不知道它又会闯出什么祸端。我们那个时候还叫生产队，我们生产队不知有多少耩子被马给拉散架了。这头天不怕地不怕的马！《西游记》里的孙悟空怎能是头猴子？分明该是一匹马嘛！白龙马不该就这么温顺的。

在所有的牲口中，马是最具有反抗性的英雄。马的反抗是在于它不甘心做奴隶。马的不服管束，是因为它在所有的牲口中是王，在牲口的王国中，它是尽可以称霸天下的，岂能受到这样的侮辱？可它不知道人才是万物的灵长，人让你老老实实劳动，你不服能行吗？

然而马还想到要报复，等自己的年轻时代过去了，成为了一匹老马，刚烈的性情也只能成为昨日的风景，在人类的皮鞭下面，看样子它是真正的驯顺了，还念念不忘让它的后代实施报复。我小时候村里有一只小马驹，像生产队长优越的公子一样整天在村里游荡来游荡去，有一天，它竟把一个小孩从地头衔跑了，情况非常危急，这孩子差点命丧马口，他的父亲就是鞭打它母亲最厉害的那个人，真是报应！于是第二天小马就被上套犁地，不要你再那样逍遥了，小马不服，不服也不行，套上！沿袭着它父母的一生。这一年它的母亲遭了屠杀，说是干活不中了，没用了，刀"扑哧"插进脖颈，血光冲天，发出一声凄厉的长嚎，人站在天外面都可以听得到。

我离开乡间有许多年了，如今乡间很少能够听到"牲口"这个词了，别说马，就是牛、驴等也早已退役，马成为徐悲鸿那幅画中的一道风景，我忽然想到：马在乡间被折腾了那么多年真是冤枉，把马当作牲口来使用，真是我们人类一个天大的错误，马本来就不该是牲口呀，它是用来打仗的，战马奔腾，萧萧而鸣，所向披靡，怒风狂沙，那是何等壮阔的场面！它本来属于大草原，骠悍的野性才是它自然的天性。在大草原那个广阔天地里，任它驰骋，任它奔腾，这才应是马本来的生活。不然，什么才能叫做"不羁"呢？

雨径

我在秋雨中发疟疾,为牲口的健康
泪水沤断草根
晶莹圆滚
我可拽得住夏天的裙裾?那个炎炎正午
晕眩的黄豆地里
偷窃的汗液煮熟多少菟丝子
我可拽得住春天的翅膀?那满脸
蓬松苦艾的长堤
红肿的手又加重多少
饿猪的肚皮

我面对动物们垂涎,枯瘦若草
也不能闲卧寒冬
哪怕一枚僵骨也换取朵朵牛粪
块块坏红芋,可烘燃出
玉米的芳香
麦粒的芳香
大豆的芳香
芋干的芳香
布谷鸟咕咕——咕咕
年复一年,是叹息还是欢喜
哦,小米,我金色的父亲
如今你至高无上
闲草荒径是我的侥幸还是悲悯

驴

驴劳碌一生，却落得一世骂名。

我不知道我们人类为什么对驴这样刻薄，仿佛前世有冤似的。十二属相中，偏偏把驴排除在外。问属什么的，说是属驴的，这便是骂人的混账话。人活到了四十五岁，很忌讳说出这个年龄，因为据说这个年龄是属驴的。骂人的话中，有很多是与驴有关的，如某人唱歌嗓子不佳，说是像驴嚎，看来驴的叫声是令人类讨厌的；某人脸长，说是像驴脸一样，看来驴的长相又成为驴的一大罪状，另外，还有驴日的，驴吊尻的，等等。顺毛驴，是说明某人的吃软不吃硬；嘴撅得能拴个老叫驴，是说明某人生气的样子很难看；连驴拉出的屎也罪不可赦，所谓"驴屎蛋子两面光"，是说明某人的两面派作为。总之，人类有什么怨气都可以往驴身上发。

然而驴有什么不好？难道不比好吃懒做的猪好？难道不比仗势欺人的狗好？难道不比置人死命的蛇好？即便如此，也该和鞠躬尽瘁的牛马差不多吧？然而牛马在十二属相中还有一席地位，驴却被打入另册！我为驴不平，是不是我们祖先在安排十二属相时接受了某些动物的贿赂了呢？而正直的驴压根儿就不愿向人行贿！

小时候听母亲讲过，谁要是在人间作恶，下辈子就会托身成驴。驴是天底下最不幸的动物了。驴在所有的牲口中是最弱小的牲口，牛马都可以对它随便欺负。一头公驴，被人为地与母马性交，生出来的却是个非驴非马的东西——骡子，骡子能认他这个爹吗？受尽欺负的驴被人拉来推磨，还要把它的眼睛给蒙上，防止它偷吃粮食。驴吃的是草，推出的是面粉。就那样一圈一圈地绕着磨转着，稍一迟疑，就要挨鞭打脚踢。有想反抗的，往地上一跪，老子索性不干了！你能反抗得过人类吗？那就要受到更严重的惩罚，被打得遍体鳞伤。我有时看到血淋淋的驴，从磨房里出来，我就真想冲上去，给那人一耳光——你大小也算个高级动物吧，为什么对同样是动物的驴，下得了这样的毒手？唉，驴呀驴，我们那时控诉最多的是万恶的旧社会，让我们劳动人民做牛做马，哪知道还有比牛马不如的驴呀！

后来的磨房没有了，改为机械化的面粉加工厂。驴转岗跑运输。这么重的一车货物，瘦瘦的驴在前面吃力地拉着，有时候碰到上坡，驴使尽了全身力气，车子还是踯躅不前，主人急了，在驴的汗身上抽出了一道道深深的鞭痕，抽得驴浑身哆嗦，昏然蹶倒，膝盖流出殷殷的血来。等卸货回来，人坐在车上，挥着鞭子，"得得，驾"地鞭赶着驴，春风得意的样子，让驴拉着人快跑，跑得不快，打屁股。你看，是不是像《斯巴达克斯》中的奴隶主？

后来毛驴车被代之以四轮车、汽车。

驴终于彻底下岗了。它下面的命运只有一个：进屠宰场。有人说这叫"卸磨杀驴"。

昨天在一家河南拉面馆，看到一道面叫"驴肉面"，看来现在的驴只剩下一种命运了——"碗中肉"。

低屋

无头无脑的雨浇灭油灯
陈旧的黑暗沉甸甸，灌满箱子
一列饥饿的蚂蚁逶迤撤退
我自作蚁王，爬过床底的浅草
从房盖散射进来的杂乱霉光
砍削我的退路
这是红抹布糊满墙壁的夜晚
这是一场阵雨使言语扭歪的夜晚

这是司空见惯的恶劣天气
老鼠拉出的土粉化作稀泥
我自作蚁王，所向披靡
门框上倒悬黄狗的舌头
奄奄待毙
一行坏红芋在积雨处屁滚尿流

还有雪斑，在黑湿的房檐
冷泪直滴
只有鸦　大胆哭泣，在冷涩的秃枝上
你问候谁
所有节日都是我们丰收酸泪的夜晚

怀念羊的日子

我们家的老山羊在苍凉地嚎了一夜之后，死了。它的肚子胀得像气球一样大，它是误吃了蓖麻叶间的蜘蛛网以后变成这样的，它硬是给活活胀死的，痛苦地挣扎了一夜。

蓖麻叶间的蜘蛛网是羊的陷阱，羊们不知道，人知道，一旦羊误吃了蓖麻叶间的蜘蛛网，没有不死的，百发百中。发生了这样的事情是我们全家的不幸，羊是我们主要的经济来源，羊一旦病死了就贬得几乎一钱不值。羊被挂在门框上，吊在锁扣上，哥哥在剥着它的皮。羊皮和肉被哥哥拿到集上去卖，卖不了好价钱，因为羊皮总会被哥哥戳破，羊肉也显得不新鲜。哥哥回到家里攥着一把毛票，很脏很皱的一把，油乎乎的。

我是农民的儿子。父亲死后我是农民的弟弟。羊像哥哥一样地供养着我上学。我们家是山羊，小母山羊，花十五块钱从集市上买的。我们家靠羊增值主要就是让它生育，小羊瞬时变成老羊，像一个久经世事的母亲一样，一生一大窝。小羊羔像滑滑梯一样从羊的水门一一滑了出来，湿漉漉的一个一个小生灵，在地上跌撞了一下就爬了起来，就钻到母亲肚皮底下争抢着吃奶了。老羊舔干了小羊的身子，小羊们的身子立时就变白了，像一团一团白云在山上飘，一忽儿就漫山遍野跑了。我很惊异羊的这种生存本能，仿佛在娘肚里经过生存彩排，一出来就走完人几年的成长历程了。小羊偷吃麦苗，被主人驱赶，再从晒着的粮食中趟过一回，带进去几团泥蛋子，留下一道道蹄印，一着慌播下一串羊屎蛋，随着一个土块砸到身上，就撒欢儿地跑了，显出调皮可爱的样子，然后回到母羊怀里讨奶吃。羊也只有童年的时候（它的童年往往是出生后几个小时或几天或几个月，人类的童年往往就是它的老年了）才能活泼调皮几下，一旦成为母亲就温驯得如同雕像，静默着面对夕阳，咀嚼着平静如水的生活，一任小羊拱着它的瘪奶了。母羊的奶如同垂挂下来的钟乳石，被小羊咀嚼得奶头发红，像香泡泡一样。少年的我因为没有和人恋爱的经历，经常对着羊乳发呆，直到夕阳落山。如果没有那群小羊在场，我真想上去咬上一口。

　　母亲在羊生产的时候对羊格外照顾，给它汤喝，汤里面是放盐的，据说，它一喝，那羊奶就会掉下来。羊通常是只能吃草的，冬天，只能吃干豆草。母羊是我们家的银行，等小羊长成了羊小伙子，牵到集上，经过一番讨价还价，就变成了我们口袋中的工资。

　　我出生的时候，正好发大水，母亲在家里坐月子，锅里煮了一头羊，据说都煮化了，我一出生就得到了羊的滋养。羊的价值很高，有的妇女生孩子没奶水，买个羊架子一煮，喝那汤顿时奶水就下来了。我上大学那几年，羊像母亲一样地供给着我。每次我到邮局领来十五元汇款的时候，我知道这是母亲卖掉了她的一只羊给我寄的。于是我像感激母亲一样地感激羊。每年暑假，我像报答母亲一样地把我们家的羊领向沟坡，那不是一片水草丰美的地方，羊们像啃着大地的睫毛一样地啃着浅草，技术是那样熟练。我拿着一本书，躺在沟坡，嘴嚼干草，头顶着太阳，经一头羊提醒，月亮已经从背面升起了。

我总觉得那头羊是宽厚的长者。它们不说话，但它们把什么都看到眼里，便什么都明白了。比起它们的成熟，我们总显得幼稚。我们人类在得意的时候，它们往往在发笑。人类打个喷嚏，羊在发笑。

我早已不用羊来供给我的生活了，我的工资也远远超过一头羊的价值，但总觉得心里空落，因此怀念从前与羊共生的日子。

塌陷湖

浩浩荡荡
散落在黑黝黝的北方
一丛丛芦苇在耳畔摇曳
一群群南去的白鸽
在我蓝晶晶的视域飞落
那仿佛秋天的南方
美丽而温情脉脉的水乡

一段传说正年轻地闪耀
一座座煤山太阳般耸起
也太阳般陷落的
是一片片绿幽幽的禾田

湖水的颂歌荡来荡去
我的深情酸楚地闻出
矿工们一滴滴奔腾的热汗
甚至和镐声一起沉寂的生命
我舔舐一滴滴咸涩的湖水
舔舐一段段阳光下艰辛的历史

妇人们欢快的捣衣声
在明媚的远方梆梆敲响
我跨进一座座起舞的楼房
一座座秀丽的水上城市

塌陷湖

有了湖，就有了水鸟，就有了银光熠熠的网，就有了桨声悠悠的打鱼船，就有了渔歌，就有了漾漾的云片儿，凹入湖底的蓝湛湛的天……

我们的平原本来没有湖，可是煤层一片片被掏空了，地壳下陷，就有了一片片的湖，叫塌陷湖。

有了湖，就有了潮润的土壤。

我们的田地本来叫旱田，有了一方一方幽碧幽碧的水稻，有了青草萋萋的圩埂，有了莹莹水光，这儿就成了江南水乡。

煤，是我们的福气。

湖，也依然是我们的福气。

湖水可清呢，清得水底的矸子山的手印，肉眼都能看得见。还有煤渣呢，那上面片片艰辛、钝重的脚印，都能凭手感触出来。

这是矿工的手印，紧握铁镐的手，掘出一块块硬性的矸子石，在湖岸，矗起了巍巍的矸子山；挖出一层层的煤，在湖岸，矗起了巍巍的煤山。山，成为湖的最壮观的背景。

这是矿工的脚印，踏入岩层下的森林。

有多伟岸的山，就有多伟岸的人生！

有多宽广的湖，就有多宽广的胸怀！

此刻，夕阳在湖面拉开红濛濛的雾。那柔媚的春风中，矿工们手擎的鱼竿，在这歇班的短暂的日子里，是垂钓银亮亮的鱼儿，还是垂钓他们满心欣慰的美感？还是沉沉怀念粼粼波光中的那血、那汗，以及永远沉寂湖底的魂灵？

呵，塌陷湖，矿工壮美的人生湖！

第四辑 南行

砌进去欣慰
砌进去失落
砌进去艰辛中的迷茫
砌进去疲倦后的相互鼓励和轻轻舞蹈

远离
长江

远离长江
驰向北方的原野
只听见一声情歌在心中
飘飘扬扬
像少女佩戴一条纱巾

远离长江
别后的江南也驰向远方
飘飘扬扬
在江城的爱抚里
我刚刚熟悉的南方生活
又只能在回顾里飘飘扬扬了

有一句话埋在心里
在江水中泡大
有一朵失落的浪花
在往返的江笛声中
飘飘扬扬
我的翅膀再也拍打不起来了

远离长江
只记得江水的深厚

我的身影在看不见的水域
成为蔓延的绿坡
一朵朵思念的浪花
哗哗地向我脚边扑来

长江落日

这莫非是莫奈的油画《印象·日出》——浩渺的江面，波涛滚滚，白鹭旋飞，一轮炽红的太阳沉入江心，泛起层层红漪。她在微笑，在甜甜地唱着一首情歌，向着她依恋的长江，向着我升腾的思绪，向着红纱披照下年轻化了的城市……

不！这是长江傍晚的景象。如果我能作画，便用印象派的笔法，取名为《长江落日》吧。

"看长江落日去。"我狂喜地告诉朋友。朋友看过泰山日出、黄山北海日出、大漠日出，可长江落日是一幅什么景象呢？他怀着极大的兴趣。我说："要看长江落日，最好赶在下午四点半。"

此后一连几天，阴雨绵绵。天不作美，我和朋友唏嘘再三。

一个难得的下午，晴日方好。我和朋友便兴冲冲前去江边观看。

四点半到达中江塔。这儿多风，因为寒意渐浓，风也冷涩。有不少人沿江堤闲步，大约也和我们怀着同样的心情等待着。

这时,太阳离江面尚远,乳黄的光辉,形状也如蛋黄般大小。万里长江流至芜湖,变得旷阔,变得浩浩荡荡。我喜欢那一江的浊浪,层层叠叠,总像那北方翻犁过的平原。你看它裹挟着嘶鸣奔驶的轮船,不是像一台拖拉机么?这时,从我们脚下沿江铺了一条日光河。奇异的光带,活像长长的拦网上跳跃着的一群鲜亮活泼的银鱼儿。

我们斜倚在石坡上,仰首看天,天上没有一片云,空旷蓝澈。我们视它为海,我们想把自己投入这永恒的海中。忽而一群鸟儿飞过,扑向江心,又旋地冲上天宇,成为一粒粒闪烁的星星。朋友说这是一种意境,我却说是一种等待。只有等待,才能看出它的新奇。渐渐地,西沉的太阳浑圆了,深红了。整个西天漫成了水红的颜色。江面像被点燃了,飞耀着金波。突然,仿佛定格似的,太阳成了一颗飞转的火球。整个长江熔了进去,整个城市熔了进去。我摇了摇朋友问:"好看么?"他痴痴地连声说:"好看,好看,太好看了。"

太阳缩小了,又渐渐地暗淡了,依依地将自己最后的一角红巾隐入沉沉的青黛底下。整个天地和浩瀚的长江由淡红变成青青的。我抬腕看表,五点十分。我怅然地说:"回去吧。"朋友恋恋地从石坡上爬起。

于是,我问朋友:"长江落日所呈现的一瞬间的美和一瞬间的消失,能够存留于我们永恒记忆之中。那么,在我们生命的长河中,有什么能够成为永恒的呢?"

江那边

伫立江边
黄昏的江水茫茫
思乡的船
缓缓游向那边
可这不是我的归期
我的视野也茫茫
想必那边的林子
是母亲的林子
可林子也茫茫
想必母亲望穿的南方
也茫茫如雨夜了

而明日是归期
那边的景物渐渐清晰
白鸥飞掠眼前
想必离故乡遥遥的路
也该渐渐短了

想必轮船的笛声
是哥哥的笛声
江那边的船缆
是昔日姐姐挽留的心
而那隐隐约约的村落
是我熟悉的故乡了

江忆

1982年，我接到了安徽师范大学中文系的录取通知书。安徽师范大学在芜湖。芜湖在江之南畔。我便揣着一路子的怦怦心跳，因为即将见到的就是我日思夜想的长江。

火车的终点是芜湖北站，随着急急慌慌的人群，积聚一处的就是江畔的渡轮。眼皮底下就是黑魆魆的长江了。江风轻柔、沁凉。渡轮缓缓移动的时候，舷窗外，江的世界很小。夜色中的长江，总觉不是真的长江，从心底涌上来的就是一股股说不出的遗憾。

课休的时候，我匆匆然穿过长长的中山路，沿细细的浑浑的乌篷船绵绵的青弋江畔，画弧一般地来到弧底端的中江塔下，倾斜着我小小的身子，放眼弧弯里茫茫开阔的长江。起风的时候，太阳瑟缩地潜隐在灰云中，开阔的江面浑浑苍苍，混浊的江浪如千万条鲸鱼翻滚，一条叠压着一条，奔腾前涌，动动荡荡的江面，在风的号角声中，一经唤起，哪还有沉睡的鼾响呢？冲撞的浊浪便滚压出一排排崩雪似的浪花。灰天间的江鸥在奋力地拼挣着、飞翔着。江中的轮船高帆挂起，连成一线，稳步前进。小小的渔船啊，那船首满面沧桑的摇橹老者，在浪峰和浪谷之间，在动荡的苍茫的江的世界，作为生命的最坚毅的一个闪光点，颠颠簸簸，升升浮浮，向着它欲往的方向顽强搏击。

江浪轰轰。一叠一叠如同鲸鱼的脊梁的江浪滚滚而来，轰然合作一巨股冲卷江岸，轰然一丛银煞煞的浪沫，又轰然退落，又轰然一巨股冲卷上来，又是一丛银煞煞的浪沫，冲撞着我早已震撼不已的心灵。

我喜欢独自与长江对话，长江是最慈善的老人，是我最友好的伴侣。每当夕阳西下的时候，我独自来到江畔，任大江无私地馈赠给我无尽的宁静和温柔。此时天空浩远，蓝得简直可以畅游。粒粒白鸟在蓝天中间闪闪熠熠。灼红的夕阳平射在江面上，平扯一道长长的红幅，红波粼粼。江面春梦一般浩渺而平静。温驯的雪浪轻悄悄地拍打着我的脚底，仿佛说不完的安抚我的微语。谁能给我这样美好的慰藉，对于我的烦躁不安的心灵？

终于是远离长江的时候了，赶在那个夕阳将坠的白天，离别芜湖。渡轮在平和混浊的江面犁出一线雪浪。江鸥在雪浪丛中高低盘旋，总是不忍分离。只有江对岸一片青森森的丛林，丛林极处，是我将归的故乡。

如今，那江，那澄明的一线只能在我的记忆中飘飘荡荡了。

江南

天天举首望您江南
总扯起那么一段距离,遥遥
垂落沉沉的哀叹
别后的日子尽管平常
却积蓄了称不完的情感
然而您我的距离总是这么
迷茫

我的思念能穿透
所有不透明的山峦
飘洒在江南的湖面
流连在湖畔那素女的裙边
缠绕在柔情的杨柳叶尖

我的思念走遍江南
那草绿晶晶的绿色圩田
那江南的丝丝缕缕啊
如三月雨一样缠缠绵绵
让我独自儿怀有整个江南

江南秋行

小村

　　江南人有柔情，有灵性，村子也小，也灵灵秀秀的。村子多错落的红瓦房，有的竟矗起高高的小阁楼了。值得注目的是几间冷落的稻草房，并不像我们北方的草房那样规整，看上去，臃肿得很，像捆绑着的一架草车。墙又矮，且像老女人的皱脸，莫非半坡村遗址？我心里开玩笑说。江南人并不像我们北方人那样爱防避，很少筑围墙。小院里晾晒着花花绿绿的衣裳。房前屋后有脱了叶的树，树枝上弹跳着小鸟，像玲珑的琴弦。

　　村中央有一方绿潭。两个汉子，穿着水衣，在里面摸螃蟹。潭边有青石阶，有妇人汲了一桶水沿阶走去；一个小姑娘，通红的小手，在"梆梆"地捣衣裳。

　　村外是一条较宽敞的土路，路的两旁是叶子微黄的槐花树。一头青油油的水牛在一棵树下打盹儿，像沉默的老人，又像沉思的哲学家。我亲爱地抚摸了它一下，它亲善地抬眼看了看我，又温驯地低下头去。

　　我站在路口，望着一家堂屋的门口。一个老婆婆在门口和煦的阳光里补衲衣裳，屋内有杂乱的摆设，诸如车轮、红椅子、竹篾床之类。这像我在北方见到的许许多多农家，不觉龌龊，倒感亲切。有一家的门紧锁着，一个小女孩在门前跺着脚，没命地哭着。另外的垛场上，一群孩子绕稻垛嬉追着。我总觉得，这是我的童年。

小山

江南的小山永远不会老。

要说江南的秋天有生气,恐怕主要是数她的山。不管秋有多深,江南的小山总肥硕地郁绿。闲时,我常到我们学校背后的小山中去。暮秋时照例漫布着繁星般烁烁的小花。这里,绿黄的松树,绿色的棕榈树,绿色的冬青树……能使你苍老的心灵顿然年轻。

我在郊外看到的这座小山,比它绿得更宜人。油绿油绿的,仿佛永远沾染不上一丝儿灰尘。油绿油绿的是马尾松。真像马尾巴一卷一卷的。马尾松裹严了这座山,密密匝匝的。进入山中,异样的澄澈和清畅!绿的下面,是金黄金黄的碧草,厚厚的。阳光直射的地方,暖融融的。我在上面尽情地躺了一会儿。

水土的颜色赭红赭红的,一磐磐岩石也赭红赭红的。水隙间,多长出橘红色的叶子来,是不是红叶呢?不清楚。我摘了几瓣夹入书中。另有一棵小树,一枝枝像蜷缩的豹子。叶子很小,且像一把把利剑。我想摘下一枝,可叶子上多棘刺。自然就有这么神奇的防护力量!我终得不到它。

沿山间盘旋的小路漫行,偶听得啾啾的鸟声。前面有一群童子,各擎着一个笼子,笼中扑飞着小巧的画眉鸟。

然后下了山来。山外的阳光正暖。我的视野又扑进一片火红火红的杉林。水塘边,我摘下一朵乳白色的木棉花。

邻居

在我们平原的土壤上
种植的村庄
无论漂摇哪里
邻居都是并蒂的莲花

那些熠熠发光的星座
在迷茫的夜海
你能认出哪缕炊烟
胜过邻居的炊烟
领你回家

站在平原任何一个沟畔
呼唤家乡
都传来邻居熟悉的鼾声
由邻居相加而成的村庄
比人活得永远
邻居相依为命
有朝一日,我生命的烛火
被一阵狂风吹走了
邻居沉重的脚步朝向天空
托起我白云的躯体
种进平原的根部,这礼仪
该是多么庄严而温暖

那片深深的荒草
是我从前的邻居
他们簇成背面的村庄
兑成花园
融化平原冰冷的硬度

哦，邻居，邻居
上帝赠给我们的礼物
我们活过一生
什么都可以丢失
唯有邻居
不能丢失

领你回家

　　小时候患夜盲症，出门必须家人领着，不然我会走到河里去，因为我常常把路当成河，把河当成路。有一次到几里外的地方看电影，电影散场了，却和家人走散了，我便一个人往家里赶，真是眼前一步一个陷阱，好不容易摸到一条明晃晃的大路，一脚踏下去，却双腿湿了半截。我赶紧爬了上去，失魂落魄，没命地哭爹喊娘。这时候，邻村的一个男人走来，说："你这小孩在这里哭什么？是不是找不到家啦？你是谁家的孩子？"我就诉说了以上的原因，并告知了我父亲的名字。他说："哦，原来是居美的孩子，不要哭了，我送你回家。"他就把我送回家了。我们来到村北口,我父亲他们正在焦急万分地找我呢,见到有人把我送回家来,千恩万谢的。我父亲向那人说:"走,到家里坐一会儿,喝口水再走。"那人说:"不了。"就消失在夜幕中了。我至今不知道那人姓甚名谁,当时连他的面目也没看清楚,只知道他是我的乡亲,我的最善良朴实的乡亲(当时还没有诞生"拐卖"这个词,我也不会想到这一点),他在我夜间迷路无助的时候,领我回家。

我童年的经历比较复杂,幼小的心灵刻下了侮辱、欺凌、仇视、压抑等记号,本来不该由我这个孩子承受的东西我都承受了。我父亲去世以后,我尝尽了人间的凄冷寒凉。我是在人们嘲笑、冷漠和鄙夷的眼光下长大的,因此性格孤僻甚至怪异。上大学时,接触了些萨特"他人即地狱"的哲学思想,已经基本不相信人间还有什么善良存在。但那一次特殊的经历,改变了我的这一片面而极端的人生态度——

那还是我在上大学三年级的时候,我们班去大青山秋游,我因为在山中迷路而掉队了,等下得山来,夕阳在山,最后一班客车已经开走,我们的队伍早已不见踪影了。怎么办?我是个穷学生,身无分文,只好一步步往前走,路愈走愈模糊,天愈走愈暗了。这个时候是暮秋时分,夜晚十分寒凉,霜露打在我的身上,我被冻得上牙打下牙,让我产生跑到坟墓里躲一躲也是温暖的荒唐想法。你想一想,就是在这么一个漆黑的夜晚,饥饿、寒冷、疲惫,和行走在异乡道路上的恐惧感,一个未经风霜的穷学生该是多么无助啊!我就这样在漆黑中漫无目的地走着,突然前面出现一处灯光,离远觉得是汽车车灯射出的灯光，它开始很淡，很小，很微弱，后来就愈来愈近了，不，是我离它愈来愈近了，靠近了才知道那灯光是不移动的，这是一处看管材料的仓房，里面有一位六十多岁的老头。我问这里离芜湖还有多远，他说还有二十里。我让他看了我的学生证，证明我不是什么坏人，他就给我下了两碗荷包蛋面条。温暖顿时涌遍了我的全身。

这位大爷安排我到他家中睡了一夜，第二天早上照例是荷包蛋下面条，让我吃个饱，吃个暖，给了我乘车的钱，让我安全地回到学校。

就是这么一个陌生的普通人，他在我迷路的时候，以一个普通百姓的善良与温暖领我回家，让我回到我精神的故乡，使我从此相信这人间是多么美好，我从来不是孤立无援的，在我的周围，在每一个人的周围，都有那么多善良的人在关注着你，在帮助着你，让你在任何情况下，都不会对生活失去希望，引领你走到生活的康庄大道上来。朋友，你还有什么艰难困苦不能面对的呢？

巴金在散文《灯》中讲述了他一个友人的故事：他怀着满心难治的伤痛和必死之心，投到江南的一条河里。到了水中，他听见一声叫喊（"救人啊！"）看见一点灯光，模糊中他还听见一阵喧闹，以后便失去知觉。醒过来时他发觉自己躺在一个陌生人的家中，桌上一盏油灯，眼前几张诚恳、亲切的脸。"这人间毕竟还有温暖"，他感激地想着，从此他改变了生活态度，成了一个热爱生命的积极的人。我想，我们每一个人都会有这样的灯光，它在风雪迷茫的夜晚，领我们回家。

纸

穿过纸的履历
闻出树木的芳香
每一根筋脉都是自然的精华
触摸纸的工序
我恍然明白
敬惜字纸的重量

在纸诞生以前
字就像无家可归的浪子
像蚂蚁
爬在龟甲上
爬在烤熟的竹片上
现在薄薄的一本书
那时像煤渣一样装载满满的牛车

字在纸上安营扎寨

纸是时光的火车
装了煤炭一样的文字,黑鸦鸦
装订历史
它使无数文字变成嘴巴
呜呜哇哇
絮絮叨叨述说从前

一片纸让我们看到森林
看到无数伐树的人
打磨光滑，泛出亮光
它使心有了厚度
我们在纸上画画
挥写书法
把纸剪成各种形状
珍藏各种各样的艺术

纸是从前的芯片
内存无比强大
再复杂的人生
储存起来
都不外乎，一片薄纸

一片纸

  这是作家冯骥才讲过的真实的故事，说1965年他在"支左"期间，一位刚出狱的老师来找他诉冤，原来他的入狱是因为讲过毛主席当年在浏阳被白军追得趴在水沟里藏身的话，结果以歪曲伟大领袖毛主席光辉形象的罪名被捕入狱。他说这句话不是他编造的，是从哪本书上看到的，至于哪本书，他看过就忘记了，现在任怎么也找不到了，找不到就没有证据，就是诬蔑伟大领袖，就要被判刑入狱。他的善良而目不识丁的农村妻子，为了救夫，就到处去拾纸，在地上拣到一张纸片，就央人给读，看有没有毛主席躺水沟那句话，结果纸拾了一大堆，妇人几近神经失常了，就是没有那句话。一天夜里，纸堆被燃着了，妇人和儿子都被烧死了。她带着绝望悲惨地离开了人间，还连带了他们可怜的儿子。这位老师在狱中听说妻儿的消息之后，悲痛欲绝，利用上厕所的机会企图自杀，就在他将麻绳拴在房梁上要上吊自杀的时候，麻绳"啪"断了，他摔到了地上，然而就在此时，他的眼前出现了一片纸，"踏破铁鞋无觅处，得来全不费功夫"，这张油印的纸片上正印着要他命的那个故事。他拿着这张纸片冲出茅房又喊又叫："找着了，我的冤平了。"出狱后的他拿着这张纸片找到了冯骥才，冯说这个故事我也看到过，是在谢觉哉写的《浏阳遇险》里。这位老师多年的冤案终于获得平反。然而这一天来得太晚了，他的妻子和儿子已经为此付出了生命的惨重代价。

　　这就是一片纸，在那个特殊的年代，它使一个善良的小人物偶然地因此而罹祸，而家破人亡，又因为一个偶然的机会使他重见阳光。

　　由此我又想起我的一位中学老师真实的例子。那时我还是大学三年级的一个在校学生，一天突然接到我中学老师的一封信，说他曾经于1965年参加过我们大学的函授，后来因为"文革"开始而终止，最近听说可以补发一张本科文凭，让我去函授部打听一下有没有这回事，如果要补发，需要什么条件。我到函授部去打听，有这回事，但需要当时已经注过册的学生证，或者面授时的听课证。我连忙回信说，学生证或听课证你有没有？他说都过去这么多年了，早不知扔哪儿去了，怎么会有？再说了，就读了半年，这以后就是文化大革命了，谁会想起来它二十年后还会有用，哪能慎重珍藏？我就如实跟函授部老师说了，你们需要的这些他没有。函授部老师说那不行，但缓了缓又说，有没有当时老师面授时批改的作业，有老师红笔批改的痕迹和老师的签名都可以。我又去信去问他，他说没有。这点也确实难为了我的老师，像我，别说二十年前的作业，就是去年的作业，今年我也不会留着，何况那是一年只面授一次的函授！

就这样几个月过去了，我突然又接到了我老师的一封信，说他找到当年的作业了，上面正有老师面授时红笔批改的痕迹，还有老师的签名。原来他这年夏天把多年的老房子拆了，突然在毛坯缝间发现了一片残缺不全的纸，似有风雨浸湿过的红色墨痕，凑近了一看，正是他当年的作业，老师的尊名清晰地签在上面。他眼睛一亮，如获至宝，惊喜望外。过几天他就带着这片纸南下芜湖。为了避免丢失，他把这片救命的纸缝进棉袄最里层。我陪着他来到了函授部，顺利地补办了一张大学本科文凭。我送他上火车，他紧紧地揣着这张迟来的毕业证书，像揣着他的命，生怕一转眼被哪个小偷给当作钱钞偷走了。为此他坐火车整整十个小时连眼睛都没敢眨一下，厕所都没敢去一趟。

这就是一片纸啊，哪怕是一片残缺不全的纸，上面哪怕一道化学方程式，有老师的红色墨痕，有老师潦草的签名，哪怕只签一个姓，就冥冥中决定了二十年后一个学子的命运。

那文凭也是一片纸啊！它关乎一个普普通通农村中学

教师的职称、晋级、工资和一家老小的生活。

　　薄薄的一片纸，记载了多少历史风霜，伟大人类的命运竟被一片纸左右着，动弹不得。自从蔡伦造出纸以来，我们的人生就被牢牢钉在那薄薄的一片纸上。它像魔一样可以在一瞬间将你打入十八层地狱，又可以在一瞬间将你升入天堂。莫泊桑《项链》中有一句话："人生是多么奇怪，多么变幻无常啊，极细小的一件事可以败坏你，也可以成全你！"对于我们来说就是因为一片纸的缘故。我们的人生写在一片纸上，轻如鸿毛，这么丰富复杂的人生，一张小小的纸片就给填满了，被某人轻轻一撕，它就可以一笔勾销。你的出生是一片纸，你的身份是一片纸，你的婚姻是一片纸，你的晋升是一片纸，升学、就业、职称……你的全部履历就是一片纸。一片纸可以让你为你所不喜欢的某一职位或为一桩坟墓的婚姻死守一辈子，也可以因为一纸遣令，将你发配到天涯海角。一片纸，演绎出人间多少悲欢离合！我们巨大的人类，已经实在托不起一片纸沉沉的重量了。

　　善良的人们啊，请慎待一片纸吧！

我的
大学

手机一方小小的屏幕
我看到我的同窗好友
住进了我的大学　兄弟
你身后就是一座小小的山
叫赭山　往山顶有一条幽静的路
那上面有我遗失的脚印
有一枚枫叶　有一只阳光的翩翩花蝴蝶
那盘石上　有我遗落的朗诵的字节
还有和我相安无事的蚂蚁
你都统统捡起来　小心翼翼包好
带给我

教学楼东头　那棵大雪松下
我曾经偷偷向一个女孩表白
是一首小诗　我把它埋在那里了
长成了一棵小树　你幻想那个女孩还站在那里
你虚拟地拥抱一下　再给一个吻
统统带回来　做成小视频
给我看

兄弟　你一定记得我们是住在一号楼
对　就是一号楼

我们常常光着膀子去盥洗间
冲刷激情　操场对面的女孩
常常过来找她们的老乡　掩面低头
装什么正经呢　对面楼有人在吵架
我们往往喊着打　打　结果真的打了起来
真爽啊　操场对面的女孩受了欺负
我们决堤似地涌了去　那家伙
你看现在还藏在女厕所吗
你把他揪出来　替我狠揍一顿

那时我爱读李亚伟的一首诗《中文系》
我颤颤巍巍写了四年的中文系
在一号楼前昏黄的路灯下　写一首诗
《大漠的月亮》　我穿着帆布衣
提着热水瓶和饭缸　到五号楼前
看我的破诗发表了
结果整整一个晚上失眠
去往一号食堂　经过荷花池
荷花池的石凳上　常常开着一朵两朵
江南诗社社员　《一代人》的作家们
这帮疯子　其实是借着文学名义的情场老手
围墙根开出多少爱情呢
我们到食堂吃着人间烟火　到小书店拿菜票换精神
打手电在被窝里偷偷地吃　图书馆
我啃了多少莎士比亚　偷偷地写拙作
请对面的女孩指教　女孩

现在是局长　早就成为了别人的妻子
我们教学楼前有一堵诗墙
常常有白发的老教授在那里驻足
一行行张贴的都是青春啊　青春
这本词典里　最多的词汇是女人
和酒　如果没有女人和酒
那青春还有什么味道呢　我们的大学
五月份的荷花就盛开了
在女生宿舍前往食堂的一条路上
开成江南一道靓丽的风景线
开成某位傻小子的梦境　躲在被窝里
给自己启蒙　《性知识手册》
在爬满臭虫的木板床上
咯吱咯吱嚼着"女人"的每一个骨节

兄弟　这一切
在最后的夜晚　在一号食堂都爆发了
有人摔酒瓶子　有人摔热水瓶
有人抱起心爱的女孩拼命地啃
鼻涕和眼泪弄脏了伊的褂襟
第二天他妈的各奔东西
留下三十年的碎片由你打扫啊　兄弟
你最好能走遍每一个角落
把那残剩的碎片一一捡起来
装裱好　带给我
我放在心灵的中间　郑重地点一下收藏

寻找芜湖

离开芜湖三十年了,这次趁着毕业三十周年聚会,重温芜湖。

全国任何一个城市都在变,芜湖也不可能例外,可在我的感情上芜湖没有变,也不应该有变化,还是三十年前的样子。

出了火车站打的,我分不清东西南北,连路名都变了。我让司机把我送到铁山宾馆,问:"铁山宾馆应该离安师大不远吧?"司机答:"铁山宾馆就在安师大边上。"我印象中没有铁山宾馆,只有我们学校对面的芜湖饭店和往中山路去要经过的鸠江饭店,后来经同学谈起,才知道,铁山宾馆原来不对外开放,只接待国家领导人,现在我们一帮同学也住进来了,真是"旧时王谢堂前燕,飞入寻常百姓家"。从前我看到赭山脚下有一处有重兵把守,莫非就是铁山宾馆?可那时我是个穷学生,宾馆不宾馆跟我没关系,我哪记得这高贵的名字?

第二天跟同学一起到安师大老校区去参加聚会活动,也不知道是从前的哪条路,进入校园看到函授部的楼,还是灰砖青墙的老楼。我们那时跟函授构不成关系,可我倒是往这函授楼里跑过几次,是为了帮中学的化学老师补办毕业证。

越过函授楼又经过一个楼,有的说是图书馆,有的说不是,有的说那后面的一座是生化楼,路过的一位老"师大"说这是新盖的楼,原先的图书馆、生化楼在那儿、那儿,我们的记忆越发模糊了。图书馆、生化楼在我们的记忆中是圣地。我们那时多半上午上课，下午午休后，趁精神正好，就背着书包到图书馆去，一是借书，每人总共六张卡，两张经典著作卡，四张普通书籍卡，有借有还，为了在书海中寻书，专门有索引区供学生查书，常常好不容易查到一本书，一去借，被告知没有，结果再"大海捞针"，那时候全是人工，费时费力，放到现在，鼠标一点，就全解决了；二是阅览，押上学生证，报刊、杂志、书籍，任你阅览。该吃晚饭了，有的同学就把书包绑在椅子背后，生怕位子被别人占了，晚饭后再来攻读，一直到九点半图书馆关门。还不过瘾，又成群结队地开到生化楼，那是专为准备考研的同学提供的"特区"，十一点钟关门。十一点钟之后，又一支队伍蜿蜒地回到宿舍。谈恋爱的同学，往往是将女生送回宿舍，自己再回去。

我们男生宿舍和女生宿舍之间只隔了一个操场。女生宿舍是几排青砖灰瓦的小楼，男生可以随便进出，后来出了事情，就有了护栏和铁门，有专门看管宿舍的阿姨，女生像蹲监狱一样地被"保护"起来。临毕业的时候，在楼与楼之间的一片空地上，我的一位老乡女同学和她的闺蜜，以及她闺蜜的男友，连同我，我们用煤油炉烧饭吃，那一其乐融融的场景，至今想来还十分温馨。

从宿舍楼通往食堂的路上，经过一片荷花池。我们读过朱自清的《荷塘月色》，他写的是清华园中的清华池，我没去过清华大学，我想那清华池也不过如此。夏日，荷花池中的荷花盛开了，露出羞红的脸，绽开笑靥，树荫匝地，微风习习，荷花池边的石凳上，往往三两同学坐在那里，或谈诗，或说爱，或缔结友谊，那真是一个青春如诗的时代。

我们今天往食堂去，荷花池好像不是原来的荷花池，变成下沉式广场了，于是找不到记忆。

午饭后我们终于找到了我们的教学楼。大一的时候我们在110大教室。那是个铺着木地板的阶梯教室，能听到女同学进来时"铿铿铿"有节奏的高跟鞋的敲击声。门口的树下，我们在那里做着广播体操。那棵树还在，留下的树洞像一位旧人怀恋地看着我们。

教学楼前陶行知的塑像竖立起来了。我们临毕业的时候塑像刚刚奠基。我们的毕业照就是在奠基的位置上照的。记得此前上海的歌唱家金钟鸣来学校作报告，介绍自己的童年，说跟陶行知有直接关系，他上的是陶行知创办的育才学校，说到陶行知他特别动情，表示一定来参加陶行知塑像的奠基典礼。金钟鸣有没有参加奠基典礼我不清楚，我到上海后参加了民革组织，据说金钟鸣也是民革党员，在静安区，这也算是缘分吧。

紫藤架还在，紫藤还是当年的紫藤吗？仍然青葱。只是当年紫藤架下的恋人散落四方。旁边的花圃，我们的王明居老师经常赶在傍晚时分在其中散步，采摘灵感。王老师上课有个特点，喜欢用排比式的比喻句，记下来就是一篇优美的抒情散文，大概跟充满诗意的校园不无关系吧？

我们这次到芜湖来，不是寻找新，而是寻找旧。虽然去了新校区，可新校区的一切都是陌生的，都是与我们隔膜的，我们的心在老校区，老校区的一草一木，都深深地刻在我们的心上，每一块石子都能引出一大片回忆。有人羡慕安师大出了这么多人才，我想跟它背山面水的灵气有关。背靠的山叫赭山。从我们校园，教学楼的后面，沿着一条弯曲的小路，就可到达赭山山顶。半山腰飘来艺术系学生练习的美声唱法，像抛出去的一条绳子，在空中晃了几晃，最后落入鲜花盛开的草丛。道路两旁树林茂密，藤蔓缠绕，林间鸟语花香，阳光斑斑点点洒在碧草上。我往往拣一块磐石坐在上面朗读，朗读古希腊悲喜剧，莎士比亚四大悲剧，托尔斯泰的《复活》，巴金的《家》。我是孤独的人，这片环境为我独有，我觉得这片山是我的。登上山顶，往远处看就是长江。我往往会朗诵辛弃疾的词《南乡子·登京口北固亭有怀》："何处望神州？满眼风光北固楼。千古兴亡多少事？悠悠，不尽长江滚滚流！"

聚会活动的最后一天，我说什么也要到赭山上走一走。读书的时候，其实我们的活动范围很窄，芜湖市郊，最远的地方就是神山了。平时常去的地方，一是赭山，二是镜湖。这天上午，在宾馆里休息片刻，我就从翠明园旁边的一条小路上山了。还是那样的石板路，还是那样茂密的树林，那样的鸟语，那样的花草，那样的，阳光像银针，从针叶树的缝隙间斜穿而下。不一会就到了山顶，再下来是动物园，是广济寺，透过树缝看见赭塔，沿着广济寺的边缘，就出了赭山公园。记得当年赭山公园门口有"江城入画"四个大字，这次或许过于匆忙，没有看到。

我要赶紧到镜湖去看看。于是又打的到镜湖去。

镜湖就是我们学校所面的水。镜湖，古称鸠兹，传说是春秋时期人工开挖的湖。湖水面积挺大，常看到游船穿过一道道桥孔，到别一番天地游弋。镜湖边有株株垂柳，像少女的柔发垂向湖面，夜晚树下的石凳上，往往会传来幽会的情人切切的私语声。湖是会心的，在我们心情孤独的时候，到湖边走走，任清风吹拂，心情顿然会舒畅许多。湖边有迎宾阁，条件好的同学可以到这里喝喝茶，吃吃点心，看看书，写几句歪诗，赏湖天一色的风景。我在学校有一件很出名的事——卖瓜子，平时晚间在学校大门口卖，星期天白天就在镜湖公园卖。镜湖公园有许多石桌石凳，我在那里边看书边卖瓜子。在人群中穿梭的还有一位老者，他在卖冰棍，见我是大学生就和我攀谈起来，他说他和我们学校的著名教授张涤华是同学，毕业于武汉大学。他和我谈起苏轼，使我了解到我所不知道的苏轼的另一种情况，让我感叹这公园自有高人在。镜湖的风吹起微波，泛起阵阵涟漪，让我经常想起苏轼写西湖的诗句——《饮湖上初晴后雨》："水光潋滟晴方好，山色空蒙雨亦奇。欲把西湖比西子，淡妆浓抹总相宜。"那时候我还没去过杭州西湖，我想西湖也定然是这样的。

　　临毕业的时候，镜湖周围加添了古色古香的围墙，有九曲桥，还有莫愁女的白色雕像，我觉得那样子才更像芜湖，江南的芜湖，秀气而水灵灵的芜湖，可现在这么大气的鸠兹广场，还有"凿壁求光"之类的假文物，花的价钱是大，反觉不协调了。

　　时间匆忙，有许多来不及看了。我主要是来寻旧的，听市民说，许多"旧"不见了，比如我记忆中的吉和街。芜湖是"四大米市"之一，没有了吉和街，这米市的称号就虚有其名；还有芜湖北站，芜湖长江大桥通了，当然不需要芜湖北站，可北站留给我们太深刻的记忆。行驶千里的火车到那里是终点，紧接着摆渡到江南去。我在那里第一次看到长江，宽阔的江面，漂着油星的江水；我在那里第一次遇到王吉智，我们说我们或许会分到一个班，第二天分班果然在一个班级，我们彼此会意地点点头，后来他成为了我们的班长。有了火车，有了高铁，有了长江大桥，当然轮渡码头成为过去的符号，可码头留下我们太多的珍贵记忆。它是我们第一次上岸的地方。芜湖码头是我人生起航的地方。大三的时候，出于勤工俭学的目的，我到芜湖港务局给职工业余文化补习班上课。上课的地点在一艘船上。我备课认真，上课富有激情，甚至有学员认为我北方的普通话很好听，得了鼓励，我就愈加起劲地把所学到的知识教给他们。那是个求知若渴的时代，这批学员又是被时代耽搁的一代人，他们学习非常努力、勤奋、认真。我和他们结下了深厚友谊。我的朋友陈寿星正追求美女许宁，可许宁还没那么容易当"俘虏"。那年寒假，陈寿星求我买两张芜湖到安庆四等舱的票，我去找了我的学生徐光侠（她是芜湖港务局的售票员），结果大功告成。也正是这一回，许宁这只小鸟被陈寿星彻底"俘虏"了，开学后我正在午休，陈寿星来给我送糖，说追到手了，谢谢我。

我们常去的是中山路，中山路上有个新华书店，那是我们常去买书的地方。书店旁边是大众电影院，谈恋爱的同学经常到那里享受精神大餐。现在中山路拓宽，成为步行街，一间大众电影院,早成为过去的符号了。这次我到芜湖来,成了不知从哪里冒出来的出土文物。可我必须沿着我的记忆走。我常沿着中山路,越过中江桥到中江塔,在中江塔下坐下来,任江风吹凉我的乡愁,吹散我内心即将要引爆的孤独。我在欣赏长江落日。我在《长江落日》这篇散文中这样写道:"这时,太阳离江面尚远,乳黄的光辉,形状也如蛋黄般大小。万里长江流至芜湖,变得旷阔,变得浩浩荡荡。我喜欢那一江的浊浪,层层叠叠,总像北方翻犁过的平原。你看它裹挟着嘶鸣奔驶的轮船,不是像一台拖拉机吗?这时,从我们脚下沿江铺了一条日光河。奇异的光带,活像长长的拦网上跳跃着的一群鲜亮活泼的银鱼儿。""渐渐地,西沉的太阳浑圆了,深红了。整个西天漫成了水红的颜色。江面像被点燃了,飞耀着金波。突然,仿佛定格似的,太阳成了一颗飞转的火球。整个长江熔了进去,整个城市熔了进去。"面对长江,我写下许多思乡的诗句,如这首《江那边》:"伫立江边　黄昏的江水茫茫　思乡的船　缓缓游向那边　可这不是我的归期　我的视野也茫茫　想必那边的林子　是母亲的林子　可林子也茫茫　想必母亲望穿的南方也茫茫如雨夜了。"

在芜湖四年,对芜湖的臭豆腐印象特别深。夜间,在昏黄的路灯下,鸠江饭店门前有一两家臭豆腐摊,有一两张桌子和几条板凳,穷学生在这里吃臭豆腐蘸辣椒酱,是难得的人间美味享受。我们学校外面的围墙根下也有一两家,我有时在上晚自习,就被同学邀出来,到这里吃臭豆腐,喝二两小酒,觉得生活有滋有味。芜湖臭豆腐,闻起来臭,吃起来特香，外焦内脆，我在外面吃了许多臭豆腐，都不如芜湖的味道纯正。这次特地去了中华老字号耿福兴，特地点了臭豆腐，嗯，味道绝对正宗！

临别的时候，又看了一眼我们当年住的宿舍楼——1号楼，在周围光洁漂亮的楼宇中，它显得衣衫褴褛。楼还在，可换了不知几拨新人，那当年翻墙头的身影，那当年吊着篮子、饭缸子买菜、打豆腐脑的稚气面孔，那上下呼应的吆喝，那来自山东胜利油田的老傅，迎春晚会上说"我给大家唱一段京剧"……那些，那些，都随风飘散，跟着去了哪里？

淮北乡音

又一股热风刮来
那缕淮北乡音
飘然而至,不经意间
落在我的袖口
正是我的乡亲

也许在故乡
我们会擦身而去
可现在不,现在
是在天涯海角
这被称作异乡的地方
便如一滴香喷喷的麻油
滋润我干燥已久的心田

哦,乡音,等等我
我要追上你,和你攀谈
正如同我们在故乡的麦田前
话着来年的收成

身在异乡为异客

　　立在这方窗口外望，这座城市也有高高低低的光彩耀目的楼房，也有林荫道，也有穿梭的咩咩汽车，一样的天空，一样的阳光，一样的春秋代序和人老珠黄，然而我被叫做异乡客。

　　走在迢迢的椰叶纷披的海堤，我被称作异乡客。

　　在我的所有的白天和夜晚，在这个岛的每一角落，我被称作异乡客。

　　闹市。汽车。商店。餐厅。在陌生的言语的围困中，我苦苦尝受异乡客的孤独。

　　孤独的时候，多想找一位同乡，用乡音自由对话，从椰荫的这头到那头，从椰荫的那头到这头。

　　独自一人的时候，我便不由自主地走到海滩，揪一把金沙抛向遥远。望海天苍茫，白蒙蒙的一层远雾之中，总想那隐隐的一点便是我的故乡，它能清晰地听见我抛沙的声音，它会明晰地现出的，那蜿蜒而明亮的秋雨河，河岸的杨柳树，错错落落的青的红的瓦房，那村中小道，小道上母亲蹒跚的背影……

　　然而，这些都是远雾中的景象，远雾中的景象毕竟会一闪即逝的呀！

　　于是一场场夜梦代替我一回回归乡。

　　于是一缕乡音都令我魂牵梦绕。若从哪人口中发出来，我必追上去，与他搭话，"君自故乡来，应知故乡事。来日绮窗前，寒梅著花未？"

于是街头若有一家煮面条的烤烧饼的做稀米粥的，都令我欣喜若狂。

每每看电视，听收音机，我总想，若能有家乡的消息，能有家乡的戏，该有多好！每每逛大街，我总细细分辨，哪一张面孔是大陆人的面孔？其中哪一张又是家乡人的面孔？

立在这方窗口我就痴想，从这儿到我的故乡，如果能架一座短短的桥梁……

这倒不是我来这岛之前的心思。记得来之前，三五友人为我饯行，大有"风萧萧兮易水寒，壮士一去兮不复还"之势，感情的缠绵早已麻木，既然孤注一掷闯天下，那就祝贺我的孤注一掷！那时我只是想见见外面的世界，舒展翅膀自由飞翔，做一回真的人。谁会想到那平淡的一幕如今竟会成为我最深深的怀恋？

对于我的出外闯荡，最关心最阻碍不过的是我的亲人们了。我至今一睁眼就会看见母亲的愁容、姐姐的泪脸、伯父的担忧、朋友的苦苦相劝。然而那时我都觉不出算得什么，人生要潇洒就必须一切不顾地潇洒。

如今这怀恋的心思愈来愈烈。

司马迁在《屈原贾生列传》中说："夫天者，人之始也；父母者，人之本也。人穷则反本，故劳苦倦极，未尝不呼天也；疾痛惨怛，未尝不呼父母也。"我在这举目无亲的岛上是"穷"了，所以才思及故乡及亲朋好友。

人生由不得你尽意潇洒，由不得你孤注一掷。来这岛上，在这为无数孤独者所苦苦梦想的地方,我是异乡客,我找不到自己真正的位置。我苦苦寻找,为金钱欣喜若狂,也为金钱惶惶不可终日。我日日奔波,疲惫不堪了还在日日奔波,瞬间心灵便苍颜白发。

依旧是难!难!难!依旧是失落。

到底为了什么?到底什么是一个真我?

疲惫而茫然的时候,我就立在这方窗口,用异乡客的眼光看着这座说不清楚的孤岛,看着苍茫的海的那边,我的最最亲切的故乡,问我的人生到底是什么。

海夜深深

森黑迭宕
我注定肩着一颗脑袋四处颠簸
穿过祖父、父亲和我的时间
相同数量相同色彩的时间
我在自己的流水线上晕眩
呕吐狼藉（是大换血的时候了）
相同的都反反复复了
我盯住那块暗红的地方
是谁在悄悄举灯

是谁在悄悄举灯
是杲杲之日会从海的背面入海吗
绿虫一样的岛们
黄鱼一样的云们
相同的都反反复复了
谁来随我恣意闯荡

我和孤立无援一起，和他们
一起
逃兵一样的孤立无援们
翩翩起舞并且歌唱并且举起灯来

登岸之后我们便各自奔波

船行海上

　　码头上阳光流火，进入船舱，空气就冷却了，舱内有冷气。一般的人，只能坐四等舱或者五等舱，里面的一架架床，纵的一排、横的一排，挤挤挨挨，挨挨挤挤。

　　船窗外是波浪滔天往后奔的海。斜挂东南方的太阳，四周迸散着金黄金黄的火焰。远天和远海相吻合的地方，是一层茫茫苍苍的浑白，那也不是云，是玄思一般难见个分明的海雾，海礁海岛们都流落到天的远方和海的远方，在蒙蒙的雾中，好像也是天边的一抹抹灰雾，那般轻盈，那般柔韧，那般富有生命的缥缈感。

　　心有多广阔海就有多广阔。视线之内是莽然的海，视线之外也是莽然的海。风卷微浪，翘上来，则如银银的鸟翅。阳光铺洒的海域就是银银熠熠的斑斑点点了。平静的海面，船们散散落落，如白色鸟在蓝水间游游弋弋。真有白色鸟高窜天云中，又如星星一点点，继而倏然俯冲海面，银翅戏触波浪，旋转一阵，又扶摇直上。看不见不要紧，那你就看船尾，一排青浪，一排白沫，翩翩绕此旋飞的是一只只海鸥，发出清高冷傲的鸣叫。那清浪，那白沫，一排覆压一排，会让你想象出船尾系着一架犁，会让你想象你自己不是漂泊大海，而是在属于你的广袤的田野间扶住你的犁，在身后翻卷出一排一排新鲜的土块，那推挤出一排排浪沫发出嚯嚯嚯轰响的也不是螺旋桨，分明是一排排巨大然而坚韧的犁铧……

　　看不见海上落日你就静静等着。黄昏来临海水紫黑紫黑，就像一盆搓洗掉颜色的青衣服的水。紫黑的风吹不亮你的视野。茫茫然的浓黑浓黑的大空间，漆色板一样的天空中时不时蹦出来芝麻粒那么大的星。黑得严严实实的海的远方，航标灯红红的，一粒粒的红。我总觉得自己是独独流浪在秋风萧萧的北方的旷野，独独地在恐慌之中寻求村灯的安慰。

没有晕船的梦境是诗意的梦境。

然后我就从梦境中早早爬起。没有看到海上落日也没什么懊憾的。一夜的狂风过后，船又是稳稳当当的。青黑色的天幕露出一粒粒清楚干净的星。你可以等待一种奇特的景观，那就是海上日出。海的颜色开始是墨黑墨黑，天海之间沉黑沉黑，渐渐地就灰白了，天边就有了连连绵绵一长溜的白云，渐渐地白云就淡红了，就媚红了，就深红了，渐渐地又复归水红色，连云丝云片儿也疏淡了。一星红的太阳就从远海的黑底冒出来，波波漾漾如一块红红的手绢，荡荡地，又如一只红色乒乓球在紫色的海面漂浮。天海相接的地方是皑皑的薄雾，转眼之间就灼红了，红皮球一样的太阳在雾纱间轻轻飘舞，越飘越高，越飘越高，跨过云雾，就正式地挂在东方的天边了，像一张红媚媚的大娃娃脸。这时候一层灰云就涌到了太阳底下，如一带远山，死死地嵌住了海。天空就大起来，亮起来，净爽澄朗起来。海面就宽起来蓝起来红波闪闪起来。又一个平静的海上白昼又带给人们一个回味不尽的梦。

那么船行海上，你行船上，该收获的都收获了，你会觉得你的内心再是个丰收，也永远不会超载。

椰梦

登岸之后
死去的船徒步在阳光的火岩上
一片椰叶促我盘根错节
异乡是徒设的词儿
故乡也是徒设的词儿
我简直是块垫岛的石头
海的舌头吞噬万遍
也不再褴褛不堪

我横也罢竖也罢在椰子树荫丛
折断的筋骨随处发芽
葱葱茏茏、浩浩荡荡

而这块必将称我为先祖的岛
横也罢竖也罢在椰子树荫丛
既然做一次选择
谁肯说
回头是岸

横也罢竖也罢算一次伸展运动

闯入这片神奇的土地

《海上日记》：海的平静是在某一瞬间被粉碎的。天空再不是旷远的纯蓝，低低地钳压在海面的，海浪，青黑青黑的，马鬃一般，轰轰而鸣，冲决出一堆堆翻飞的雪浪。海的骚动，疯狂得仿佛丧失理智的时候，什么样的力量能够使它恢复平静？

只有大海本身。

当我们一觉梦醒的时候，当太阳在海上的天边布下一层媚红的时候，风变得温柔，天空变得纯净淡蓝旷阔无垠，海面微皱缕缕蓝波，粼粼的银光闪闪，开敞无极海色无尘海光放远。此刻的海平静了，仿佛在沉睡中一般，是冷寂后的清醒，还是安宁中的等待？但海的骚动从此已不再回还。

1988年8月中旬，那十万人才过海峡的"海南热"已趋于低潮，但我依然怀着热情的希望也准备着历尽千辛万苦也要挺下来等待好工作的硬汉子心理，铤而走险地闯海南去了。

轮船说海口到了，其实先到的是秀英港。这充满女性的温柔的港湾里，阳光却辣烈得很，一下船它就朝你劈头盖脸挖下来，挖得你全身轰轰起火。不等你的目光扫视完这片港口，那满脸黝黑的海南妇人便咿哩哇啦把你推入了公共汽车。

滨海大道直达海口。笔直的柏油大道，两边站着一棵棵椰子树，熟悉然而陌生的椰子树，给我的双眼灌注万分新鲜，直直的树干，剑刺状的长叶子，棕绿棕绿，一簇簇，婆婆娑娑，披披散散，随风招招摇摇。

海就在汽车的脚下。海像朝远方打开的纯蓝的纸扇，微微地起着褶皱，阳光下粼波熠熠。云丝飘飞的天海相接处，薄雾朦朦。船仍在远处和近处如一点点的岛，或墨黑，或银光烁闪。柔蛇一样的海浪一条条，相逐相戏，在蜿蜒、平荡、细软、金色的海滩温柔地爬伏，又温驯地游向海的深处。

瞅一眼海口也觉得要比我想象的好。新的高楼大厦林立，且造型不呆板，连色彩都不划一，均具园林建筑的特色，茶色玻璃一面面熠熠闪闪，这高楼大厦的外面就是一派豪华一派美观。老街依旧留存，灰砖灰瓦，大片楼房沿街道整齐地排着。那挨并儿的窗户是拱形的，檐底又配有图案，我感具东南亚的味道，就像电影中的仰光。海边有座钟楼，红身尖顶，中间是哥特味的窗户，挺像伊斯兰人的帽子。

市中心是一片幽绿的湖，叫东湖，又叫三角池。湖畔椰子树一排排，椰风柔柔，摇摇曳曳，柔媚的夕阳从一幢幢楼房的边角射过来，使湖畔的草坪一片明丽。在明丽的草坪上，大学生模样的人们百无聊赖地躺着，有的三五一堆地聊着，有的独坐，但眼光都如沉坠的夕阳一样茫然。

沿曲桥回廊进去，湖中心是一个不大的绿岛，长满丛密的修竹和椰子树。湖光水色树影海腥味，让你深深地感觉到海口真是热带风光十足的海滨城市。

滞留海口的大学生已经不多了，多数已回去。留下来的或者找到了工作，或者自干一番生意，或者没了回去的路费而靠卖报甚至套圈儿一天天挨日子。客运站门口和三角池边，依然食摊连绵，夜宿帐篷连绵。

八月初海南省根据国务院的文件精神公布了"三十条"，

即对于投资者的优惠政策，大快人心。蜗居宾馆久久的公司们亦纷纷出笼，于是眩人眼目仿佛即可就能托拉斯东南亚的各种明目的公司招牌，在各宾馆的门口、窗口林林挂出，如繁星闪烁。

　　留下来的注定是举步维艰。这也是一次对韧性和毅力的考验，大浪淘沙，留下来并继续在艰难流浪中坚持下去的必定是强者。我注视着海南这块热土的美丽风景，并屡屡接受它的慰藉，但我更注视的是它的未来的那一片风景。

夕潮
楼台

太阳坠海尽泼红潮
阔大的红天幕
巴根那　我的内蒙兄弟
小提琴缓缓流出《蓝色的多瑙河》
浮升我们款款的曼舞
若幻若梦若仙

西南人　西北人　东南人
东北人
拉起你的手　拉起我的手
握一起便是和睦的大陆人
便是这富丽宝岛的始祖父
始祖母们
白日的紧张和疲劳
尽情地由缓缓的音乐洗濯

哦，巴根那，我的内蒙兄弟
让你的小提琴缓缓地流下去吧
看，黑天幕上
又升起星星们灿烂的轻轻舞蹈

住在龙舌坡的日子里

梦想总是美好的，而现实总是残酷的。我们缤纷的梦想，就像泡泡糖，在上岛的几天里，就被无情的现实击得粉碎。海南刚刚开发，百废待兴，缺的是钱财，不是人才，而海口大街上，每一片椰树叶掉下来都可以砸到三个大学生，因此海口市成为全世界人才密度最高的城市。我们心高气傲，怀揣简历和作品复印件，十个有八个想找到报社一类的工作做做，谁知飞得越高，跌得越惨，一回回希望变成一回回失望，最后变成心灰意冷，只好折价变卖自己，中国学历最高的一批年轻人去争抢一家酒店服务员的工作，到头来白交了20元钱的报名费，原来那还是皮包公司的一场骗局。

万般无奈之下，我走出了价格低廉的旅馆（湖光旅社，也就是远近闻名的"大陆角"），走到了位于海府大道农垦三招的海南开发信息杂志社，一问编辑部的工作地点是在龙舌坡。我就按图索骥找到了龙舌坡。原来龙舌坡就是躲在海口某一角落的一个高坡，高坡上住着若干户人家，这些人家都盖着三层楼房，这些楼房除了自住之外，剩下的就租给外来务工人员。海南开发信息杂志社编辑部就租借在一家人家的三楼上。我找到了编辑部主任，说明来意，想谋一个记者的职务。他问我，记者做过没有，我说做过（其实是没有做过的，只业余做过一点采访工作，写过一些报道）。他很爽快，说："那好，你先试用，试用期为三个月，试用期拿效益工资，也就是基本工资加提成。"我还弄不懂效益工资是咋回事,也不便问基本工资是多少,他就给我安排了任务,为杂志社拉广告,一个封面广告20%提成,信息网络成员单位10%提成,价格都印在纸上,你自己看吧。我茫茫然走出编辑部,一出门,迎头碰到老校友,他是我们大学教育系的同学,比我高一级,写诗的,在校时是小有名气的诗人,我知道他,他不一定知道我,没讲过话,我就喊他的名字,自我做介绍,他只是点点头,显得漠然,大概这叫成熟,在这种场合,编辑记者来自五湖四海,不好称兄道弟的。以后的事实证明,我们是最贴心的人,因为毕竟是校友嘛。

我自己都无法相信自己的才能,出去一个下午,跑了海秀大道,就拉来两个封面广告。算提成,可以提成八百块呀,这真是一笔大资金,要知道我在内地的工资每月才八十多块钱。编辑部主任也很高兴,忙让我把小旅馆的房间退掉,正式住进海南开发信息部的宿舍。这宿舍也就在龙舍坡。

这里真是内地大学生的大本营。为了交代清楚,我有必要把海南开发信息杂志社的隶属关系说一下。海南开发信息杂志社隶属于海南开发信息部,海南开发信息部是来自四川的刘洁承包的海南开发报社的一个部,海南开发报是全国唯一的一家民间大报,创办人是原《天涯》杂志的诗歌编辑李挺奋。别看这张民间报纸,可是网罗了全国不少有名的人才,如赵伯涛,来自陕西的青年小说家,我当时在《收获》上读过他的中篇小说,还有姜贻斌,来自湖南的作家,在全国非常活跃的小说作家。海南开发信息部简直成为了内地大学生的收容所,凡是一时找不到工作的大学生都可以到这里来落脚。他们的主要工作是拉广告和发展信息网络成员单位。但海口毕竟地方小，你也拉我也拉，有多少广告让你拉去？于是信息部就让这些大学生回内地拉去。回内地？钱呢？有些人连回去的路费都没有。于是不少人就在这里耗着。这里实行原始共产主义，管吃管住。吃饱了睡醒了，就坐在房间里打牌，或下象棋。听说新来的一个家伙一个下午就拉来了两个封面广告，他们都感到惊奇，海口，掘地三尺的地方，这小子有什么能耐，一下午就拉来了两个封面广告，真他妈奇了！我知道我也没什么能耐，我唯一的能耐是能吃苦，海南岛，那热带地区报出来的气温是不怎么高，但那太阳是直射的，紫外线特别强，你一出门它就可以把你的五脏六腑给烤干，要不停地加水，不然非热死不可；又靠两条腿走路，那海滨有砂浆，一下午就可以将你的鞋底给硌穿。这些大学生可能多半来自城市，是怕吃苦的缘故吧？

  这些人都很好，待人很热情，因为都是年轻人，阅世都不怎么深，又不打算在这里呆多久，所以彼此都不存在芥蒂，都交心交肺地交流。但在这些年轻人当中，夹有一位老者，他叫老杨，来自湖北，有事没事就跟年轻人在房间里下象棋。听他说话像一位大学教授或副教授，因为学问特别深，谈起苏东坡来头头是道，又见解非凡，我对他佩服得五体投地，可他说他只是工人，至多做车间主任一类的职务，这就说不清了。他说他的儿子在上大学。他的年纪大概五十出头，却和年轻人称兄道弟。

  来到这里大家都是相亲相爱的兄弟姐妹，都是一家人。也确实是一家人，同扯一锅勺子吃饭嘛！到了傍晚，像倦鸟归巢一般，兄弟姐妹们都从四面八方归来，带着满身的暑气，热气喷人,一会儿就在这荫凉的房间里散发了。我们几个人围着一张桌子吃饭,菜是川菜,以麻辣为主,但香,可口,米饭在大锅里,你可以根据自己的饭量随便添加。看着这一情形,我就想到茅盾在《风景谈》里所写到的这样的情形:"这里正燃起熊熊的野火,多少曾调朱弄粉的手儿,已经将金黄的小米饭,翠绿的油菜,准备齐全。"

饭后,我们沿着楼梯,都来到了三楼顶的平台上。海口的天很有意思,别看白天多么热,一到了傍晚,空气就凉了,这时候海风吹上来,凉丝丝的,吹得人好不惬意!海雾大概升腾到天上,夕阳照射,半个天空红蒙蒙的,铺洒到这平台上,照得女生的面孔更加妩媚动人。这时候我们编辑部的小提琴手巴根那(内蒙古来的,美编)就拉起小提琴,小小的平台顿时化作了宽阔的舞池。伴着悠扬的小提琴音乐,男男女女在这红蒙蒙的舞池里,款款跳起优美的舞蹈,有着诗意的气氛。为此我写过一首《夕潮楼台》的诗。

然而天下没有不散的宴席,来这里寻梦的大学生们,一旦发现梦比天边还遥远,也就纷纷回了去。来自大连的作家张重,和丈夫一起来体验一段生活,或者是来度假,也就回了去。回去后继续创作小说,还给我寄来她的一部小说集,确实写得不错。家住东北,来自北京的高个头妹妹李凌回去后做了《大学生》杂志的编辑,给我寄过多期《大学生》杂志。我们保持了很长时间的通信往来。我的好兄弟,为人豪爽、一身侠气、才华横溢,来自贵州的李亚强,据他说是和老婆离了婚的,回去又和老婆复婚过日子去了。有一个叫燕飞的兄弟,天天躲在房间里写作,昼出夜伏,每天晚上写稿要到凌晨三四点钟，主要写作报告文学，有一阵《海南开发报》连载他的《海南：女人的世界》。他后来在《海南青年报》做编辑，为我发过一首小诗，后来做过《椰城》主编，出版过关于海南的几本书，最终定居加拿大。跟我关系最要好的小卜，回原单位工作一段时间后又折回海南，听说后来做一家房地产报的主编，居然成为中国房地产方面的研究专家了。巴根那也回到内蒙去。老杨、《攀枝花》的编辑老张、青年女作家迟亚鹃，还有原名王丽萍笔名宁馨儿的，都不知到哪里讨命运去了。人作鸟兽散，《海南开发信息》剩下的还是原先编辑部的那几位元老，也不知坚持了多久。我的那位校友，听说后来去了香港。

热带
苗寨

从前的牧人,你告诉我,那群白羊
从哪处的山坳间迁来
不规则的岩石杂生茅屋
村史般沧桑的阿妈斜倚门槛
手编着艺术的竹篓
眼望天边一缕飘过的白云

孩子,我和你们无从对话
橄榄树下,秋千
荡你们新奇的童年
又被黑头巾严实地包裹

阿爸,我和你们无从对话
枯干的蕉叶遮盖你们的头顶
又转入哪堵土墙拐角
像秋风吹颤的蘑菇

苗妹,我和你们无从对话
屋檐下你们吱吱的纺车
织精致的腰饰
密密地织你们无以言说的爱情
虽然已绽的爱情写成汉字

你们无法辨识

　　从前的牧人，那群白羊
　　迁入了哪片明丽的田园
　　如今已成为原始的风景

探访小管苗寨

　　我是从平原村野走出来的人，对纯朴的田园风光多少有点眷恋；我是从现代都市走出来的人，对古老的乡土风景多少有点向往和回味。在海南岛的南部，崇山峻岭的葱翠，海湾的纯蓝和明丽，海边的青皮森林的幽密和喧鸣，海岬间一滩圆卵石的滑裸和光润，雪浪翻卷乱石穿空大涛冲起哐哐震响，热泉的纯净、透明和神奇……无不给我狭小的心灵以无限的开阔和陶醉。而海南岛这多民族的杂居之地，异族的民俗风情始终是我心中抹不去的向往。

　　于是，当万宁县政府工作人员告诉我，他们已把小管苗寨作为他们的旅游点之一并要带我去看看时，我颇有兴致并暗喜万分，看一看苗族风情给那好奇的心以慰藉吧。

　　我们的车在寨门前停下。茅草扎就的寨门，那古朴味一下就跃出来了。寨门前有一座小石桥，石桥旁竖着一方木牌，有密密麻麻的红字跃然其上，读读知这村寨的苗、黎民原游荡陵水崇山峻岭间，六十年代初方结束游荡生活，聚此安营扎寨，屯田生产，概以苗民为主，故称苗寨。

寨子不大，一派灰旧，因依山而建吧，灰旧的茅草房参参差差，错错落落。寨的西坡是一片密密的橄榄林，林荫中新置了一座座石桌、石凳，据说寨民们常在这里举行他们的节日活动。有光屁股的男孩在林下荡秋千；女孩呢，小小年纪再热的天也装束齐整，黄头巾黑裙衣，背着个黑布袋，黑布袋里紧紧裹着个光屁股的孩子。见到生人，这群孩子只是怔怔地看，并不笑闹。

从寨子里走出来几位装束齐整的姑娘，黑头巾上镶着金色的精致的花边，黑裙衣也是金边，并束着红黄交织的腰带，浓浓的苗族姑娘味，表情温柔、腼腆而略带羞色，很高兴地在寨门前陪我们照相。

入寨中转一圈，如入唐代或唐代以前的村寨转一圈一样。院子都是篱笆院，院中晒着金黄的稻谷，有位木刻般的老太太坐于门坎在编竹篓，很精致细巧的竹篓呢，我为她拍张照，却被她像撵鸡一样地怒呵了一声；有位姑娘在阴凉的屋檐下细细地织着头巾，轻轻地吱吱摇着纺车，所织的头巾，那细密的菱形花纹，那精致的双"喜"字，灿黄灿黄，真如天上仙女的纤手所织。站在旁边的一个小伙子对我说："这头巾，只有到我们结婚的时候才拿出来呢。"可有着精巧双手的聪明的苗族姑娘啊，不识一个字，她们从来就没有上学的权利，只有男孩才有上学的权利。

匆匆地别了苗寨，我反复自问，这是一片风景，还是未开化的处女地？但愿人间都一样灿烂辉煌，而不是一半现代音乐，一半原始的牧曲。

热带森林

这庞大的古系家族
内装橡胶、槟榔、椰子、香蕉
和它们的子孙
我为其淹没是一次幸福的呼吸
光之蝶舞围拢我的双腿和双臂
迷乱的鸟鸣与我对话
我与这庞大的古系家族对话
仿佛每一砾石都簇结黄金
山脚下哪位表兄的老木屋
我一下就认定作我可爱的故乡

山之狮舞围拢我的双腿和双臂
岩石簇结蒸蒸云烟
我对于它们的唯一言语是:爱
然后转身离去
然后视这一切为过眼云烟

森林深处有人家

我到万宁县的南林农场采访,间隙才想起这里还住着我的一位乡人,未曾谋面,却相通了好几封信。信是他女儿写的，说她爸爸不识字，由她代为写信。看字句也至多是初中文化程度，却是他们家中文化程度最高的了。信中反复说非常欢迎我这位老乡，在这离家万里的热带森林深处，能见到家乡人，一是稀少，二是亲切。

　　乡人在九队，一打听九队离场部还有三十多里，不通车，要去只有小型的三轮车。此时近中午，太阳像烙铁在人们的皮肤上烙着，海南人的胳膊都像炸焦了的油条。我随着咿咿呀呀的一伙挤满了一辆油条锅一样的三轮车，那车便醉汉一样摇摇晃晃上路了。路是羊肠小路，一边高一边低，车跟着歪歪倒倒，歪着倒着就栽向了路沟里，我们每人都弄了个嘴啃泥，我的腿被擦了一层皮，幸亏不是万丈悬崖，不然……这种情况在内地肯定是要骂娘的，然而这儿的人不，吆着喝着共同把车子扶了上来，又一一钻进车去，说着笑着又如从前，大概他们已经习惯了。这时他们才注意到了我的存在，说到我的那位乡人他们都熟悉，一个连的，但相隔也有二十里。三轮车在一家小店旁停下来，说往前不能走了，给我找来一辆摩托车，说一块五毛钱送到九队。那是多么惊心动魄的路啊，盘过了一道山又一道山，一会儿上山巅，一会儿下深谷，一睁眼就可能把我甩到万丈悬崖中去。待惊魂甫定，说九队到了，你看，那就是你老乡的家。

　　乡人一家把迎接我的到来看作最重要的事情，说天天让他的小三子瞅着有没有大陆人模样的，有就上去打听，他的小三子此时还在场部的路上，也做摩托车带客的生意，可惜就是今天看走了眼。说着说着他的小三子就回了家来，他爸爸说："天天接客人没接到，客人自己来了。"小三子脸红红地朝我笑了笑。他爸爸令道:"去喊你二哥一起到塘里打点鱼来。"小三子便去了。

灶上灶下一位女孩在忙碌着,原来这就是给我写信的那位女孩,别看信上说了这么多,此时却一句话也没有,她去年初中才毕业,高中未考上,就待业在家。

乡人的院子就像我们一般农家的院子,竹篱笆。满院子香蕉树,熟期已过,不然,我会吃到新鲜的香蕉。房屋的后面是山,漫山的橡胶树,每棵树身上绑一只碗,干什么用的呢?哦,橡胶是农垦人家的立命之本,每天早晨四点钟就起床割胶,啥割胶?割胶就是割树皮,胶就滴到了碗里,这就是收获,胶是制造汽车轮胎的好原料。这不,晚餐过后,月升中天,乡人命他的小二子和他媳妇,早点休息去,明天一早好割胶。

我的这位乡人参加过抗美援朝,回国后就加入了轰轰烈烈的农垦大军,进入海南岛的热带森林深处,就一辈子不出来了,靠橡胶安身立命,可那时橡胶是计划经济,价格由国家统筹安排,农场实行家庭承包,上缴农场之后,所剩没有多少。晚饭后院子里聚集了很多人,本来自四川的、湖南的、广西的……他们都称是老乡。他们一生献给了农垦,也献出了他们的后代。他们的后代正继承着他们的事业。他们的后代也走不出大山,最远的地方是场部,乡人的女儿说还是五年前去的海口,回老家经过的,不知海口现在变得怎么样了。看一次病,要到几十里外的场部,一般的病,他们到山上采点草药就对付了。

第二天乡人比我起得早多了,在煎鱼,我吃了,香。他的小三子丌着摩托车把我送到场部的大路上。

热带魂

热带太阳的黑油油的河流
它走向哪里我走向哪里
让我遍走这岛的全部腹地
城市的脚手架
一块一块的红砖像血色的方块字
是一粒粒晶汗书写
记载富丽的城市的原因
芒果林中刚毅的石雕耸然屹立
巨手中镢头的刃光照彻千秋的森林
无路的群山如纠绕的蛇群
只有创业的伟丈夫深入其中并且安居
在灰色的荒原建造高楼、花圃
栽植橡胶的茂密、葱绿
收获并且奉献
自己高贵的价值
他们是从前漂移这里的大军
他们是今日这绿岛的父辈
沟壑鳞鳞的黑面孔英雄的面孔
欣慰舒卷飘逸

走过黄金海岸
我看见翻沙和抽水的黑油油的脊梁
碧碧的海水洗不白肤色的劳动者啊
为汨汨黑汗中诞生的钛矿山呼万岁

只有黑油油脊梁的光辉
是泱泱中华希望的卵体

我曾经幻想得太多
孤独得太多迷茫得太多
曾经欲呼却不能潇洒地振臂
曾经将言语交付世界了
却看见无数石制的嘴唇
双眼总涡满空白的眼泪
让我遍走这岛的全部腹地吧
我知道
我不是劳动的一员不是真实的奠基石
我是小天地间的一颗废钉
空虚得不知道自己内容空虚
让幻想栖落大地
让我在热带太阳下我的黑油油的汗水中
校正我自己雕像般矗立我自己

黄金海岸

　　视域的渺远处有晶蓝的天边，有簇簇发亮的白云。滚滚翻腾的白云下面，飘飏一弧明丽的海湾。金黄金黄的沙滩是海湾的唇，肥腴肥腴的，曲曲蜿蜒，绵绵连连，向着两边的极远处伸展。纯金色的海滩，包笼着纯蓝色的海湾，是焦蓝澄澈的天穹中的热带太阳低低地覆照着的地方。海滩是柔和的，它的表皮异样地平滑，它的体态异样地丰满，它的色泽异样地耀人眼目。

好一派黄金海岸！

我的视域将黄金海岸拉得愈来愈近。无风，只有焦灼的热带太阳的光辉烘烤着我们油光黑亮的皮肤。两边的稻田和远方的葱葱郁郁的山峦，在熠熠闪闪的金色海滩上散散荡荡着。海湾异样地平静，在无风的阳光下，纯净的蓝天、晶洁的白云，碧碧的绿、森森的青和朦朦的乳白，形成鲜明的色彩的层次感。

黄金海岸和平静淡雅的海湾，相偎相依，千年相对无语。

在黄金海岸的边沿，起起伏伏的沙滩的顶巅，抑或它的低谷之处，我看见灰灰的沙被翻搅出来的痕迹，机泵们悄悄伸出头来，如苍劲的龙一般，汩汩地吐着灰灰的水。我看见一位位泥污污的劳作者，淋淋的汗和污污的泥沙搅和一起，在层层叠叠的沙丘中翻找着什么。我看见烈烈的热带太阳底下黑黝黝泛着亮星的脊背，反照着热带太阳的光辉，如一道道坚毅的山峦，在广袤的蓝天下在无垠的荒原上屹立。我看见绵绵连连的黄金海岸蕴藏着的一粒粒晶洁透明的艰辛的汗水。

那机泵汩汩吐出的不就是钛矿吗？

那堆堆灰沙，筛选出来就是贵重的钛了。

钛是出口的重要原料。

连钛矿的副产品，也价值连城！海滩蕴宝。绵延无尽的黄金海岸！

更宝贵的是热带太阳下金色的黑脊梁。

是他们，在黄金海岸，顽强矗立起来一座巍峨的黄金城。

太阳部落

逐波的船载不动我们的心
岛沿的黑礁
被阳光漆遍的地方
是我们心中的殿堂
心
拖在椰子树轻悄的手掌
再也不会沉坠

椰子树轻轻招摇的手
在赤裸的礁石上翩舞
却没有热情的酒杯
连一声祝福也不设置
这陌生得万分亲切的地方
给予我们诱惑力的地方

哦,热带太阳,烫红的匕首一般
刺穿椰丛的抗拒
哦,没有遮阴的空气便是烈火
轰轰
让我们挽起椰风的手
痛饮夕阳的柔情
在如毡的碧草地茵绿的湖
畅想天空绵延而温柔的画幅
朗笑我们自己

哭泣我们自己
在婉言和收纳中间
验证我们自己

对于未来的城市和城市的未来
每一颗心都是一颗太阳
每一颗太阳都是建筑的力

每一份都属于自己的城墙
砌进去欣慰
砌进去失落
砌进去艰辛中的迷茫
砌进去疲倦后的相互鼓励和轻轻
舞蹈
砌进去完整的我们
我们的太阳的最富硬度的化石
我们的痛苦和欢笑结晶的眼泪
砌进去吧
对于未来的城市和城市的未来
我们是钢筋、水泥、混凝土、茶色玻璃
是它的骨骨节节

是热带城的父亲和母亲
是太阳部落的漂移和矗立

寻诗东山岭

位于海南省万宁县县城之南 3 公里的东山岭，素有"琼崖第一山"之称，花草香绿，奇峰异石，幽谷清泉，古寺凉亭，有三十六仙洞，有天造地设"八景"，山不大，却为海南第一奇诡壮美之山也。

单说满山的石头，远看去像海天间滚滚翻腾的云团，每块巨石都光裸光裸的，或立或蹲，或斜倚或卧伏，或相拥相抱为一簇，或万簇石中鹤立鸡群，形态各异，气象万千，突耸的峰，幽森的壑，绿松倒挂，峰谷叠宕，大起大伏，观之撼人心魄。

奇丽之山便是盛产诗的宝地了。

东山岭的诗大都刻在石壁上，刻在光滑、平板、柔腻、富有光泽的石壁上，风蚀雨剥，也历历在目。光看那标示地方、点化景观特征、表达游人一时一地赏观赞叹的感情的题字、题词，如："云路初阶"、"东山丛翠"、"南天斗宿"、"小瀛洲"、"仙山佛国"、"南极蓬莱"、"叠采奇踵"等等，如繁星闪烁于满山石壁，观之诵之便使人赏心悦目，往往廖廖几字，或夸张，或借喻，或明喻，或白描，或直抒胸臆，就一揽全貌，点石成金。看落款多是清代的地方官，看来均文采飞扬。奇山丽水尊为仙山佛地，当为唐代以后山水诗的风尚，说明仙、佛与诗悠久的缘分。这些题字、题词，确乎诗意盎然。

在"已隔前游十二年，山灵无恙，万景依然，飞桥隐接，

云深处,信是桃源一洞天"这段优美的文字底下有一首好诗:

是否鲁邦纪旧游

山东名胜古今留

万阳城外潮音寺

醉卧仙岩听海流

作者是十二年以后第二次游东山岭了,他的感受是什么呢?"醉卧仙岩听海流"一句把整个放逸山水和被东山岭美景陶醉至极的作者形象活脱脱端出,和杜甫"漫卷诗书喜欲狂"可以说是有异曲同工之妙!作者"醉卧仙岩",实意在东山岭之景奇美壮丽之极也,意在言外,可谓含蓄蕴藉,令人回味无穷。

然而作者们游此山随而赋诗,因其奇美而觉仙,因其纯净雅静而觉佛,以禅意仙意阐景为诗的多。半山有个天然的石庙,实则为一大石洞而就,整日庙门前柱香袅袅,炮竹轰轰,拱手作揖者不辍。庙门两侧就分别写着"山外无景景外无景","洞中有天天外有天",绕来绕去说的是"四大皆空",这不正是禅意的典型体现吗?就说"小瀛州"、"蓬莱"等等那些题字吧,不也是佛国里的东西吗?

仙迹留丹龟

我心印石泉

明明是自己对异石泠泉的心灵感应和交融,也说是为仙迹所感,可以说是佛心踏地了。

还是诗人田汉1963年5月游此山时所做的这首诗,有了新的境界,永远地刻在石壁上:

琼州多胜地,

此岭独岿然。
羊肥爱芝草，
茶好伴名泉。
潮音访古寺，
衣冠尊古贤。
危亭堪望海，
奇石足擎天。
文峰七级塔，
粮仓万顷田。
紫燕归立岛，
红旗忆六连。
荒原今乐土，
争取大丰年。

少女鹿

你持弓矢的少年啊
美丽的等待化作千年的石头
石头可在开口？
少女鹿和你相隔咫尺
永不再回头
天涯便越拉越远

五指山的箫音消散天边
夕阳已归回椰林
哪棵树的故事
藤蔓上弹拨几只斑鸠
啼啭爱情的苍茫
你持弓矢的少年
彤红的海雾权作你
美丽的绸裳
你痴痴追寻多久？
我的兄弟，海那边
我远方的传奇倾诉
我渴望爱情，形颜憔悴
我痛饮爱情，备尝苦酒
只有石头，只有石头
永生的懊憾卡住心口

终于到了天涯海角

编辑部主任给了我一张名片，上写"江上舟"，三亚市副市长，说拿着这张名片到三亚市找他，另让我带上编辑部的照相机，期望能做三亚的一个专版。

这江上舟我后来才知道他的来头，中国改革开放后的第一批海归，海南建省初期最早的一批闯海人，曾担任三亚市副市长，他也是上海芯片产业的奠基人、国家大飞机项目的启动者之一。2011年6月27日下午因病去世。他的妻子吴启迪是同济大学校长。

到三亚市政府一问，江上舟回上海了。

编辑部主任给我配了一个助手，姓陈，海南澄迈人，诗人，他在《诗歌报》与我同版发了一组诗，那诗确实写得不错。

我们乘坐的大巴车到陵水的时候突然发生了一件事情，一群人将一个人按在地上，脚踩在他的手上，那手被踩得渗出了殷红的血。我听不懂海南话，以为是烂仔（海南人称流氓为烂仔）群殴，结果陈诗人回海口写了篇报道：公交乘客齐斗歹徒。

我们走在三亚市解放大道上，已过中午肚子饿了想找家饭店吃饭，可饭店关门闭户，好不容易路过一家酒店，我问："有吃的吗？"回答说有红烧鸡，我说那就吃红烧鸡吧，陈诗人赶紧拉我跑，说："你知道红烧鸡是什么吗？"原来是这种地方，在海口，什么"打炮""打洞"是妓女的暗语，谁知三亚又是"红烧鸡"！我这人太单纯，幸亏有陈诗人指引航向。

比如在鹿回头，我们遇到一位来自台湾的女子，她是到大陆来旅游的，讲到在桂林遇到一男子抖一抖口袋，里面有一沓人民币，她感到很好笑，我问她对国共两党关系的看法，她说："就如同两家邻居，你不让你家小孩到他家去，他不让他家小孩到你家来，有什么意思？"陈诗人赶紧把我拉走，告诫我："你不要跟她谈政治。"陈诗人比我老于世故。

找不到江上舟，我们就在三亚旅游一番吧。

刚才说鹿回头，其实那是个公园。山上有一块石头，那就是鹿回头。相传远古时候有一位黎族青年猎手，他头束红巾，手持弓箭，从海南岛腹地五指山追一只坡鹿来到南海之滨。前面山巅悬崖之下便是茫茫大海，坡鹿无路可走，青年猎手正张弓搭箭，忽见火光一闪，烟雾腾空，坡鹿回过头来变成一位美丽的黎族少女，两人遂相爱并结为恩爱夫妻。

然后我们去往三亚著名景点天涯海角。我们通常说"到天涯海角"，喻指很远的地方，其实天涯是天涯，海角是海角，中间有一句话，你到天涯，不到海角，难道不是遗憾吗？所以，你到天涯必然要到海角。我印象中"天涯"两字为郭沫若所写，红漆大字，篆刻在一块巨石上。我们到天涯，踩着沙子，看着海天茫茫，快艇在大海中飞驰，阳光熠熠，自然心情也跟着放飞到海天之外。

当时天涯海角边上已经建起了度假村。

陈诗人回海口后就回去上班了，他是澄迈机械厂的工人，请了半个月的病假。他说他叔叔在新加坡，准备投资让他做中方代理。

空屋

有一天我会走出屋子
去往天边的大沙漠
或者天边的黑相框,流浪
有一天我会听见屋子空空的音响
那里的地板长满枯草

我和屋子相伴多年
门外是嘈杂刺耳的树枝
你们到底说些什么
不知道我的从前?发言太多
等于慢性自杀
屋子从来不说话
像屋子一样做人
就是合格的哑巴

去世界走一遭

　　脑袋拖带着一双脚、疲累的脚,长途跋涉,漂洋过海,站在椰子树底下。
　　天就是别样的天,太阳就是别样的太阳,大地上的风光就是别样的风光,人也是别样的人,出门见海,这样的世界就是别样的世界。

凡是未涉足的地方，都有一派新奇而神秘的风景。这风景是潘多拉盒子，你有着足够的兴趣要将它打开。比如沙漠旷野，是我渴望的风景，真正独独顶着漠风流浪无垠瀚海又怎么样呢？比如草原，比如森林，比如黄山、泰山、华山、峨眉山，比如黄河……这一切装在我的心里多年，装在我向往的屏幕中，都是一帧帧多么美好的风景。

我落脚那座热岛。

为的闯出一番事业？进公司做生意，名为记者，出口就是效益专访和广告，东奔西颠地拉，拉得精疲力竭脑袋爆炸，哪门子事业？心爱的是文学，然而要立足那岛，必须观念大换血，文人摇身一变个个唯经济是从，硬着头皮赚钱，弄出钱来，欣喜若狂；弄不出钱来，惶惶不可终日，哪门子事业？

许许多多与我同命相怜的兄弟姐妹，怀着同样的新奇而神秘的向往，从大陆的四面八方，翻过迢迢的陆地和渺渺茫茫的海，汇聚到这岛上来，烤烧饼、卖报纸、做信息员、业务员、广告员，你们所要寻的那片风景可都寻到了吗？

我不能够回答。

但我不是失败者。

我信服海明威，我们很有可能经历一千次失败，但绝不能被打败！谁打败了我？风景，无论什么样的风景，如果我都能够经历一回，我就揭开了世界全部的神秘的面纱，我就感到我的人生无怨无悔，无上幸福。

去世界走一遭，是我的财富，不管结局如何。

第五辑 来沪

那些思念着我的人们
你要祝福他们
那些爱过我或者
被我惦记的好人
你要深情地祝福他们

秋雨河

沿我的履历流过,在我童年被收存
被伸长的小茅屋
流吧,流吧,任双畔生命
由无有到繁盛
由收获到滋生
招摇更新的阳光与花与树
我便是阳光下的一条船啊,在你的
床身,飘摇并且积满
舱中,母亲的积怨与悲酸,那一滴滴在
瘦秋苦春
一滴一滴劳累、失望、无告、烦躁
又总化作一丝丝明亮的希望啊
鼓起又迸散,我的航行
便如你九十九道弯的河身
驶入茫茫暗夜、茫茫黎明、茫茫远方的
求索

而我就是你河床的一尾鱼啊,轻篙一点
摇尾而去
童年而来的每一片鳞光
而在你的河床由瘦削而宽广的时候,容颜
自由展示
所有金黄的沉甸甸的笑颜自由展示,又
蔓延

双畔我广大的故乡啊,哦,秋雨河
流吧,流吧,积满幸福与满足

哦,我的秋雨河哟,此后我就是你的
双瓣莲花
又化作你的双畔
流吧,流吧,遍流我的生命
遍流我去往的世界的每一个角落

家乡的河流跟随我一直来到了上海

  这个题目想了很久,大概有两年时间,迟迟没有动笔。我就在想:家乡的河流为什么跟随我一直来到了上海?究竟该怎样回答?
  这条河流当然是我村边的河流。我至今不知道该怎么给它命名。母亲曾经告诉我,它叫秋雨沟。沟要比河小得多。可赵集公社为了自身的需要将它开挖拓宽了,那就不能叫沟了,应该是河了,可就是没有人给它重新命名。它在我小时候确实是一条沟,是连接长阜运河和八河的一条脐带。这条河不流经赵集公社,他们为什么开挖它?因为这是条生命的脐带,它一断流,赵集境内的浍河就没了水,全公社的庄稼就得不到灌溉。记得开挖拓宽这条河是在冬天,赵集公社各大队、生产队在河边安营扎寨,红旗招展,大干快上,热火朝天。我有个亲戚叫丑哥，其实一点也不丑，人长得标致着呢，休息的时候就到我家里来，给我带来白馒头，让我解馋。挖河是辛苦的活，但能吃上白馒头，还有猪肉炖粉条，还是令人羡慕的。我哥哥参加挖河，说一顿能吃四个杠子馍，那馍像杠子，一个杠子馍顶两三个白馒头。我们村胜利哥的对象也在这挖河的队伍中，有人指着说那是胜利的媳妇。可这"媳妇"过门后生下三个孩子，三十几岁就病逝了，胜利哥也在五十几岁的时候撒手人寰，想这人的命运真令人唏嘘！

　　沟被挖深了拓宽了，真是浩浩汤汤的河，河面很宽，看对岸的景物都影影绰绰的，杨柳都倒映在河中，弯弯曲曲的，像水蛇游动。人也在对岸水中倒立行走着，看这情形我就想到"杨柳青青江水平，闻郎岸上唱歌声"。这条河与其说有利于赵集公社，倒不如说造福的是我们。我小时候常听说我们那里常发大水，我就是在发大水的时候出生的，父亲给我起名叫"春水"。我们的田地不叫田地，叫湖，村西边的田地叫西湖，西边很远的地方称西湖底子，我纳闷：明明是田，为什么叫湖呢？这才明白了，一发水那不就是湖嘛！比我大一点的哥哥姐姐写作文，动不动就说"撒泡尿就淹了庄稼"，那是真实的呢，沟那么窄又那么浅，一场暴雨水不就漫上来了吗？

　　自从赵集公社开挖了这条河，没发过水。

　　没发过水还跟"三沟一网化"有关系。"三沟一网化"是我们公社副书记石开祥提出的著名设想，上面是渠，下面是沟，沟旁是路，路的两边种上白皮杨树，田中间又有蓄水沟，叫"旱了能浇，涝了能排"。当时刷的标语到处是"功在当代，利在千秋"，以我们南园大队为试点。一时南园大队跟大寨一样成为全省的典型，省委书记带人来参观，社员们半夜起来泼路，生怕领导的车沾上灰尘，烧茶水的要挑选可靠的老共产党员，"地富反坏右"五类分子那几天给专门关起来，不许他们乱说乱动。我们小学生起个大早，分列路的两旁，见到车来就拍手，齐喊"向首长学习，向首长致敬"。等车过完了，也不知道哪辆车是省委书记坐的。想想这石书记确实是做了"功在当代，利在千秋"的好事情，那渠、沟确实"旱了能浇，涝了能排"，沟旁因为种了树，所以固本，沟多年不坍。当年种上的白皮杨树，细细的，直挺挺的，都用白石灰刷了一遍，一能防止害虫侵袭，二美观，一行行穿上白衣服的小白皮杨树，像列队的少年铜鼓队员，精神极了，赏心悦目极了！可中国的土地"合久必分，分久必合"，分田到户后，有的渠就废弃了，沟也填平了，倒是杨树分给了每家每户，卖点钱发点小财。现在农民种田的积极性不高，说种田不赚钱，农药、化肥成本高，不光不赚钱还赔钱，纷纷转租给别人种，没人种就荒着，关门阖户来城里打工，我们那个本来一百来户的小村庄说只剩了三颗牙，啥意思？说只剩六个老人在家里，这六个老人加在一起也只有三颗好牙。

石开祥书记的"三沟一网化"可能只是"功在当代"吧？

我们村子大人孩娃几乎人人会游泳，"旱鸭子"不多，这是因为"靠水吃水"吧？学游泳的方法很简单，不像现在的孩子学游泳要付许多学费，就是趴在河边扑腾，扑腾几天就学会了，先在浅水里游，然后逐渐到深水里，只要身子不沉下去，狗刨，仰泳，在水中翻腾自如。我不会潜水，在水中憋不了几秒钟，就赶紧钻出水，还大口大口地吹气。哥哥潜水的功夫很好，小时候和哥哥一起到河中洗澡，他一个猛子扎进去，哥哥呢？水面半天没有动静，正当我恐惧、紧张、害怕，"哥——哥"着急地喊的时候，他从另一处老远的地方冒了出来，我转怕为喜。别看我这水技，倒是大豹的师傅，他不敢往深水里去，我教他在河岸上扑腾，扑腾几回会了，高兴地直喊我"师傅"。大豹比我小好几岁，却在十几年前去世，唉！

我们之所以学会游泳，是因为怕淹死。我在学会游泳之前一次差点被淹死，我和几位伙伴在浅水里游玩，结果脚底一滑，我迅速到深水里，水顿时没过我的头顶，我一沉一出像个任人摆布的大葫芦，两手无助地在水中摆扑着，可越摆扑身子越往水底下沉，我恐惧极了，连喝了几口水，幸亏一只大手把我拉了上来，我与死神只一步之遥。自从学会游泳，我就有恃无恐了。一天下午我一个人在河里游泳，假装溺水，头冒出来又沉下去，口中还连呼着什么，吓得河堤上经过的一个外乡人赶紧下河救人，可等他到岸边，我又立定了，若无其事，那人批评说："你看这熊孩子！"所以大人一般不允许我们单独下河游泳，不要以为会游泳，淹死的都是会游泳的，有时候腿抽筋了，或被杂草缠住了，都会被淹死。天黑之前一定要我们上岸，天黑了会有水鬼，水鬼在人不注意的时候会把人拉下去。有个叫"老虎"的溺死鬼就常出来抓人，有人看见了好几回。

夏天河水是我们孩子的乐园。我们在河中打水仗。我们坐在一排石磙上，石磙长了苔藓，滑茸茸的，很柔软，阳光下我们将肚皮浮出水面，小鱼儿在我们肚皮上游来游去，痒痒的，那感觉好极了。河水很清，清得我们能看见自己在水底下的影子。河中不好的就是有许多杂草，有的杂草很硬，尖尖的刺，有时会将我们的皮肤划伤。华叔是调皮大王，他喊村中许多妇女嫂子，包括我母亲。他和任一嫂子开着放肆的玩笑，妇女们逮住他就挤奶水给他喝。他常常在天黑的时候裹了一身杂草，蹲在路中间装鬼吓唬人。

　　冬天河床就变成了冰床。我们的学校就在河对面，平时要绕很远的路到对岸去，这下好了，我们可以从冰上直接过去。不过每过一趟都心惊肉跳，因为脚底下的冰会发出咔嚓咔嚓的声音，仿佛随时要裂开的样子。从冰上过要避开冰窟窿（俗称龙眼），若掉进冰窟窿（龙眼）里，就别想爬上来。我们小学课本里的罗盛教，就是为了救朝鲜落水儿童牺牲的，那儿童就是掉进了冰窟窿，罗盛教把朝鲜儿童托上来了，自己却牺牲了。我每次从冰上过的时候就想起了罗盛教。不过华叔厉害，居然在冰上骑自行车，从南穿到北，爽极了！

　　河虽然不宽，但对岸却成了我们的向往。有人说河对岸的草多，我们便决定到对岸割草去。如何到对岸去？漂洋过海。所谓漂洋过海，就是我前面说的仰泳。我们一手抓着畚箕，一手擎着裤衩，仰面朝天，两腿后蹬，眼睛看着蓝天、白云，身心无限自由、放松，但内心的方向感还是有的，蹬着蹬着，头触到了软软的泥，哦，岸到了，一个转身先把裤衩抛上去，再拎着畚箕，匆匆穿上裤衩到传说中的那片草源去。等割满了满满的一畚箕，再游回来，几十斤的草在水中便轻多了，且草沾了水还会重上几斤，今天的任务草轻轻松松完成。

关于这条河我留下了太多的记忆，冬天的浊浪排空，夏天的热闹清凉，秋天的清澈恬静，春天的微波荡漾，都清晰地刻在我的脑海中，可1989年入伏第一天那悲惨的一幕令我憎恨起这条河。那一天特热，好多孩子在水中嬉闹，我八岁的侄女不知什么时候在避人的地方偷偷下了水，开始在浅水中洗澡，不知怎么就滑到了最深的地方了。我们娘几个在堤上树下乘凉，浑然无觉，等嫂子发疯一样往水里扑，又发现侄女的小裤衩挂在树上的时候，我们才意识到她可能溺水了。我判断她要落水一定会在水最深的地方，那是个排灌站，抽水机要从那里抽水，我一个猛子下去抓住了她的一条腿，结果抱上岸，没法救了，她的肺泡炸了。我这侄女长得白白净净，很像我的大哥，因为失去她我大哥又收养了一个儿子，因为这个养子他又在2013年刚满六十岁的时候突发脑溢血撒手人寰，一想到这，我就对这河充满了愤怨之情。

也自从我侄女出事之后，这条河安静了起来，再没有孩子下河游泳。再后来水受到了污染，芦苇丛生，又有人在河里放了莲藕，打鱼船从河中经过，手里不断抖动着水淋淋的网，有银白的鱼身从网眼中翻出来，活蹦乱跳给丢进渔人预备好的桶里。

再以后我东奔西走，竟与这条河久别了。

我姐夫去世的时候，三弟驾车载我们经过河边，我竟不认得家乡的小河了，我问："这是哪里？"三弟说："这不就是我们村东边的这条河吗？"我说："是吗？怎么变得这么窄了呀？"三弟说："河还是这条河，是你的眼界变宽了。"

我想是的，我童年时，几乎全部的生活就是这条河，夏天除了吃饭、睡觉，早、中、晚，一多半时间是泡在河里的；中学的时候，在地理书上见过长江，后来去芜湖读大学，见到了长江，才觉得长江江面如此宽阔，浩浩荡荡，横无际涯；再后来，我闯海南，见到了大海，站在甲板上，远望茫茫的大海，看远方卷起的如冰川、雪山一样的白云，天有多开阔心就有多开阔。我后半辈子人生在上海，也是在上海，我人生达到了辉煌时期，当然也有低谷，有波折，最后也终究会到了落幕时刻。

退休前有人问我这一生感受最深的是什么，我回答两个字：平淡。确实我的人生是非常平淡的，比起别人的波澜壮阔的人生，我的人生平淡如常，没有大富大贵，也不是想象中的凄凄惨惨戚戚。但平淡不正是我人生的追求吗？"绚烂之极归于平淡"，人不管怎样富贵贫穷，最终都归于平淡。我活过一生，唯有平淡才让我幸福，让我感到平安，感到安全，感到心安，感到问心无愧。我总结，我选对了教书这份职业，这份职业非常平淡，没有多少欲望可以膨胀，如果从商，如果做官，可能欲望得不到控制，说不定在某一时刻会在人生的阴沟里翻船。站在六十岁的堤岸，回望一生，我觉得我的个性正是家乡这条河造就的。这条河没有正式的名称，它不是江，不是海，甚至比起其他更宽的河来说，它都不叫河，一年中除了少数几天阴风怒号、浊浪排空之外，其他均是波澜不惊。它宠辱不计，不忧不惧，无论经过多少岁月风霜，总是那样平静。它是我的人生导师。对于它淹死我侄女的怨恨，随时间的推移，我也渐渐化开了心结。每一个人都不是完美的，河也是这样，况且淹死我侄女不是它的主观故意所为。但不管人们怎么说它，它都默默为两岸的人们奉献着，滋养着无数生命。"谦卑做人，平淡处世，与人为善"，这是我从家乡的小河身上得到的。

　　这大概是可以回答家乡的河流为什么跟随我一直来到上海了。

一片云

我一松手
那片云就会掉下来

云托在我的手掌
天鹅的翅膀的样子
小小的温柔
阻挡巨大的天空
阻挡行人的眼睛
让行人的光芒
看不见天空的底色

上不着天下不着地
那片无根的
洁白的云啊
在我的头顶游动
宛如我的流浪一样
那般脆薄,眼光过处
脆薄得容易刺伤

我在草地上
随便找一块地方,从我身上
随便一处皮肤
拔下羽毛,抛向天空
都是带血的云

哗哗的雨
在我心中汇成沧海

地上一阵风
天上一片云
我一松手
那片云就会掉下来

我在浦东教书

1996年8月19日我来上海市浦东新区德州职业技术学校试教（本次招聘来的教师试用期为3个月）。我担任96级物业（2）班的班主任。正值新生军训。军训的时间安排得非常紧凑，早晨6点40分要求学生全部到校，7点钟准时训练，训练至9点40分，学生回教室休息，吃冷饮、点心，10点钟聚电教室政训，中午用餐、休息，1点半准时训练，2点40分回教室稍作休息，吃冷饮、点心，3点钟政训，4点钟结束，回教室进行一天训练的小结。周而复始。在我们内地半个月的军训这里只需一个星期就结束了。训练强度非常大，对于高一新生来说，是体力和耐力的考验。对于我这位外地老师也是这样。从前听人家说，上海的节奏感特强，在上海教书太累，我现在才真正地体会到。

德育主任李德林总是显得风风火火的，忙上忙下，忙里忙外。他总是大汗淋漓的样子,脊背可能从来未干过,什么都是他一人来,包括行为规范表演的主持,包括最后一天的阅兵式指挥。亏得他是体育老师出身,换了别人会累趴下的。如此实干的校领导在内地是不多见的。

每星期一的升旗,整个校园充满庄严肃穆的气氛。有一位领导专门主持,宣布升旗手名单。升旗手一般由两位同学担任,在学习和行为规范方面表现突出的。紧接着国旗护卫队的12位同学护着五星红旗,踏着音乐的节奏,正步走,走到主席台前。紧接着五星红旗随雄壮的国歌声缓缓升起,全体师生行注目礼,少先队员行队礼。然后全体师生齐唱国歌。最后一位校领导进行国旗下的讲话,围绕一个主题对师生进行爱国主义教育。

世界上怕就怕"认真"二字,世界上最难做到的是"坚持",可我所在的这所学校始终如一地做到了。每天早上7点20分晨会课,班主任深入班级对学生进行行为规范检查和教育;7点40分的广播操,全体师生参加。课间有眼保健操,下午第一节课后有室内操和眼保健操。不管刮风下雨,每天中午班主任开展技能训练。一天之内,无论教师还是学生,发条总是上得紧紧的。

老师一律实行坐班制,坚持早上班晚下班,特有的景观是发票和盖章:做广播操发票,参加政治学习发票,下午5点1刻下班,一律到校长室盖章。票和章一律与奖金挂钩。缺者,从当月基本奖中按规定扣罚。

对于学生教育,重在日常行为规范。德州中学是上海市行为规范示范学校,当然也辐射到德州职校。你一走进德州校园，就有学生朝你鞠躬，道一声"老师好"。这叫开口令。每周都有班级轮流做值周班，值周班同学身披礼仪飘带，在学校各处设文明岗，一天之内保证一个岗有两人，见到老师，敬礼，问好。值周班还要保证整个校园内的卫生清洁，还要对各班级的行为规范进行检查评比，包括课前两分钟预备，各班同学是否书已经在桌面上放好，铅笔盒是否放在了桌子的右上角，桌子上是否放了其他杂物，每位同学是否保持了端坐姿势，是否保持安静，课堂纪律、眼保健操、室内操、中午技能训练的检查评比和下午放学后的教室卫生评比等。

每一位做班主任的都发出无奈的感叹：太累了。要知道，上海的职校学生，要使他们都符合行为规范的要求，班主任除非有三头六臂。

以上说了这么多，是不是来浦东教书都是在紧张和繁重中度过的？也不是。学校举行春、秋游活动，师生到大自然中获得释放和轻松，比如乘船去扬州，去镇江，乘车去位于嘉定的美国梦幻乐园，去江苏甪直等。有时周末教职工搞个小型聚餐，餐后跳跳舞，唱唱卡拉OK。上海老师放得开，不管年轻的，年老的，舞都会跳，拿起麦克风，都能亮亮歌喉……校长也如此潇洒。

运动会倒更有趣了，一个上午结束，体育运动和民防教育结合起来，既起到锻炼效果，又教育学生提高防火意识。运动会开得既轻松又愉快。

来浦东教书半年有余了，有苦也有甜。我渐渐适应了这个环境。我想，人是有惰性的，在我从前的环境中，懒懒散散混日子，转回头才发现我人生中最宝贵的那段光阴给白白浪费了，而来浦东教书，我的生命获得了丰富和充实。从浦东建设者身上，我获得了最大收获。我必将会和浦东融为一体。

朋友

我和朋友早已天各一方
除了元旦
一张两张贺卡从远方飞来
多年我们很少书信来往
朋友大多活得艰难
再冷的冬天
也顶风冒雪出去挣钱
朋友是天生的骆驼
一生都是负重而行
喘息的时刻
就时不时拨来电话
问：你还活得好吗
人间除了这句
还有什么是真正的友谊

患难同事

老段是我来上海认识的第一位同事。那是在东方医院体检后，我在大街上走，一个汗流浃背的家伙凑上来，说："我在招聘会场见过你，我们应聘的是同一所学校。"我倒一点印象没有。此时的大街像燃着火，膝盖间裹着炽烈的风，我们没有多讲话，只记得他说他不想来，他老婆非想来，他老婆来进修过半年，就不想走了，说："全世界，除了美国，就是上海。"我们互相说了声"但愿我们能成为同事"，就匆匆告别了。

结果我们真的成为同事。

我们被安排住在同一个楼梯间里。这楼梯间，除了放进去上下两张床和一张桌子，就没有可节余的空间了，往往是他的屁股钻进去，我的屁股就必须让出来。

说实在话我已经很多年没有和另一个男人同处一室了。我害怕闹矛盾，因为我们的生活习性毕竟不同，以前也曾经有过这样的教训。但和老段同居的半年，没有。这些都是因为老段的宽容，比如我喜欢睡觉前看书，开着灯，弄得底下的老段辗转反侧，第二天又起得早，弄得睡梦中的老段过不足睡瘾。这对于老段是件十分痛苦的事情，我常常引用莎士比亚《麦克白》中的一句台词——"我杀死了你的睡眠"——表示歉意，老段却说："没事！"为了给我腾出空间，他双休日常常跑出去泡书店，一泡就是一整天。

我和老段是患难知己。

真是患难啊，这间不足五平米的屋子夏天是烧烤炉，我和老段都是炉中的烧饼，记得老段的肚皮还被烤"糊"了一块；冬天则是冰窟，西北风呼呼呼，我们一夜焐不热个被窝，记得那年学校号召我们为云南灾区捐衣捐被，看到别的老师捐的被子，老段真想说"捐给我一条吧"。

又面临过生与死的考验。怎么？那天晚上我和老段洗刷已毕，我先上床了，老段在下面站着倚床和我说话。我说："老段，你晃什么呢?"老段说:"没有啊。"老段马上意识到是地震，紧张得不知所措。我倒是无所谓的样子，老段急了，硬把我从床上拉下来，说:"你不要命啦?"拉着我在走廊上东奔西跑。等下面的大门被打开，全楼的人都拥到了楼下的花园里。这个时候整个大地已经平静了。过了一阵，觉得没事了，我们才放心地回屋睡觉去。老段说:"你胆子真大!你若真是有个三长两短，我怎么向你老婆孩子交代呢!"果然，第二天报纸报道附近海域是发生了地震，震中六级，上海等地有震感。

　　不久我和老段都被从那楼梯间"解放"了出来。有好长一段时间我们都分别租房而居。我动手能力差，有一次老婆回老家了，我那房门的锁怎么也打不开。我去寻老段，老段二话没说就带着锤子、钳子、螺丝刀赶来了，三下五去二就把那把破锁卸了下来。这把锁坏了，簧松了，我买来把新锁，老段给装上。这可真是项技术活，差一寸一毫都会前功尽弃，可难为了老段，弄得他衣服全湿透了。我真过意不去。

　　我来上海总共换过四个单位，和老段做同事也只是半年，但因为是患难之交，所以我们至今还保持紧密的联系。我们经常通着电话，做着工作和感情上的交流。有时我正在写文章，突然有一个字卡住壳了，我也会抓起电话，向老段求教。老段是电脑通，我经常向他请教电脑方面的问题。他也会主动打电话来询问使用的情况。有一段时间我的电脑总是死机，上网也上不去，老段来了，一检查，是风扇坏了，嘱我老婆到他熟悉的一个放心店买一只风扇换上;然后再检查我的"猫"。为了验证我的"猫"是好还是坏，他又跑回自己家里,把他家的"猫"卸下来,放在我的机子上试一试,结果能正常上网,这才断言我的"猫"是坏了。如此,五六里的路程,又是酷热的夏天,害他来回折腾了几趟。

  如今我们均已退休,都儿孙满堂,可他爱人和我爱人都罹患大病,可真是患难啊!我们常常相互鼓励,朝着好的方向努力。他开着他的老爷车,载着他行动不便的爱人,上了帕米尔高原,在朋友圈分享照片,我赞说:老段,你真行!

祝福鸟

你这只歌唱的鸟
跨过这条河
你就到河的那边去
夕阳已牢牢关闭了栅门
晚归的耕人已经归家
那些思念着我的人们
你要祝福他们
那些爱过我或者
被我惦记的好人
你要深情地祝福他们

你这只歌唱的鸟
跨过这条河
你就到河的那边去
那边，流水叮叮而空旷的地方
每一扇窗户都是你的眼
你要探望每一个和你素昧平生
萍水相逢的人
那一扎善良的心灵
你要深情地祝福他们
问他们如今都生活得好吗
你这只歌唱的鸟
筑巢你就筑在每一黄昏的渡口

好人老瞿

我们一家能落户上海,亏得那个叫老瞿的好人。当时我的商调函只差一份落户证明就可以发下来,学校不准落集体户口,我们在上海举目无亲,所有的熟人都回答的是一个"不"字,万般无奈之际,我们夫妻俩只好又求到了老瞿,也本想是"瞎子点灯白费蜡"的,因为我们知道在上海千好万好,千万不能提落户口,一提落户口那就什么也不好了,连亲兄弟姐妹都不能,何况你这半路杀来的朋友!然而话还有一半留在喉眼里,老瞿就爽快地说:"那还不好办?落在我家里就是了。"说着就提笔写那落户证明。我要给他写份保证,老瞿火了,"还保什么证?我能信不过你?有的人怕抢他的房子,我说哪有这样的事呀,明明你帮了人家的忙,人家还会抢你的房子?"说着又在那上面重重地盖上了他的私章。

第二天我就顺利地取来了商调函。我的工作关系很快就从外地转到了上海,一家三口的户口就落到了老瞿家里。其间虽有点曲折,包括老瞿做他爱人的工作,包括打通派出所等各部门的关系,但都由老瞿给一一突破了。

此后就给老瞿带来数不清的麻烦,不是小孩打防疫针,就是里委帮我爱人联系工作。我们当时租住的南杨新村,经常有居委会的老太太拿着话筒在我们楼下喊:"廿号——301——电话——"一接,是老瞿打来的,说信箱里又收到个什么单子。我们真过意不去,可老瞿说:"这有什么?人生在世，谁都会有遇到困难的时候，关键的时刻给人以方便，胜造七级浮屠。"

老瞿是我来上海后偶然结识的一位朋友。1996年我来上海应聘，一天傍晚我在面馆吃面，对面一个人就跟我拉呱上了，说老婆上夜班，他不会烧饭，就只好跑到这面馆来吃面了，说："听你口音，是北方人吧？"我点点头。他说："我在北方当过三年兵。"我和这个人就越说越投机。他自介姓瞿，递给我一张名片，是上海集体纺织资产总公司的工会主席，说以后有什么困难就找他。

以后我就真的成了老瞿家的常客。我在上海没有亲人，就把老瞿当作亲戚时常走走。

国庆节我爱人要带孩子到上海来，老瞿说就住在他家里。他家有六楼的一室一厅，平时只是孩子睡在上面，双休日朋友们来了在上面搓搓麻将，这次他特地收拾得干干净净，被子新洗了，还特地为我们装了煤气。我的儿子调皮又可爱，逗得他开心得不得了，拿着照相机，咔嚓咔嚓不知为我儿子拍了多少张。其实那时我的调动正陷入困境，可在老瞿家里如同在自己家里一样，我们一家三口充满无穷的快乐。

转眼几年过去了，我们的情况逐渐有了些好转。我们买了房子，就把户口迁到了新房里。我们心中总在惦记着老瞿对于我们一家的那份恩情。老瞿真是少有的热心肠，他的单位我没去过，可我能想象出，他这个工会主席，是真正使工会成为职工的家的。老瞿本人就代表了一个家，一个给人排忧解难的家，还不仅仅限于他的集体纺织资产总公司。由于忙于工作,好长时间没跟老瞿联系了,一年春节我打电话过去问候,谁知对方莫名其妙了,原来老瞿把这两套房卖了,自己搬到了别处去。问搬到了什么地方,说:"我们哪里知道?"

发表后,老瞿看到了,主动打电话跟我联系,说:"嘻嘻。"我们去了他的新家,他已儿孙满堂了。

我渴望
一所房子

我渴望一所房子,在山下
它有一个不算大的院子
门前一汪平静的水
水边停着一匹马

我住在这所房子里
清晨我就上山
跟熟悉的鸟打招呼,甚至向
地上的虫子也频频致意

这些鸟与虫,我懂得它们的语言
它们也能读懂我的诗,常常翻开我的诗集
在阳光的伴奏下
背靠大树读我的诗句

懂我的还有塘中的鱼
夕阳下我常常钓它们
我们互相取乐,不用说出
就能弄懂彼此的心声

在这所房子里
冬天看雪在院子里纷纷而下

春天把阳光埋进土里
夏天就长出大豆、茄子、辣椒、葵花
丝瓜沿篱笆松鼠般上蹿下跳

到了秋天，我就在院子里挖土豆
白天骑马访亲问友
夜晚与最爱的人回味一生
捧一本古老的诗集，写走心的诗
就这样任光阴慢慢老去

拼争

一个出乎意料的晚上，接到一个出乎意料的电话，是他的妻子打来的，她断断续续地说："他……他……他……去世了……在昨天晚上。"说罢就泣不成声。太突然了！他死于心肌梗死，发作在下班的路上。白天还在正常地上班哪！

晴天霹雳！

我和他曾是多年的同事。那个暑热的夏天，我随同他搬家的卡车千里迢迢奔来上海，开始我未知而新鲜的命运。我在他狗圈似的屋子里住了一晚。这屋子是他父亲留下的。他父亲解放前来闯上海，像牛一样地出苦力，拼争出的钱买了这立锥之地，盖了这棚户的房子。这房子与其说是能让人钻进去，不如说是爬进去。我就在这狭小的房子里蜷了一夜，这么狭小的房子居然还辟作上下两层，他们一家就蜷在上层。我真佩服他竟然能够将带来的所有家具都装了进去，仿佛一例变成袖珍玩具，装进了袖珍小屋里。他下放时曾做过木匠。

我以后又来过几次，在屁股大的厨房里喝酒，喝过酒就在弄堂里坐着说话，说不几句就要赶紧给人家让路，挡人呀，他家房门伸进去还有一间小房子，阴间似的，从中走出一个鬼魂似的老太太（听说没多久就真去了阴间）。这地方处处都体现出寸金之意，"寸金之地"是一些浦西人的骄傲，可我们看来这简直不是人住的地方。本来在外地有着两室一厅的他们一家也说这不是人住的地方，总有一天要从这里搬出去。但我们还是羡慕他，老头子高瞻远瞩，死后还为他们一家建功立业，为他们省去了好几年的房租。房租可是一月好几百呀！

我到底弄不懂本来有着很好日子的我们来上海受这份洋罪图的是什么。他说为孩子，他的孩子是好了，成为了上海市民，而且是两个孩子，他要为她们创造够条件，让她们受到尽可能的良好教育。

于是他像他当年的父亲一样为好命运拼争着。他拼命地多带课，校内的校外的，正规的业余的，都有。他带的是副科，一般没人请他做家教，他就这样靠上大课挣钱。挣这么多钱干什么？一是为了房子，二是为了孩子，归根结底还是为了他们一家能够有个较为美好的将来。

终于他们从那个蚁穴似的"老窝"搬了出去，三室一厅。名义上是分的，实际上一下子拿出十几万，倾尽了所有的积蓄，又借遍了所有的亲戚，还不敢奢想装修，和我一样，毛坯房就住进去了。房子宽敞是宽敞了，却怎么也找不到原先的感觉。为了还债，为了房子也能够得到漂亮的打扮，也还是为了孩子将来能上个好一点的大学，他仍然在生命的临界点上拼争着，每天浦东浦西地来回跑，一点一点积攒他们艰辛的钱。

当然，除了钱，还有事业，还有良心。他从浦东调入浦西的一所区重点中学，为此赔偿了原学校两万多元。这所区重点中学以抓升学率而闻名。领导让他带高三。他想：新到一个单位，总归要干出个样子来，学生寒窗苦读十二年，就巴望着这一年呢。于是就拼命了，临死前包里还有一卷学生的试卷，准备拿回家开夜车去。

生命像绷紧的弦一样，再一紧，断了。现在他终于歇下来了，平静地躺在那里，表情一片疲倦后的安详。有的同事说他的眉毛是紧蹙的，我未注意，可能是他还有未交代完的事留在世上，那就是他的两个女儿呀，趴在他的遗体前"爸爸——爸爸"撕心裂肺地喊着；还有他的老婆，失魂似的；他的学生们个个泪流满面，在老师的遗体前久久不忍离去。在他的遗体前，我的表情大山一般凝重。我没有眼泪，这许多年来，我看到的死亡太多了，经历的悲苦太多了，我的眼泪已经干涸，但此刻我的心好像被什么撕裂了，在汩汩往外倒血。例行公事的悼词，我一句也没有听进去，我是他多年的同事，我比做悼词的人更了解他，看他看得更深刻。之后一个人走过来，把他的遗体从玻璃罩中轻轻拉出，拉进里面去，我知道是送往什么地方，转眼间这么熟悉的一个人就从这个世界上彻底消失了，什么都不剩，此时我的心空了。任何时候都不比此时更为真切，穿越生死，我们每一个人都看到我们共同的过程。

　　他走了，走得是那样猝然，猝然得让我们一下子就能够看到死亡的那边。我们每一个人和死亡都仅一步之遥。他的命运代表了我们所有从外地来上海求生存求发展的人的命运。事实上我们每一个人都在为命运拼争过，而且正在拼争着，事业，房子，孩子……我们的生命在严重透支。兔死狐悲，他的生命过早地透支出去了。四十九岁，相当于现代正常寿命的一半。他余下的一半生命，给我们留下重重的警告。

　　人哪！

海龟

孩子,我们的筏已经坠海
苦咸的水沉沉地掩埋
呼救的手掌
金闪闪的沙滩
连同围捕的嘶喊
已描作隐约的天边
鲨鱼的储仓
正缺乏粮食
此时已摆好庆祝的酒宴

是谁做了我们的筏
把我们又驮回海边
把我们静悄悄放在
椰子树的阳光下
又静悄悄游向遥远

阳光下银粼粼的蓝海
孩子,你可看见
一只海龟的尸体浮出海面
血淋淋地,已入了瓷盘
鲨鱼们正举行盛大的酒宴

老魏这个人

老魏来自江西一省重点中学，教学经验丰富，是对付高考的老手，因此对于我们这所新办的区重点高中来说，是个押宝式的人物。老魏出过书，一本应试教育方面的书，没稿费，出版社给他一千册书，说你卖出去，这就是你的稿费，至今书还堆在他江西的老家里，可见老魏不是个惯于社交的人物。可老魏却给我们一个万事能的印象，说在他那个地区管的县级小市里，地委书记是他的学生家长，没有办不成的事。可就是调动时受了阻，管教育的副市长卡住了他，说白了就是希望他放血。老魏愤愤地说，要放我的血，那副市长的位子本来就是我的。我们说，哟嚯，还真看不出来，老魏原来是该做副市长的！老万说："老魏，不是兄弟我泼你冷水，那副市长你做三天，就会被人赶下台。"

从来觉得万事能的老魏来上海后就颇感伤脑筋。比如像他这样的老教师还需要试用，说是三个月，三个月过去了，那商调的事还是遥遥无期。校长安排他们一家住八号楼，说是天大的照顾。所谓八号楼是老魏给起的名字，就是建筑队留下的两层临时简易楼房，总共住了八家。老魏一家住一楼，未住的时候草长得比人还高，地面上掀开砖头就是地下水，墙面霉迹斑斑，白天老鼠随便出入，晚上蚊子们特别猖狂。还有一件爆炸性新闻：新搬进来时，老魏一家买的是简易板床，晚上老魏和老婆可能有些动作，"哐当"一声双双落到了地上，震动了整个八号楼，以为发生了地震。

老魏是位教学经验丰富的老教师，责任心重，忧校忧生啊。可学校的教育管理跟他原来任教的那所省重点中学相比，总不是那么回事。气愤至极的时候，老魏就骂道："愚不可及。"老魏一开始就很为上海的高中女生多于男生而伤透脑筋。女生到了高中，优势便远远不如男生，这女生多，男生少，高考升学率怎么能上去？伤脑筋的是这些女孩子不守"女"道，整天疯疯傻傻的，不迷学习，天天迷什么张信哲、泰坦尼克号、纸上的卡通人物，抑或到电脑游戏机房一疯就是一晚，最近又迷上什么《还珠格格》了。他教了一辈子语文，现在竟有学生说他的语文课没听头了，还逗他，魏老师，合肥化肥会挥发，你说说看？

老魏的学生下学期就是高三，按常规，这个暑假哪能把学生全放掉？可学校响应市教委号召，暑假不补课。老魏心急如焚，去找校长理论，校长说："学生的语文素质是一个暑假能补出的吗？"老魏急切地说："校长，你不懂高考呀，高考是一定要利用暑假把高三新课上完的。到了高三前前后后要三轮四轮复习，还要给学生弄出各种类型的范文来。"看老魏讲话那情势，似乎学校会有天塌地陷之险！

可素质教育漫地铺开了，高校的扩大招生，高职校的兴起，社区大学、民办大学如雨后春笋般冒出来，高考升学率似乎已经成了过去的话题。今年的高考上海卷，体现了很大成分的能力体验，习惯的题海战术、硬套范文，似乎越来越不灵了。老魏这个夏天，蜷缩于躺椅中，手捧着当日的报纸，时时发呆……

鹿母

一瞬间的发生在桉树皮
刻下永恒
幻觉的灌木丛间
我们夜宿、觅食、嬉戏的光影
蒙太奇一般闪跃
在何方能重新完整
孩子，你细嫩脆甜的鸣声
吹灭的油灯般
恶狮的嚼齿间
软弱的森林丛生惨痛

我再次爬上昏厥之岸
再次验证现实
我滚身棘丛，心灵块块迸裂
漫漫森林被谁旋于半空，疯转
一道血的瀑布悬挂云端
密叶涂满黑色的阳光
我瘫伏于黄昏的紫血，远方
恶狮饱餐的狂叫渐渐黯淡
夜色茫茫，鲜血闪烁
可能再兑现出生命
那和乐融融的家庭

我们的弱小是群体的弱小

我一万次扑向恶狮的狰狞
除了母性
还闪耀什么
绝望的悲鸣
还需要悲鸣
做什么呢
咬断生命的筋最后一根
我和你们合并

家住杨思

  我们外地来的老师，大多有过租房而居的经历。我很快就在这个叫杨思的地方落下脚。

  这个新村叫南杨新村，在当时的杨思，好像除了这个新村还没有什么别的新村，也没有多少人居住，设施也不齐全，刚刚搭建好的菜市场，一边空着，一边只有零星的几处菜摊。搬到这里居住的，一种是像我这样的租房户，一种是浦西动迁来的穷人，穷人们感到冤，对政府有怨气，物业公司来收房租，他们集体拒付，他们说："我们原来住在城隍庙最最繁华的地段，把我们弄到这样的乡下来！"有一位老人怎么也想不通，心里窝囊，住进来只几天，跑到阴间找谁论理去了。

  也真是乡下，从这里出去，走不多远就是菜田。菜田承包给外地人了，粪肥在空气中"飘香"，吃饭都可以刮到碗里，蚊子像飞机一样庞大，拣一块肥肉狠狠地吞一口。假期我们回去，这里的人说："你们回乡下呀？"乡下？我那座城市，再小也是个城市啊，哪像这杨思……

那个时候还不可能家家户户装上电话，别说手机了，居委会的几位老太太守着几部传呼电话，若有谁的电话来，老太太就提着个喊话筒，走到他家的楼下，对着上面高八度地喊："廿号——301——电话——"成为当时别致的一景。

也没有通煤气管道，更不要说现在的天然气了。我们烧的是液化气，烧完了要到很远的地方换，液化罐像简装的导弹，绑在自行车屁股上，给整个城市带来恐怖。一位李姓民工专门做这项生意，换一趟气多加五块钱，后来就失业了，家家户户很快就用上天然气了。

我常常在杨思老街上游荡，在夜间，我就好像走进了悠远的历史，想起戴望舒的《雨巷》，"撑着油纸伞，独自 / 彷徨在悠长，悠长 / 又寂寥的雨巷"，我想拍二、三十年代的电影，拍恐怖片，不要到其它地方选外景，杨思是首选。

我们刚在这里住下来的时候，还没有通往外面的路。外面灯火通明，马达扑扑响个通宵，不久就有了路，从前热火朝天的工地，此时已经是宽广平坦的海阳路了。一个雨后的一天，人们都走出去看，仿佛看什么喜事似的，原来海阳路通车了，981和782，从此这个新村和它身外的世界连接了起来。那情形，好像铁凝小说《哦，香雪》中火车在台儿沟停靠一分钟，带给人们的惊喜。

对面的海阳新村刚开始建，楼房和民居混杂在一起，一半是火焰，一半是海水，或者是民居在和楼房做着最后的抗争，或者楼房要将民居一点点赶出家园，就这样你死我活地僵着。听说要建个大卖场，听说轻轨2号线、地铁八号线要通到这里，听说要建个全市最大的休闲绿地，都建到了脑子里，但一个现代化的新村确实是在对面矗起了。那些黑砖小瓦的民居都退守到了一隅，在看着上海这座城市是怎样将它们一点一点蚕食掉的。

我在居处附近的杨思高中工作了近五年。我在这所学校有一种压抑感，倒不是因为这所学校（说真的，这所学校的硬件还是相当好的），而是周围的环境，尤其是门前的那条路，它是连接杨思和三林的脐带，还真像脐带那样细，又脏又乱又像麻子脸一样地坎坷不平。晴天是路，下雨天就是河了，把个学校能漂起来，老师、学生苦不堪言。我就曾下到"河"给学生捞过眼镜。看着这条年久失修的路，你整天的心情都是灰的。站在教学楼上往下看，似退未退的一片田园，像生癞疮的秃子，海阳路和上南路交界的那片灰灰的村落，让我总不甘心从城里怎么跑到乡下来了。可转眼几年，海阳路两边的日月新殿高高矗起，金苹果花园后来居上，海阳花苑、杨南新村、恒大翰城、恒大华城、南国龙苑、都林龙苑、天地苑……把个杨思给包围了，上海人，新上海人，都争先恐后地来这里购房安家了。杨思街的各条逼仄街道都在加宽、改造，变成为通衢大道；海阳路商业街的基本格局已经形成，杨思和三林间的那条"脐带"也已变成了宽广平坦的灵岩南路。变化着的杨思一天给我们带来一个好心情。

说句不夸张的话，我是看着杨思一天天变过来的，我是见证人，它每一时刻的变化我都在场，它一天天变得美了，变得现代了,变得大气了。我不能说杨思变得有多快,事实上,杨思是上海变化最慢的一处地方,是渐变。杨思本来是一个镇,后来并入三林镇,于是杨思只剩一个地名了。我曾经以为它是被上海遗忘的一个角落,但它毕竟也是在变,变成现在的初具城市规模了。杨思是变化的浦东的冰山之一角。跟着它的变化,我个人也在不断延伸,我在浦东加入了民革,并且延伸到中心城区的一所重点中学去了,后来又延伸到复旦附中青浦分校,但我的家仍在离杨思不远的地方,和杨思的缘要续到永远……

城市的
灯火

城市的灯火在远方流着
它使我想起邻居
邻居组成的乡亲
在温暖的阳光下拥抱炊烟

每一盏灯火都是城市的眼睛
它们在星空下闪烁
它们推开城市的窗户
像打开百宝箱一样
城市顿时琳琅满目

城市的灯火在远方流着
我依稀梦回大唐
一位游子枫桥夜泊
愁眠的渔火
在异乡的古道上踽踽独行

拉开窗帘
满眼灯火阑珊
城市冬天的午夜时分
谁还在搓手围炉交谈

人在高楼

似乎在我认识的人中间传为奇闻的是，像我这样的一家，也竟然在浦东住上高楼。不敢想象。在外地时是一穷二白，来上海更是雪上加霜，妻子原有的一份工作也失去了，只有靠在校园里做临时工勉强度日；我一介教书先生，也没额外收入，生活窘迫如此，哪还谈得上买房子？

然而，我们一家竟住上了高楼。

提出买房动议的是我岳父、岳母。他们来看我们几次，觉得我们租房而居总不是办法，寄人篱下，总归是在外流浪，没有个"家"的感觉，像浮萍，终归是没有根的。那些日子妻东奔西跑，到处寻房源，每天广告带回来一大堆，估算来估算去，均是"纸上谈兵"。幸好妻的二姐一下子借我们数万元，岳父岳母把最后的积蓄也支援给了我们，我们自己少得可怜的一点积蓄也拿了出来，就这么着，我们最后决定买下来学校附近的小高层现房。

接下来各种各样的议论就来了，诸如高处不胜寒，结构不规整，背阴处采光条件差等等，说什么的都有。但我却认为，住在高处看得远，视野开阔，心情舒放。高处是生风，夏天门、窗打开，八面来风，恐怕电风扇或空调也派不上用场了。我是文人，晚上透过阳台玻璃望远，徐浦大桥如银龙逶迤，杨高南路灯火熠熠，如银河一线；目光迁移，"一览众楼小"，如满眼渔火，胸中自有一番情趣欲要抒发。既然雄踞高空，俯视天下，看那一团一团灰旧的农房一天天从视野中消失，看那一方块碧绿菜园怎样一点一点从视野中褪去，看逼仄、坎坷的路怎样变成通衢大道，看臭水沟怎样被填平，那高楼一天天新起来高起来，我就感到自己是这座城市变化的见证者，从这个意义上说，居高层，追昔抚今，展望未来，不是更有情趣吗？

我住高楼，是由众多的关怀和爱托起的，我在欣喜之余，越发感到那份亲情的厚重。我将在这高楼上有滋有味地诗意地居住。

一匹阳光
掉在地上

一匹阳光掉在地上
我顺着它的叶脉往上找　可以上溯到不认识的
祖先　只有土地流淌我们共同的血
用铁锹、镰刀、铲子、犁和耙
划开土地一道道血痕　哦　祖先　土地是我们共同的
熟人　我再顺着阳光的叶脉往南找
画一道横　是蓝色的　长江　整整四年
我喝了一肚子江南　从此　发音
散发米饭香的味道　从此规定了我一生
不可改变的职业的轨道

一匹阳光掉在地上
我顺着它的叶脉往北　北　北到了故乡
有人往往说　你从这里出发　终究
回到开始出发的地方　又有人说　走了
那么远　别忘记当初为什么出发
可是　我是回归吗　走了那么远
我终究还是原地出发　一粒煤
把我薄薄的一张履历表涂黑　涂成黑色的圆圈
表示同意、不同意还是弃权　除了胡子荒芜
就是二十四岁对自己说　你真的老了

一匹阳光掉在地上
我顺着它的叶脉往东南找　二十余年
那时的儿童　已长成了青年　那时的青年
自称老李　多数人不信　现在由不得你不信了
那时的"老孟"　叫着叫着把引号叫飞了
我找到了一片海　在滩涂的上空　我们
围上栅栏　安营扎寨　住了半辈子　便成为曹营

可我心在汉啊　半夜　我常常醒来
发现自己还住在祖屋　熟悉的场景
是我已故的亲人夜夜走动　我夜夜和他们畅谈
说着说着一匹阳光就掉在了地上　总有一种声音
提醒我：就这样你过完了你的一生
可我这一生都做了什么呢？
教书、写作、读书、挣可怜的钱
然后退休　青丝变白发　发现我是家乡的那头驴
转来转去没走出祖先早已画好的圈圈

身后有个家

　　身后有个家，无论你流浪多么久多么远，最终你都要归来。
　　"岭外音书绝，经冬复历春。近乡情更怯，不敢问来人。"1988年我去的不是岭外，是孤悬海外的海南岛，因为工作无着落，又举目无亲，家书总是无法投寄。我尝遍了数不清的委婉的拒绝，无数次被玩弄和欺骗，尝过寄人篱下的无奈的滋味，曾半夜被人驱逐过，也曾有过在金融大厦屋檐下蜷歇一晚的经历，希望和失望的反复交替，折磨得我死去活来。这样的一年多的生活，我深感漂泊是人间最悲苦的一种滋味。

当天空飘过故乡的云，我的心充满多少向往。向往故乡的小河，小河畔那绿杨翠柳笼罩着的我从小就背诵得滚瓜烂熟的小村庄，向往草房瓦舍的烟囱上冒出的袅袅炊烟，向往西边的山，山上的树，雨后的清新，欲雨时分渺渺雾岚，向往"雉雏麦苗秀，蚕眠桑叶稀"，向往弯弯村道上走来的那蹒跚身影——母亲的身影。

母亲，她就是我心中整个的家啊！在海南的日子里，她是我最大的牵挂。在我最孤苦无依的时候，想到远方还有一个家在，我就必须乘风破浪，勇往直前。

我最终是被这个"家"拽回来的。

回来后听说母亲因为担心我，思念我，老病犯了，几近病危。

在一首诗里，我说过一句"我最终泡死在母亲的眼泪里"，其实那话错了，人只要是活着，只要他还有情感，这种亲情就是无法言喻的，无论多久，多远，它都把每一个肉身凡胎凝合在一起。

1996年，那是在母亲这个"家"倾塌了之后，我的那份牵挂已无法拴系，我又闯荡到上海来。因为爱人的身份问题，我的调动一再受挫，同样也落难到被人半夜赶出住所的境地。我一度悲观失望，欲哭无泪。淮北有个家，有我的孩子和爱人。百无聊赖的时候，流落到街头拨通家中的电话，听到儿子稚嫩清脆的"爸爸，爸爸——"的声音，我就想一定要坚持，再坚持，为了自己牵挂着和牵挂着自己的这个家，吃再大的苦头也认了。我爱人在电话的那头总是给我鼓励。哪知道，我受煎熬的那几个月，他们也在家里受煎熬。由于我这边没了经济来源，她单位的效益又不怎么好，有时候半个月只剩下几十元的生活费，还要考虑给我提供生活费，以保证我在上海不会挨饿。她利用家中的小房子临时开了个小店，就这样，我们的日子挺过来了！再见爱人时，她已是又黑又瘦。我堂堂男儿之躯羞愧难当。为了我们的调动和户口迁移，爱人曾经创下淮北——上海，上海——淮北连续两天两夜未合眼的记录。

　　我们终于落户上海了。我们买了房子。当年我们虽然困难重重，但夫妻关系和谐，儿子聪明可爱，身体棒棒，家的气氛始终充满着欢乐。这种幸福的感觉是用再多的钞票也买不来的。对于上海，我们努力融入。有家在，无论什么时候，你都不是孤立无援。家是拐杖，有它支撑，你这个"人"字才能立得坚挺。

行走的
豌豆

行走的豌豆
在城市的转角处
与我遇见
和我握手
和我打着招呼

仿佛什么事也没有发生
也没有一位路人察觉
我把这粒小小的豌豆
装进书包
装进隐秘的心底

呵,你这行走着
来自我家乡的
一粒小小的青豌豆
你在雨中漂泊了多久
行色匆匆,稠人广众中
谁能辨认出你是乡间的一株植物
倔强地召唤农业

你这粒小小的豌豆
打算去往哪里

是去往公园
成为装点的花束
还是去往高级酒店
或者普通人的餐桌
散发一捧幽幽的清香

我放飞这粒小小的豌豆
你飞吧，飞吧
飞往我远方的故乡
那里有许多太阳飞翔
许多月亮荡漾
叫天子喊破整整一个季节
喊出豌豆蔓儿
喊出豌豆花儿
豌豆芽儿
豌豆粒儿
喊出金黄饱满响当当的心

别人的城

  我从十九岁那年起开始住在别人的城里。
  我在那座江城居住四年。在这之前我对长江的认识只是地理书上的一个概念。长江是非常遥远的地方。我第一次见到长江是在一个夜晚，夜色沉沉，火车在它的北岸爬到终点，我满足了对长江的好奇以后，就觉得遗憾，长江不是我想象的那样辽阔，而是太浑浊，浑浊的江面上漂着油星，在十二点的夜晚显得沉静，沉静得就如同等待一批货物靠岸的脚夫。我无法在意识中形成对长江的好感。我对它陌生，相处四年都无法熟悉起来。一位诗人写道："扬子江，我心中的江。"那是他的血，他的脉管中奔腾着滔滔的长江。那种亲近的感觉我是永远不会有的。

不管别人叫长江是父亲还是母亲好像都与我无关。我对长江边的这座城市是陌生的。我听不懂它的方言。我习惯于走它的几条大道。我一走进它的某条小巷就会迷失方向，或者干脆是此路不通的死胡同。虽然这里居住着最多的平常人家。我常常一个人沿着大道走到江边，坐在江边的石头上，面对着夕阳，一个人发呆，看江水，看轮船，看天，看云，看江面上盘旋的白色鸟，一直到夜色苍茫。长江不会理解我，我是在远望着长江的那边，那白色茫茫的不可知处，是我遥远的故乡。江水呜咽，伴着我一个人在这里怀乡。

在这座陌生的城市，一座小山，一面湖，是我经常的去处。我习惯了离群索居。

我这一粒种子，偶然地种在乡村的土壤里，这一偶然就注定了我全部的生命本质。我在那里生长了十九年，对它的熟悉就如同熟悉我的手指。此后我就住在别人的城市里，我永远无法深入城市的骨髓，因为血液的缘故。在那座乡村，我们出于同一血缘，哪怕几百年后我们沉睡地下也能熟悉彼此的鼾声。可在城市不行，我一出门，身后就跟着一群生人。

我曾经产生一种错觉，认为回到家乡的那座城市，就是回乡。我们那座城市是煤城,我认为煤是我的血液,黑是我的本色,我一回到那座城市,就通体变得黝黑发亮起来。后来我发觉自己彻底错了,我并不了解那座城市,我永远不可能深入那座城市的核心。我被称作乡下人,保留了很多乡下人的习惯,讲话很土,一股山芋干的味道;走路更土,拉出八路军拉大栓的架势;蹲在石尖上呼啦啦喝着稀饭;没有洗屁股的习惯;没有早晚各刷一次牙的习惯;有时候太忙,就把洗脚这档事也忘记了;穿着沾泥的布鞋就直接进入人家红漆地板的客厅,"啪"一口痰吐在人家的地板上,就如同随便吐在乡村的一家猪圈里。这真是惹恼了很多人。有很多人不愿与我来往了。后来我娶到了一个城市的妻子,她下定决心要使我脱胎换骨,把我重新塑造成一个新人。这真是太繁琐,简直是遭罪。我是个自由惯了的人,就如同乡村随便撒欢的狗。你怎么能约束我呢?她理所当然地失败了,就随我去吧。于是我照样我行我素。不过我确实改变许多了,有时出门还装得真像个城市人,以假乱真,只是一出口就会暴露无遗。我不大能看得惯我的某些同学,一进入城市就不知姓啥了,房子搞了装修,我一去串门就让我换鞋,装啥蒜呢,两口子都刚从田垄间拔出一只脚来,用我们乡村的话来说,就是"扒了你的一层皮,我照样能认出你的骨头来",就如同赵本山说的,"你穿上马甲我照样能认出你"。我不这样,我变不了城市,我就设法还原乡村。所以我那时在我的房后种了一片菜,给它施肥,给它浇水,让它越长越旺盛。我把乡村移栽到城市,每天看着它开心,咯咯咯笑。虽然它恶习多多,但我习惯了。

我在这座城市生活了十年，没学会城市的方式。一心想改变我的爱人却被我同化了，在院子里支起了锅灶，让我到山上砍柴禾，看着我们灶底熊熊的烈火，她说又照红了她的童年。

摸一摸任何一个城市人的根须，它都扎在乡村的土壤里。

这座被我居住了十年的城市仍然是别人的，我什么都没有。它不可能像故乡一样被我思念着。那里的许多所谓的朋友已经被我忘却。因为陌生，我可以说是逃离了这座城市，毫无牵挂——这座黑色的城。

大上海是一座诱惑的城。

我真不知道命运开的什么玩笑，让我这辈子和上海发生了联系。如果不出什么意外的话，上海的某座殡仪馆会升起我的白烟。这命运真会开玩笑。我过去的城市是上海的乡下，我是那座城市的乡下，一个乡下的乡下人居住上海，人模狗样的，这多少有点滑稽。

我有时候穿西服打领带走在大街上，迈着毛泽东的步伐。有人说毛泽东走路的姿势像农民，我也就迈着农民的步伐。可那些民工不相信，说我怎么会和他们是一类人。城市人一眼就可以把我看穿，比如上西餐馆，我根本不会使用刀叉，于是叫一声："服务员——给我拿双筷子。"

我今天在淮海路上晕了。几位朋友说我一定是中暑了。这是秋天，又是秋深的夜晚，从黄浦江面吹来的风，凉滋滋的，这样的好天气我怎么会中暑？淮海路金碧辉煌，流光溢彩，陈列着各种精品时装的商店琳琅满目，珠光宝气，令人目不暇接，时尚得有些虚假。我有时候想绕过淮海路，沿马当路或者思南路进入某个里弄去，我曾经尝试过，晕头转向，最后绕了很大的圈子，才从里面钻出来。我这才知道，对于这座城市我是完全陌生的，里弄里沸腾着别人的生活，若没有什么事的话请勿去打扰。

我有一个同事说："我是喝黄浦江的水长大的。"言语间流露出一股自豪感。我丝毫没有这种感觉。我每天见到黄浦江，它就是一条江，我不可能"啊"地一声，"啊呀，我的母亲！"可我却在这座城市住下了，把根扎在楼板里。这哪是根呀！于是我把住处选在离田园最近的地方，我每天傍晚到里面走一走，这样脚步离泥土好更近些。

我是一棵乡村的植物，被错植到城市的阳台上。我习惯于在阳台上种植农业。我把自己装进钢筋混凝土构成的空间，里面却生长乡村的方式，就如同那些搞装修的民工，再豪华的外壳，一旦把他们装进里面，也是生长乡村的稻谷。

我爱人当然不认为自己是一棵农作物，她认为自己是一朵兰花，还有我的儿子，他的血虽然是淤土的血，但他是与那片土地隔绝的，在我们三个人中，他最"上海"，等到他的后代，恐怕就是"反认异乡为故乡"了。我为我的这一点进化高兴。对于我来说，他们是我的"别人"。我和"别人"共同生活在上海的一个家庭。

这个城市活动着大量的民工。我是民工。我有时候竟像阿Q一样地骄傲起来。我真搞不懂自己。我和他们有什么两样？他们头发蓬乱，身上沾满水泥。在我一言不发，眼瞅窗外的时候，他们不知道我是混进这座城市的一个。我如果向他们伸出手去，他们一眼就会发现我的左手残留的昨日的伤疤。我们共同住在别人的城里，却彼此不肯相识。

　　这回我又要说到龚静的《城市野望》，这篇曾被选到中学语文课本的散文，我说过它道出了我们乡下人的边缘心态。我说出生郊区的龚静对这座城市永远不能进入。同事们坚决不同意。我说我就是这种心态。我在这座城市生活了将近十年，我永远不可能进入。同事们表示怀疑。我知道我们的文化已经隔绝很久了。

　　我学不会这座城市的方言，就像毛泽东，到死都操着他的湖南方言。北京是别人的城市，不是毛泽东的城市。"一个士兵要不战死沙场，便是回到故乡。"沈从文先生的这句话，深深地打动我，让我明白一个异乡的乡下人，居住在别人的城里，是多么需要故乡的月亮照到自己的窗前，一株乡村的小麦在黄昏的风中摇曳，趟过万家灯火，在一片浓浓的绿荫中徜徉流连。

　　人们白天被撒到城市的每一角落，像蚂蚁，到晚间，却一一找到了回家的窗口，只留我一个人在大街上迷茫。别人的城，何时才会让我不再陌生？谁在建造大片绿地的同时，也会给我——这样的外乡人，腾出一片心灵安置的地方？湖泊、树林、田园或是山庄？

台风
来了

台风来了
兄弟，你在哪处港湾躲避
如果还没有来得及上岸
你就躲在安全的岛上
兄弟，在那举目无亲的地方
你就是自己的亲戚
你要对自己说：千万要保重啊
兄弟，虽然你孤身一人
但有一个女人，还有一个孩子
在未来的路口等你
为了他们
你要好好地活着

台风来了
兄弟你千万可别犯傻啊
每一位台风都是好听的女性名字
兄弟你千万可别上当
她们都是美女蛇啊
在窗外打着呼哨
我知道兄弟不大能经受住考验
美女一打呼哨
他立时会跌入温柔之乡

可美女台风不同啊
她一拥抱你
你就掉进了漩涡
那绝不是洗鸳鸯浴那样轻松的事啊
我的兄弟

兄弟，我在这个世界上
已经没有别的什么兄弟了
除了你，我好像没什么可牵挂的了
台风来了，你千万要保重自己
实在没地方躲避
你就躲进我的梦里
我会腾出一大间房子
除了女人
什么鸟啊、狗啊、猫啊、花啊，都可以陪你
有时候我也可以过来陪你
我们说说话
这世界上除了兄弟
谁还能那样惺惺相惜呢

老乡是座岛

初闯上海，没有什么亲戚投靠的时候，投靠的就是老乡。我投靠的老乡在老家时我们并不相识，可来上海两家成了分不开的亲戚。因为调动一时受阻,任教的学校当晚把我逐出宿舍,我一恼火,连夜卷起铺盖就要赶火车回家,是老乡拦住了我,鼓励我要坚持。女主人说:"你就住在我们家里,直等到调令下来为止。"我就在他们租借而居的房里吃住了几个月。其间不知多少次灰心过、绝望过,都是他们给我打气,就这样柳暗花明的一天终于到了,我的商调函下来了!女主人表示,为庆祝我们的胜利,我们去吃一顿自助餐。

这就是老乡情。在举目无亲的异地,没有什么能比得上这种感情更珍贵的。在这块地方,在那种居高临下的鄙夷的眼光底下,"乡下人"的称号往往惹得我们心中怒火熊熊,但敢怒不敢言。在我们的工作环境里,人们都受了很多委屈,但因为是在异地,都咽了。只有老乡聚到一起,才能一吐为快,尽情倾诉。老乡,是一座毫无设防的岛。

凡是闯到上海来的人,每个人都是一部书,每个人都有一部辛酸史。开始都是租房而居,而且住不几天人家就要来收房了,所以居无定所,漂泊无依,有的光搬家就搬了五六次,家具搬到了不能搬的程度。后来我们或分或买了房子。我们为老乡乔迁新居而高兴,而举杯,相互祝福。无力装修,就住毛坯房,也比寄人篱下心里踏实多了。

我们逐渐都有了电话。我们的电话,基本上比较频繁地在老乡间流通着。

我们相互关心着,相互慰勉着,相互做着彼此精神上的支撑点。有一位比我大 11 岁的女老乡,我们习惯地称她为大姐。丈夫早逝,多少年来就是母女相依为命。她 1994 年来上海,分得一室一厅。有天晚上,我们无意间打去电话,那边传来微弱的声音。我们一家三口赶紧骑车过去，她腹泻很厉害，给她服了药，到半夜，待她确有好转，我们才放心地返回。

在这茫茫异地，只有老乡才是可依靠的岛。也许我们的后代会不记得这些，但我希望这种情能够传递下去。

豆荚

这些豆荚躺在路旁
它们在开口笑
它们躺下的姿势多么优美
就像我从家乡来打工的兄弟
躺在路旁,嚼着草根
咀嚼阳光的香味

你问它们从哪里来
它们会指着近处一块狭窄的田地
看,这就是我的天堂
我会像一棵树一样屹立
像一个饥渴的孩子
渴望阳光、肥料和水
我从一粒豆瓣长起
和草争夺地盘
其间有狂风暴雨和蝗虫的侵袭
我短暂的一生
经历过一个世纪的风雨沧桑

我会脱胎成婴儿
圆滚滚,泡进农家的缸里
发育成豆芽
或被磨成女人肌肤一样的豆腐
供人们评头赏足

对望

　　他们是一群农民工，暂居在城市边缘的一座大楼里。现代与古典交融的建筑成为这幅图画的背景。这是一幅什么图画呀，蹲的，坐的，他们呼啦啦地喝着稀饭，或哲人一样地抽着烟，更有一位灵头灵脑的青年，如城市小伙扮酷的样子，仿佛生来就不服从自己的命运，但终究被命运驯服了。在真正的城市人的眼中，他们是各具形状的泥猴，虽然他们觉得自己活得生动而睿智。他们用一种漠然的眼光望着这支等车的队伍，队伍像长征一样漫长，在等待什么呀，游蛇一样的队伍，前面的被截去一截了，后面又立时续上了长长的尾巴。奔波的城市人，忙碌的城市人，每天是在追赶什么？那些个为一只座位慌张争抢的人们，该是多么的可笑啊！他们不懂这是为的什么，只是心里发笑，但又不敢笑出声来，回到屋里也许会说这群城市人倒蛮好玩的，蛮可爱的。他们很脏，满身灰泥，头发蓬乱，表情木讷，没有多少城市人会注视他们。城市人不懂他们的世界，也许将他们忽略许久了。

　　他们被临时装在城市的建筑里，却生长乡村的稻谷，没有什么力量可以改变他们的生活方式。乡村不可能因为穿上城市的外衣而摇身一变。

　　城市和乡村就这样对望着，彼此无法诠释。

　　我就行走在这支等车的队伍里。我和他们对望良久。他们也许能够看穿我游移的目光。我何不就是他们中的一个？他们一定能够以他们敏锐的目光，猛然发现我是这支队伍中伪装的一个，剥去我的外衣，我立时就会露出乡村的铜色。这是不可能改变的，有血液明摆着，我是一株乡村的植物，因为一个偶然的缘故，错植到城市的水泥阳台上。

我曾经在一篇文章中道出：我感谢高考。若不是高考赐予我机遇，我如今依然是大田间的一棵稗草。我不会超越他们。在农村，出外打工的人是一群卓越的人，他们会带回家一大沓钞票，会盖村里最漂亮的小洋楼，娶上乡村最漂亮的老婆，他们的孩子会穿上漂亮的衣服，光鲜而骄傲。我会伸出低卑的手来向他们借钱，昂首瞧着他们高昂的傲慢和鄙夷。

所以，对于这支等车的队伍，我是混进来的一个。

我何以与他们对望？

我想走到他们中间，告诉他们，我就是你们中的一个，可又失去了勇气。我的眼光是迷离的，迷离的余光散淡着平静和漠然。汽车开动了，我透过车窗的玻璃回望他们，就像回望故乡，故乡高坡上的那株芝麻一样。

夕阳西下，一株乡村的毛缨草在黄昏的风中摆动，是多么妩媚而动人。

我与他们对望着，一动不动，一言不发。城市的高楼在他们的手中被插起来。他们搭起脚手架，熟练地撂着砖头。他们提着灰桶就像提着城市的一根根头发。就这样他们把城市一块块垒起来，又一块块粘合起来，给城市穿上漂亮的衣服，将城市一节节拔高了。他们登上城市的头顶，俯瞰这座城市此起彼伏的楼群，在我们看来是画，他们却能数得清哪一块预制板是他们一点点给叼上去的，然后又一点点缝合起来。他们看到的是分解了的城市，就像庖丁解牛，一般人看到的是全牛,他却看到的是牛的一个个骨节。

  然后他们用豪华的形式装潢着城市的空间,有些像皇宫一样的豪华,但他们只是在编织着城市的外壳,一旦他们把自己装进去,那城市就太随意了,就如同买一只钻石笼子,里面装着乡村的蝈蝈。他们不可能制造城市的内核,等城市的内核充进去,他们也就只能躲在城市的边缘看着,就如同此时和等车的队伍对望一样。

  我岂不也是居于城市的边缘,一棵经过包装的乡村植物?

  想到这里,我毅然决然向他们走去,伸出我还留有镰刀伤疤的左手,随之把右手也搭上去。

行走淮海路

我想用世界上最好最好的语言来形容淮海路
我想称她为情人
自从那夏日黄昏妩媚的一瞥
我便与她终生相依

我最初听到她的名字
心如战鼓一样咚咚敲响
在全国任何一个叫淮海路的地方
都跟那场著名的战役有关
童年聆听的故事　　冒着硝烟
城墙上圆睁着枪眼
我想喊她声娘　这老土的称呼
可她不是　也不可能回应
独轮车的烟尘　卖大姜的吆喝
只属于我淮海的故乡
怎能在东方的巴黎飞扬

她只能算作我的情人
穿著时尚
清晨往往素面示人
不施粉黛
那些建筑像洗得发白的工装
看不出多少年纪
可红砖的勾缝

掩藏不住经年的皱纹
我有时拐入雁荡路
两旁的建筑如沉默的老人
安详地注视我　有时
我又拐入兴安路
品尝弄堂日子的寻常清香

哦　淮海路
太像一本时尚杂志的封面女郎
我称你为情人　其实只是在梦中喊喊而已
我只能远观而不可亵玩
我哪能配得上你这高贵的女神
有时我在夜间行走
两旁的梧桐火树银花　耳环叮当
各类款式的大楼也披金挂银
好像赶赴一场盛大的舞会
啊，我的情人
你离我这样近　近得贴着我的胸口
却又那样远　远得像银河那样触摸不及

那位青春美丽的少女
你在风中歌唱什么
我在淮海路上行走十余年
像一枚钉子被钉在这里
看梧桐树叶满地金黄
又倏然染绿

以淮海路为经

西藏路为纬

我曾经在这里走完人生的高坡

世界上有些地方

只有离开

才明白它与你血脉相连

回眸淮海路

  我曾在《行走淮海路》一诗中这样写道：我"像一枚钉子被钉在这里"。有同事从字里行间读出了我有背叛意，当时确没有背叛意，直到现在从感情上都没有背叛意，纯属偶然我自己拔掉了我这枚钉子，从繁华的淮海路到乡下来了。

  对于淮海路我心向往之已久，二十余年前家居浦东，工作单位也在浦东，去淮海路逛街、购物成为双休日的首选项目，傍晚时分，乘晃晃悠悠的782公交车回浦东，车像游龙一样地由西藏南路朝淮海东路一转，看到一座鲜明的颇具古典风格的红楼，上面稚拙而风格独特的"上海市光明中学"几个大字格外引人注目，我暗想如果能调到这所学校工作该是多么幸福的事，谁知也是出乎偶然，我这枚钉子一钉在这里就是满满17年。

  一个人的工作单位与周围的环境没有太大关系，尤其像我们做教师的，以忙碌为主题，早上七点钟到校，一直忙到夜色深沉，华灯初上，一天就在这九亩方圆里转悠，竟不知学校周围发生了哪些变化。一开始西藏南路靠近音乐厅的地方都是商店，一刹那间那排商店全部消失了，音乐厅整体平移了200米我竟毫无所知。从淮海东路到人民路、福建南路，全是老房子，我送儿子到位于人民路、福建南路的黄浦区第一中心小学读书，可以从老弄堂穿过，我儿子放学后也可以到弄堂中的同学家玩耍，可转眼间不见了，变成了商店和绿地。西藏南路、云南路两旁，也是老房子，老石库门的房子，俯瞰像吴冠中绘画中的色块，其中藏着百姓最真实的生活，晾衣杆在过道里星罗棋布，衣服在滴滴嗒嗒滴水，一不小心就会滴到行人的脖子里，猛地一凉；老人搬躺椅在过道乘凉，摇着芭蕉扇，看报纸或听收音机，三俩老太太在聊天，慵懒的穿睡衣趿拉着拖鞋的妇女擎着痰盂往西藏南路的阴沟里一倒，又慵慵懒懒趿拉回弄堂里。

人民路两边也是老房子，后来拆迁，藏在深闺的大境阁露出了真容，报道说其中有一段上海最老的城墙——明城墙，我还是最近才去瞻仰了这段明城墙。人民路附近大部分变成宽敞的树荫和绿地了，或者矗立起更现代的建筑。

这些都是在不知不觉中变化的。我有不少学生住在学校附近。我去家访，按照学籍表上的地址，往往是一个总的门牌，里面住着很多家，说出这个学生的名字，开门的人往往一脸茫然，回答不知道，或不认识，我正纳闷，怀疑自己是不是找错地方了，踌躇间，最上面的小阁楼，我的学生喊我了，"李老师，我在这儿。"住的逼仄，我过去和现在都无法想象。家长上班去了，饭桌上留下的是干的咸鱼和泡饭。

我当时刚学电脑，DOS 系统，什么根目录下的子目录，往往点一个"+"，就会出现一级一级的子目录。我当时就用这个来形容上海人的住房情况。

楼梯多是木制楼梯，沾满油污，握上去油腻腻的，脚踩上去咯吱咯吱响，颤颤的，那时候和他们家长聊，谈的最多的是动迁，他们大多安土重迁，舍不得离开原处，然而这实在是无法承受之重的生活，不久他们都"飞"了，大概过上了更好的生活。

淮海路像极了上海人，外表体面、光鲜，而内里是烟熏火燎的平民本色。"东方时尚巴黎"只是她光鲜亮丽的外衣，其实在淮海路上往任何一个弄堂深入进去，都是真实的粗糙，都是吃喝拉撒，都是食、色，性也。我曾在一篇文章中这样写道：从淮海路拐向任何一条弄堂，我都会晕眩，后悔闯进了上海人生活私密的领地。

可我依然喜欢淮海路，喜欢它的时尚、繁华、虚荣和富有情调。光明中学附近虽然有地铁八号线可以直达我浦东的家，但我不喜乘地铁，而是喜欢在淮海路上走一走的感觉。我一般乘 986 路公交车到淮海路上的思南路站，花 20 分钟的时间，沿着淮海路步行到学校去。早上清静，淮海路洗尽铅华，露出纯真的本色，光明邨门口一年 365 天如一日地排着长队，不仅是为了美味，更是享受这排队的生活，享受家长里短的故事，享受时尚、繁华背后生活的朴素与本真。我喜欢看淮海路两边不施粉黛的建筑，喜欢雁荡路上的那段短短的"弹硌路"，喜欢脚底那种被按摩的感觉，喜欢翻过重庆路高架桥的每一级台阶，在这里会和某一个熟悉的陌路人准时相遇，四目对接，不知对方各自的目的地，眼光中却有某种默契。喜欢淮海路黄陂南路路口人们如潮水般汇集，又如潮水般各奔东西，而路中间的那位小个子交警指挥千军万马，有条不紊，仿佛做着完美的表演。我喜欢淮海公园，公园门口跳舞、耍剑、打太极的人们。我有时也跟着老人们到公园内走一走，想象自己不久的未来。我喜欢时代广场、香港广场和太平洋广场门前不断变换的缤纷花树，喜欢聆听光明中学校园内每晨溢出的国歌声和广播体操的音乐。四季变换，光阴荏苒，十几个春秋，悬铃木的衣服脱个精光，又一夜之间全身披挂，路面铺设一片金黄，又全身缀满阔大的幽绿。我更喜欢淮海路的夜色，枝叶间一个个小灯泡亮了，火树银花，流光溢彩，淮海路成了灯的海洋，而光明中学大楼外层的灯光也亮着，汇入这海洋之中，成为东方巴黎璀璨的不眠夜晚。每一年的旅游节，淮海路都展尽风情，可我因在"山"中，竟一次未领略"庐山真面目"，等今后再去，便是真正的旅游了。

淮海路原名霞飞路，很有诗意的名字，原竟是法国一位将军的名字。我想霞飞将军是因为中国上海的这条路而变得有诗意的吧？

一条河,
和一座城市有关

一条河,和一座城市有关
这座城市,不是十里洋场
却是古色古香
苏州,在上海的心脏流淌

是那吴王的苏州吗
是那虎丘剑池的苏州吗
是那拙政留园的苏州吗
是那五人墓碑的苏州吗
是那粉墙傍河的苏州吗
是寒山寺的苏州?
是范仲淹的苏州?
是陆文夫的苏州?
是酥糖酱肉的苏州?
古老的三吴在上海的血管流淌

打从桥上走过的老苏州
丢了张继
迷了故乡
扑通一声高楼撞了船娘
悠悠地,载了稻米喂养黄浦江去
黄浦江的孩子,光着屁股

扑通跃入五十年时光隧道
变成一尾鱼,一泓清水
和苏州的影子一同仰望蓝天

一条河是一座城市的血脉
拉长的银幕
放映多少年的沧桑变幻
埠头上淘米捣衣的少妇
走了一位
又来了一位
桥头上吹柳笛的少年
如今长成粗壮的柳树
向列队的少年讲述河的历史

我曾经在和平饭店的头顶观赏夜"苏州"
色彩斑斓,光怪陆离
我就想凡是被称作母亲的河
每一滴都是乳汁
离开童年的河床,飘往五湖四海
它的每一滴泪都变得滚烫
上海,如果不与这条河有关
哪一个孩子还能叫做申江

上海,枕着这条叫苏州的河入眠
才能梦得踏实

风景在近处

有人说近处无风景,风景都在远方,信然!

我在淮海东路与西藏南路交界的光明中学工作了十七年,若问四明公所在什么地方,有什么来历,附近的人没几个能说明白。我曾经问过光明中学的师生,回答说是不知道。其实四明公所就在光明中学旁边的人民路上,它为浙江宁波旅沪同乡于嘉庆二年(1797年)始建,至八年(1803年)正式建成并成立宁波同乡会。清同治十三年(1874年)法租界公董局以筑路为由,强迫公所迁让茔地,竟开枪肇事,7人被杀害,遭宁波同乡合力抵抗。光绪二十四年(1898年)7月,法公董局又挑起事端,迫令公所迁移。宁波同乡群起反抗,法水兵竟又向群众开枪,惨杀17人。事后,宁波同乡掀起大规模罢市罢工斗争,得到上海各界响应与支持。最后法领事不得不放弃侵占四明公所的计划。我知道光明中学原为中法学堂,为法公董局创办,但旁边发生过流血和斗争,怎么能忽略不计呢?现公所仅存红砖白缝的高大门头一座,上刻"四明公所"四个金色敦厚大字,只要你留意,会看到。

暂不说四明公所,离它不远处有大境阁,原先掩藏在居民楼深处,后来人民路两旁的居民楼拆迁,它始露出真容。我看过报道,说大境阁留下明唯一的一段城墙。我很感兴趣。上海开埠较晚,总共才有100多年的历史,而上海所谓老城厢者,历史要长得多,要追溯到明朝。沪上名校敬业中学,其前身敬业书院,就要追溯到明朝。因此敬业中学是上海历史最长的一所中学。老城厢明时有城墙，有护城河，现在的11路车就是环"城"运行。明嘉靖三十二年（1553）上海筑城墙，其规模沿现之中华路、人民路环围，周长九华里，北城设有万军、制胜、振武、大境四座箭台，后废台改建四庙，大境关帝庙即其中之一，内主供关帝君，两侧供奉财神、月老。明崇祯七年（1634），以及清雍正、乾隆年间均加整修。清嘉庆二十年（1815），改建三层高阁。道光十六年（1836），东首增竖牌坊，建熙春台。咸丰三年（1853），毁于战火，道士诸锦涛募款重建。咸丰十年（1860），英法军驻兵该庙，肆意毁坏。同治四年（1865），洋药捐局局董郭学玩修建。光绪十八年（1892），道士蒋庆荣得到同仁辅元堂支助重修。宣统元年（1909）三月，自治公所再修，改牌坊额为"大境"。民国元年（1912），上海拆城，为保留该庙，该段城墙未拆，幸存近五十米的城墙，也就是上海一段唯一的明城墙。

这么一处弥足珍贵的城墙，我在其旁边工作了十七年，竟未进去一次一睹芳容，总觉得有的是机会，而整天地为生计所忙，竟历次过而不入也。如今远赴郊区，若过而不入，实违内心也，于是毅然踏进。

果是一段壮观的城墙，与我在北京看到的万里城墙无异，砖呈土灰色，巨型，上面的箭垛留下一块砖，我掂了掂，根本掂不起来，后来两手去抓，也非常吃力地才抓起来，估摸着足有几十斤重。进得里面，照壁上写有"信义千秋"四个大字。这说的是关公。全国有许多关帝庙，上海也有，说明关羽武圣在人们心中的地位。城墙上两只龙相对而峙，龙须飘飘，威风凛凛，而画栋雕梁飞檐翘角，尽显古色古香。

这本是道教宫观，始建于明万历年间。据载，大境庙朱栏高阁，高踞城楼。城下小涧平桥，纡回始达。旷土数亩，间植桃柳。暮春花开，朱碧相映，时当祓禊，士女如云。诗称"飞楼压城坳，雉堞屹环堵。下临竹千竿，风来势飞舞"。以"江皋霁雪"最著，被誉为沪渎八景之一。如今陈迹不在，四周高楼林立，在繁华的市中心，有着这样一个所在，坚毅地守着一份孤独。

大境阁曾是平声曲社旧址。我抄录下了上海田笙昆曲研习会所立，由江沛毅撰写、倪传钺题书的石牌，其曰：平声曲社者，近代沪上历史悠久、影响宏大之昆曲社团也。清光绪三十年甲辰，即公元一九零四年，由宋志纯、郁炳臣、宋欣甫、孙鋆卿、孙振卿诸曲家发起成立，陈奎堂任社长。社址位于南市小北门大境关帝庙内，与沪城西北之庚春曲社齐名，夙有"南平声，北庚春"之称。全福班名角陈凤鸣常驻社中，拍砖授艺，凡三十余载。社员行当齐全，各擅胜场。每月同期一次，常年不辍。每岁七月公期，祭祀先贤，香花供奉，珍宝罗列，次第引吭，不时并彩爨串演。玉笛横吹，红牙低拍，丝竹竞爽，歌舞争辉，极一时之盛。现在黄浦区有京剧方舟社，京剧票友周周相聚，切磋技艺，为平声曲社承继否？

大境阁旁白云观，香火较盛，售票员说大境阁没什么好看的，不知我有十八年心结也。

风景在远方。光明中学旁边，上海音乐厅，我进去过一次；大世界，去过一次；青年会，你不知道吧？当年鲁迅和青年美术家常聚的地方，我进去参加一次朋友女儿的婚宴；

稍远一点的文庙,我只在外围淘过旧书,还未进入一探究竟。我们万不该忽略眼前的风景。

清代文学家管同著有《登扫叶楼记》一文,说"自予归江宁,爱其山川奇胜,间尝与客登石头,历钟阜,泛舟于后湖,南极芙蓉、天阙诸峰,而北攀燕子矶,以俯观江流之猛壮。以为江宁奇胜,尽于是矣。或有邀予登览者,辄厌倦,思舍是而他游。而四望有扫叶楼,去吾家不一里,乃未始一至焉",于是与友人相携以往,果然发现"虽乡(向)之所谓奇胜,何以加此?",因此作者感慨道:"凡人之情,骛远而遗近。盖远则其至必难,视之先重,虽无得而不暇知矣;近则其至必易,视之先轻,虽有得而亦不暇知矣。"风景在近处,而我们往往视而不见,有似此乎?

五浦汇

五根手指交叉胸前
柔情的手指,像一条玉带
束在南方四合的院落
庭院深深,书声沉寂的时候
蛙声把夜色擦得晶亮
我深居其间
枕着老婆的叮咛入眠
早晨最亲的一只鸟儿把我叫醒
阳光的嗅觉已早早探测房间

白天在清洁的路上走着
五浦汇的天空很蓝
蓝得星辰从边缘纷纷坠落
只有鸟儿在发现它们,从
这片草坪,飞向另一处草坪
只有蝴蝶在找任一花朵恋爱
木槿花被爱情灌得迷醉,让我
想到,女人只有在恋爱时才容光焕发

这五浦汇的书房是扎根的
连接地气,一公尺外就是田园
玉米成排地站岗
少年老成,吐出髭须
豇豆角攀着竹篱笆玩耍

少女的茄子在那里悄悄受孕
学子的字里行间
都能闻到田野的花香

我头戴草帽，脊背黝黑
在炽热骄阳下辛勤劳作、开垦

命里属水

  我命里属水，我出生的时候，正逢家乡发大水，听姐姐说，父亲本来为我取名"春水"，因为有人提出与谁重名，便作罢。没想到，我教学生涯的最后六年，竟是与浑身水淋淋的青浦相融一体。

  青浦到处是水，在青浦工作的六年，是我与水相依相偎的六年。

  我所工作的地方是五浦汇，即五条河流交汇的地方，哪五浦？赵屯浦、大盈浦、崧子浦、顾会浦、盘龙浦。浦即河也。所以我所工作的地方是被五条河流包围着。我刚到学校的第一晚，即听取蛙声一片，我纳闷：这地方怎么会有这么浓郁的蛙声？原来我置身水中啊！

  因为有水，所以这地方的土地湿润，利于万物生长。学校栽植了很多树，一年四季花果飘香，称这所学校为花园学校，一点也不为过。我曾经向生物老师请教花与树的名称，生物老师也仅能说出其中的几种，而校园中的树有几十种之多。我手机中留有一年四季花的照片，如春天的玉兰花、樱花、紫藤花，夏天的石榴花、木槿花、荷花，秋天的桂花、菊花，冬天的腊梅花等，还有果，如枇杷、李子、桃子、橘子、石榴等，我们往往抢在鸟的前头大饱口福。鸟语喧喧，往往带了清脆的水声。同学们沉浸在这美丽的校园内，皮肤经过了水的滋润，个个光鲜亮丽，眼睛中有水灵灵的光，也从大自然中获取许多灵感。有不少学生坐在桂花树下，吸吮着桂花的香氛，观察桂花的形状与颜色，在笔端流淌芬芳四溢的文字。

操场的草坪一年四季绿着，常吸引白鹭光顾。他们落在草坪上，像朵朵白云落在广袤的草原上。有一年我们的学生准备拉练，一群白鹭在他们的头顶绕了一圈，像是为他们送行，然后又整齐地飞到树丛中。同样是被水滋养的生灵，如同交响的音乐，在这天地间融合为一体。

学校的四周都是水。水边植满了树，夹竹桃、香樟、栾树、合欢树和杨柳，又长满芦苇，做夫妻的水鸡、水鸭在水中并排游动，白鹭在岸边闲庭信步，优容淡雅，我们凭窗可见，我往往在上课的时候引导学生往窗外看，你看是不是"蒹葭苍苍"？是不是"杨柳依依"？教室的窗就如同画框，镶嵌的是古典美的意境。

因为有水，农民们在路旁的边边角角种什么都长、都丰收。这些被动迁到大楼里的农民，出于对土地天然的感情，在水泥和柏油的缝隙种上了各种各样的蔬菜和庄稼，不让一丝土地浪费。这些绝对是绿色食品，他们在小区门口摆个摊卖，剩下的就随便送人。我往往在下班后看到门上挂一包蔬菜，是叫不出名字的邻居送的。

我常常在课余时间沿河边散步。水会使我的心灵安妥下来。我觉得我是属于这片水的。水边的白鹭，我始终想和它对话，它是那样的安详，那样的波澜不惊，像一个置身事外的哲学家。它的智商是绝对超过人的，我有时拿起手机，想拍下它的雍容姿态，它很快就会发觉，纵深一跃，朝远离我的方向翩翩飞去，它在河面上留下的剪影，像洁白的诗一样空灵而美丽。河中游动的水鸭，我感受出它们的自由。它们要求于生存的很少，有水即可，除此，翅膀上没有任何负累，所以它们无限自由。而人呢？无限增长的欲望，使我们在这个世界上无从自由。

河边一片游乐场，是建筑垃圾自然堆积而成，高低起伏，正好做孩子的天堂。四面八方的孩子们聚到这里玩耍，滑滑梯、攀绳桥，在灰土中滚成泥猴，纵情释放他们的天性。它们往往傍晚聚到这里玩，到月明星稀方散。我想到我的童年，我们聚在村西的打麦场上，丢手绢、捉迷藏，每晚都玩到月明星稀。这才是童年。我孙女经常骑着滑板车，到这里寻她的玩伴，一玩也是玩到晚上七八点钟，她是有童年的。

孩子们玩，大人们则坐在河畔，浓浓的树荫下，吹着凉风，让各种方言交汇，谈着过往与今朝，不觉地老天荒。

我沿着河边散步，穿过一片树荫。这片树林是水杉林，高耸入云，浓荫蔽日，走进去就是一片清凉。树林下是一片菊花，金色的、白色的，像一片云锦落在地上。农民们喜欢成群结队地散步，晚饭后从各家各户出来，聚在一起，谈着仿佛谈不尽的话题。路边有长长的坐椅，累了他们就坐下来歇一会，谈笑风生。他们的脸上永远没有痛苦，永远满足，洋溢着幸福。河边有野果子，桃子和野苹果，等成熟了，他们含在口中，异样地香甜。

河挺宽，能过大船，"门泊东吴万里船"，就是这种船，远远地从北边驶来，能听到它排水的声音，嚯嚯，嚯嚯，装满了沙子，驶近了，能看到船身真大，写着"泰州"等字样，船上人家的生活暴露无遗，女主人沿着船边清扫或斛水，但很快，船便转过双桥，朝远远的南方飘去了。

这时候正是夕阳西下时分，远远的西方，正挑着一个大灯笼一样的火红的太阳，夕阳铺在水面上，像整个河面被烧红了一样，泛起红艳艳的粼波。一条船驶来，河边有三五垂钓的闲人，手机抓住这一瞬间拍下来，是绝美的意境。

桥梁下要么有人跳舞，要么有人唱歌，要么有人吹奏萨克斯等乐器，舞姿水一样曼妙，歌声水一样清透，乐曲水一样韵味悠长。

这些基本成为我的日常。我和青浦的水融在一起。有人说我命里缺水，应该补充水为是。我想我姓李名新，不就是天然的一棵树吗？树本身就是受水滋养的呀，所以我命里属水。我五十四岁调入复旦附中青浦分校，常戏称自己是"五四青年"，其实是一棵老树了，但老树同样受到青浦水的滋养，而顽强生长，至今仍未停止。

与鸟比邻

我住在这里
与鸟比邻
这些白鹭天天光临这里
一片水浦
自然成为一幅《蒹葭》
我在《诗经》的版图上自由徜徉

南瓜花张开嘴巴唱着古老的歌谣
从前的我头戴斗笠出没在田野里
道旁的芝麻掉光了黑色的乳牙
秋天都写在脑门上了
从南方刮来的熏风
说着说着就揭秘了我真实的出身

我是农民
习惯在田间耕植
这些野草我大多能叫出乳名
名字带有乡野气息
毛谷樱梳着长长的发辫
一头缠在城市的高楼

这些鸟儿天天同我攀谈

是埋怨还是情话
像田间的老玉米朴实而热情
哦，我来这里是寻找乡愁
一不小心掉进了鸟的天堂

漫步三林老街

从我居处出发，沿灵岩南路向南步行大约两公里便到了三林老街。

三林老街开发有些年头了，除了白墙黛瓦、老房子中透出的古朴气息，还有少数几家在门口摆放出售的三林酱瓜、三林肉皮、三林崩瓜等三林特产，沿河开的三林八大样等几家饭店，边啜几口老酒边赏着河两岸风光的几位闲散食客，老房门口搬小板凳坐着摇着蒲扇的老者，横跨河两岸的拱形石桥，以及石桥上出现的撑洋伞的少女，别的没什么异样。老街不热闹，没什么人气，不像朱家角那样人潮涌动，它总是那样不温不火，平心静气，像历尽沧桑而表情寡淡的老人，几家门店的生意也显得清淡，但店主不急不躁，无论经历多少风雨也不关门大吉，总是那样气定神闲。这三林老街好像不是特意为热闹准备的，它仿佛藏在深闺的美人，清新素雅，毫不招摇。穿过熙熙攘攘的灵岩南路商业街，你拐进了三林老街，仿佛就寻到了避风港，浮躁纷扰的心顿时就可以平静下来。

我悠闲地在三林老街上漫步，脚步被三林民俗馆吸引，用手推开小门,进入馆内。女工作人员正和两位男士嘎山湖,见我进来,忙地将展览室打开灯。首先映入我眼帘的是一个大型的织布机,还有个帆船的模型,另有传统的带有江南民俗气息的大花轿以及过去姑娘出嫁陪嫁的红木箱子,展柜内摆放的碗、盆、钵、罐、盅、盂、篮子、草鞋、馍筐、竹编壶壳以及似牛角一样的刀鞘等,诉说着三林的前世今生。

三林,我在这片土地上居住了二十多个年头,对于三林名称的由来,又为什么称作三林塘,心中一片茫然,加之平时忙于工作,对这一问题也没加以深究,更谈不上有兴趣去研究。现在退休了,是个散淡闲人,便想一探究竟。

说起三林,不能不说北宋的林乐耕。林乐耕,字晦,生于北宋仁宗年间,福建漳州人。他在宋神宗熙宁六年(1064)欲应科举出仕,及第五次参加乡试,又名落孙山,遂心灰意乱,萌生不复出仕之意。适值友人探视,示以晋人陶渊明《桃花源记》,令其思绪万千,羡陶氏之举,生出游之意,颇得家人赞同。

于是,林氏携妻带二子,取水道北上,溯闽江,达浙江,及至沪渎之黄浦,见烟水连天,渔帆点点,鸥鸟回翔,沿岸芦花飘逸,一派水乡之美景,绝似故乡,且土地肥沃,可耕可渔,生计无忧,又远离世俗纷争,真乃乐耕也。故留恋不舍,在此定居。择浦东一支流北岸,令长子于上游建东庄,次子于下游建西庄,乐耕居中,此后别姓渐来渐多,形成聚落,东庄、中庄与西庄相连接,因其姓林,三庄合称三林庄,河流也就命名三林塘。

三林有海会晓钟、三梁夜月、筠溪烟雨、南园夕照、桐桥晚风、芋泾秋棹、文阁晴雪、土冈春眺八景,清代诗人王孟洮(三林人)分别咏之。我们现在看到的桥——糖坊桥、慕家桥、梧桐桥,是2009年三林镇政府重建的,其实地处水乡的三林,村野之地原有无数迷人的小石桥,多为元、明、清时建造。镇上的特色桥梁有十多座,留下了多少轶闻旧事。它们桥身各别,有的古雅奇巧,有的雄浑厚重,形式上往往有平铺形、拱形、"介"字形、两岸座墩形等。名气最响的就是梧桐桥(古称庆安桥)。诗人王孟洮《桐桥晚风》诗咏道:"桐露滴夜深,暑气伏弗起。闲语倚石栏,天街望如水。"

"一棹入深际,蓼花红欲燃。扣舷发长啸,惊起白鸥眠。"(王孟洮《芋泾秋棹》)可见三林当年千帆过境的盛景。三林水乡,河道纵横,舟棹交通十分便利。在水上航运为主要交通手段的水运时代,三林塘港一天两潮,舟来船往,有划桨船、敞篷船、舢板船、乌篷船、篙船、驳船、机帆船、水泥船等。明清至民国初期,三林塘纺织业繁盛,三林港上南北商船如潮水涌入,满载三林标布的一支支船队,乘三林塘港潮水,顺黄浦江东下北上,船的风帆和橹桨,抒写了"三林标布进京城"的昔日辉煌。

现在也只有每年"三月三"三林庙会的时候,能够看到"龙船竞渡"的热闹景象。

有着这样的人杰地灵之便,三林必然是文运昌盛之地。"三林八景"之一的"文阁晴雪"中的文阁就是文昌阁,新修建的文昌阁飞檐斗拱,蔚为壮观,"文昌阁"三个字朴拙典雅,上悬"盛世修文"横匾。三林老镇民、九十二岁高龄的朱士充老先生欣然撰写《重建文昌阁记》,文曰:"元主逐荒，大明肇建，群雄扫尽，武备以饬，文治当修，梓潼应运。文昌主禄，士子是福，建阁崇祀，倘在此时。巍巍高阁，南对照墙，隔塘相瞩，角端巧塑，日行八万，欣逢文明，捧书来勖。三林书院，即此为址，赏奇析疑，会文课士，日久年深，像坏阁毁。吴君梅森，曹君丽明，伉俪情深，心心相印，目睹心痏，亟思振拨。眷顾盛世，莫忘先贤，亟铸金身，重光神相。金身沉沉，诚我以庄，神貌俨俨，勉我以思，庄以持身，思以导行，三林文运，昌明无央。新阁大开，辉光永灿，言浅意深，芜祠记庆，协力齐心，寸阴是兢。"

文昌阁紧邻三林中学，三林中学在文昌阁原址上辟有校史馆。三林中学是在三林书院的基础上发展起来的。说起三林书院，不能不提秦荣光、周希濂、汤学钊这三个人。清光绪二十二年（1896），陈行贡生秦荣光，鉴于近乡子弟缺学少识，与杨思武举周希濂、三林巨商汤学钊，集资创设三林书院于三林镇文昌阁。三林书院创办以来，为国家培养了大量人才。如今的三林中学，为浦东区级示范性高中。

老街辟有三林名人廊，廊中介绍三林地区政治、文化、教育、军事、经济、艺术等各方面名人几十位。

逶迤三里的三林老街，有数十所规模各异的厅堂，从明清起殷商富户和名门望族在镇上建造了一批具有特色的大屋，它们都是高檐深宅式的砖体结构，历史上就有"长街三里，店铺千家"的美称。我们如今看到的汤氏民宅、照胆台等，还在演绎着三林昔日的辉煌，历史变迁，繁华气质，见证古镇三林的岁月沧桑。

老街对岸，绿树繁阴，九曲回廊，现代建筑繁立，进驻了许多现代创意的艺术团体和工作室,与此岸的古朴芬芳相辉相映。

带一份悠闲的心境,来三林老街逛逛吧,你会感到异常的宁静和惬意。

图书在版编目（CIP）数据

平原上的河流 / 李新著. -- 上海：文汇出版社, 2024.3
　　ISBN 978-7-5496-4210-6

Ⅰ．①平… Ⅱ．①李… Ⅲ．①诗集－中国－当代②散文集－中国－当代 Ⅳ．①I217.2

中国国家版本馆CIP数据核字(2024)第011565号

平原上的河流

著　　者 / 李　新

责任编辑 / 黄　勇
特约编辑 / 高　逸
装帧设计 / 王　翔

出版发行 / 文汇出版社
　　　　　　上海市威海路755号
　　　　　　（邮政编码200041）
经　　销 / 全国新华书店
印刷装订 / 上海颛辉印刷厂有限公司
版　　次 / 2024年3月第1版
印　　次 / 2024年3月第1次印刷
开　　本 / 890×1240　1/32
字　　数 / 380千
印　　张 / 12.125

ISBN 978-7-5496-4210-6
定　价 / 85.00元